U0726822

· 全民微阅读系列 ·

一条在岸上奔跑的鱼

袁良才　著

江西高校出版社

图书在版编目（CIP）数据

一条在岸上奔跑的鱼／袁良才著．— 南昌：江西
高校出版社，2017.3 （2021.1重印）
（全民微阅读系列）
ISBN 978-7-5493-4936-4

Ⅰ. ①— …　Ⅱ. ①袁 …　Ⅲ. ①小小说—小说集—中国
—当代　Ⅳ. ①I247.82

中国版本图书馆 CIP 数据核字（2016）第 320394 号

出版发行	江西高校出版社
社　　　址	江西省南昌市洪都北大道 96 号
总编室电话	（0791）88504319
销售电话	（0791）88592590
网　　　址	www.juacp.com
印　　　刷	永清县晔盛亚胶印有限公司
经　　　销	全国新华书店
开　　　本	700mm×1000mm 1/16
印　　　张	14
字　　　数	160 千字
版　　　次	2017 年 3 月第 1 版
	2021 年 1 月第 2 次印刷
书　　　号	ISBN 978-7-5493-4936-4
定　　　价	45.00 元

赣版权登字 -07-2016-959

目录

1

第一辑 乡村变奏曲

　　导读：在打工潮和城镇化、工业化的时代大背景下，传统意义上的乡村面临亘古未有的机遇和挑战，发展与消逝，裂变与守望，阳光与阴影，交织成一支雄浑悲壮的变奏曲震撼大地，撕扯灵魂，令人感奋、感动、感叹、感慨、省察、深思，可谓五味杂陈，欲说难言。

父亲的遗愿

　　蚂蚱以庄稼为食，在农村本属司空见惯，甚或成为蝗灾。父亲临终为何想吃油炸蚂蚱？老人的遗愿究竟是什么？

　　艾本农突然接到二叔打来的电话，听到父亲病危的消息，心里不由得咯噔一下，眼眶里顿时涌满泪水，嗓音也哽噎了，急切地问，爸得的是什么病？二叔在电话那头叹息着说，一两句话哪讲得清，赶紧回来再说吧。

　　艾本农放下电话，急忙奔出总经理办公室，叫上司

一条在岸上奔跑的鱼

机，坐着宝马车就风风火火地往机场赶，连换洗的衣服都忘了带。老婆在美国陪儿子读博，他干脆没有通知，通知了也是白搭，太远。

他焦虑悲伤的心随客机飞越千山万水，只恨不能快些更快些飞到老父亲身边，送老人家最后一程。

次日下午，艾本农终于踏上了故乡疙瘩寨的土地，一股泥土的清香和亲切的气息随山风扑面而来。但他的心情依然是沉重的。偌大的村庄显得出奇地安静，似乎只有寂寥的炊烟伴着偶尔几声狗吠。

他走近村口，二叔早在老槐树下等着他，旁边围的是清一色老残妇孺。艾本农一把抓住二叔的手，带着哭腔问，我爸他怎么了？去年春节我回来，他身体还好好的，叫我在外放心，说自己能活到一百岁呢！

二叔撮了一把鼻涕，在衣袖上擦了擦，瓮声瓮气地说，还能咋的？他是个种田的老把式，见不得田地撂荒哩，栽秧的时候突然倒在田里了，幸亏俺在场，不然病不死也给水呛死。送医院，医生说，没得治了，赶紧回家准备后事吧。

艾本农眼里爬出大滴大滴的泪水来，埋怨道，爸也真是的，咱家不愁吃不愁穿，我按月把钱打到他卡里，几次接他去深圳，死活不去，这也罢了，干吗非要种那几亩薄田？

二叔不满地剜了艾本农一眼，还是瓮声瓮气地说，你爸种田不是为了挣钱，是为了念想，他这是在跟大伙赌气哩！他说，都一窝蜂丢下土地进城打工，没人种庄稼了，都去吃钱喝西北风去？

艾本农随二叔他们边说边向家里的老宅快步走去，他叹着气心疼地说，这哪是一个老农民考虑的问题？杞人忧天哩。

二叔闻听此言，停下脚步，狠狠地瞪了他一眼，凶道，你才吃了几顿饱饭就撑糊涂了不是？不是你爸田里地里下力气，年年是卖粮大户，你能上得了大学，奔上这样的好前程？

说话间，老宅到了。二叔放低声音说，你爸一口气下不去，睁着大眼等你回家，准是心愿未了，有事交代哩！快进去。

艾本农轻步走进卧房，见奄奄一息的父亲仰面躺在床上，一动不动，气若游丝，一双眼睛却努力地大睁着。猛然见到儿子回来了，父亲空洞而呆滞的眼瞳顿然灿亮生动起来，嘴唇艰难地嚅动着。

快上前，听听你爸有啥子遗愿遗嘱。二叔催促道。

艾本农单膝跪地，流着眼泪，紧紧握住父亲冰凉枯瘦的手，把一只耳朵小心地贴在父亲哆哆嗦嗦的唇前。尽管父亲的声音微弱而断断续续，他还是听明白了，父亲说，想吃一回油炸蚂蚱！艾本农蒙了，他以为父亲弥留之际在说胡话。

他把父亲的话告诉二叔他们，二叔又瓮声瓮气地说，这没啥奇怪！记得那年你小子从南方回来，对俺和你爸夸耀，说广东那边的阔人吃油炸蚂蚱吃疯了，还说咋样咋样好吃。赶紧差人去逮蚂蚱，了却你爸最后的心愿！俺哥大去前也想做一回阔人哩。

艾本农猛地记起来了，是有这么回事，不过当时他还挨了父亲的骂。父亲说，啥东西不好吃，吃蚂蚱？蚂蚱腿上削肉，能吃出个啥？它专吃庄稼叶子，是害虫，俺们农民贼讨厌它！

事不宜迟，父亲看样子有随时咽气的可能。艾本农让二叔守候在父亲床前，亲自带领乡亲们分散到田间地头捉蚂蚱。

春夏之交应是蚂蚱越来越多、十分活跃的季节。艾本农记得小时候捉蚂蚱是他和小伙伴们最快乐的游戏，

一条在岸上奔跑的鱼

田野里、道路旁、河塘边的禾苗草叶上，蚂蚱欢蹦乱跳，随处可见，随手可捉，有一回他偷偷把一只蚂蚱王放进女同学的书包，吓哭了女同学，他还为此写了检查呢！

可奇怪的是，今天一伙人折腾了半个多钟头，别说逮到一只蚂蚱，他们压根连蚂蚱的影子也没见到。这时二叔打来电话，急吼吼地让艾本农立马回去，说他爸马上不行了，他这才心有不甘地放弃寻找。

重新回到家，老父亲脸色灰白，似乎只出气不进气了。艾本农"扑通"跪在床前，泪如泉涌，自责道，爸！恕儿不孝，连您最后一点心愿都不能满足。早知这样，我从广东想带回多少蚂蚱就有多少啊！油炸蚂蚱当真是一道特色美食呀，酥香脆可口，兼有保健祛病功效。油炸蚂蚱撒上细椒盐下酒，一绝哩！

二叔摇头叹气道，俺本该晓得你们逮蚂蚱是瞎子点灯白费蜡！你没瞧见田野里一片荒芜吗？乡亲们不种庄稼，都到城里种楼房去了！蚂蚱靠吃庄稼为生，没有了庄稼哪里还找得到蚂蚱？

艾本农痛彻肺腑地大叫一声"爸——"，他猛然明白了老父亲的心事。他顿悟父亲遗愿的一刹那，只听"咕噜"一声，父亲咽下了最后一口气，安详地闭上了眼睛。

父亲出殡，竟然找不齐八个抬棺的人，青壮劳力都到外面打工去了。最后只得进城高价请来了农民工。

料埋完父亲的后事，艾本农回了深圳，不久就返乡创业了。他租赁了疙瘩寨周围闲置的三千多亩良田，发展无公害水稻种植，还搭建大棚养起了食用蚂蚱。据说订单不断，产销两旺。

乡亲们纷纷回到家乡，在艾总的公司里当起了农业工人。

每当给父亲上坟祭奠的时候，艾本农都忘不了在坟前供一杯白酒、一碗油炸蚂蚱。

墓地的四周，所望之处，都是郁郁葱葱的庄稼。风吹过，庄稼一齐弯腰发出沙沙的声响，艾本农知道，那是父亲在笑。

背　嫁

日思夜盼的心上人打工回乡了，约小伙子在月下小河边见面，告诉他，自己要出嫁了，但新郎不是他。一曲《小河淌水》如泣如诉……

"月亮出来亮汪汪亮汪汪

想起我的阿哥在深山……"

谁家的录音机里一个阿妹正在深情地呼唤着她的阿哥，嗓音甜极柔极，听得却止不住让人心痛、心碎。

月亮真的从疙瘩寨的东山前升起来了，是一弯冷冷的新月，看上去好瘦啊，瘦得仿佛三九的寒风稍一用劲就能将它刮落。月亮好白啊，白得像阿妹迷人的肌肤，亮汪汪的水银一般，从河畔密密的柳树林的枯枝残叶间爬过来，跌碎在同样瘦瘦冷冷的河边。

柳树林枯枝败叶间的一只什么夜鸟，被村寨里走出的一阵欢快的咚咚打鼓似的脚步声惊动了，很恼火地扑棱了几下翅膀，锐锐地叫了一声，然后飞到亮汪汪的更深的月色里去了。

"建生哥，你来啦？"河边柳林斑斑驳驳的暗影里，竟仙子般转出一个漂亮的阿妹。

"美玲，接到你电话，俺立马就过来了。嘿嘿，妹子，有什么事？"阿哥欢欣地靠拢到阿妹面前，却立马

一条在岸上奔跑的鱼

变得娇羞起来，看上去忸怩得倒像个姑娘。

"哥，俺回来你高兴不？"美玲笑了笑。

"嘿嘿，你说呢？"建生憨笑着，挠起了脑袋。

"哥，俺如果走了，你伤心不？"美玲还是微微地笑着，但声调却变了些。

建生壮着胆子，又往美玲跟前移了移。"妹子，你打工去了，俺天天想、想你。实在想狠了，俺就偷偷躲到这柳树林里，对、对着你打工的城市，一遍遍，在心里喊你的名字……"阿哥声音突然变得哽咽了，不再往下说。静寂中，哪里的夜鸟又叫了几声，小河淌水显得更响了。

一阵手机铃声打碎了这似乎有些沉闷的静寂，铃声居然是熟悉的民歌《小河淌水》。

"不要催俺，俺正在谈呢。"平时好温存的美玲，"啪"的一声，竟合上了手机。

亮汪汪的月色，静静地漫过建生的脑袋和肩膀，又从美玲凹凸迷人的身上漫过去。空气里淡淡地飘着一种醉人鼻息的香味，建生忍不住吸了吸鼻子，他知道那是他的阿妹身上散发出来的。即使她隐身到百花丛中，他也能辨着循着这熟悉而独特的香味，找到他的美玲。

"月亮出来照半坡照半坡

望见月亮想起我的哥……"

谁家录音机还在放着这首歌。那阿妹的歌声好凄美，如同这满地凄美的月光。

"建、建生哥，你还记得不？俺俩相好有几年了？"这回是美玲往建生身边靠了靠。一阵冷风吹来，月光趁机将他们的影子糅合到一起。

"五整年呢，妹子。"建生似乎沉浸在往事里，好陶醉、好幸福的样子，声音甜美得像梦。

"俺也记得哩，从俺十八岁那年起，那年你十九岁。"

美玲梦吃般呢喃着，又往建生跟前靠了靠，不知不觉拉紧了他的手。

又一阵寒风吹来，美玲止不住打了一个寒战，建生顺势将她搂在胸前，用自己的身体为她取暖。两个人的影子终于完全叠合到一起，风儿再使劲也扯不开了。

"哥……"美玲唤道。

"妹子……"建生答道。

"哥，这两年俺在外打工，家里全亏你照应哩。"

"妹提这个做甚呀？俺没钱，也没甚文化，可有的是力气哩。"

"哥，听俺娘说，要不是你帮她治病，俺娘可能就没了。"

"傻妹子，她不是俺干娘吗？俺小时身体不好，怕难养，过继给你娘做干儿子呢。你娘可不就是俺娘！"

"哥，听俺小妹说，要不是你帮衬，她早就没学上了，哪里还上得起高中！"

"傻妹子，你小妹不也是俺的妹吗？"

"哥，俺山沟沟里穷怕了，俺也穷怕了。"

"妹，暂时穷一点怕什么？俺们有勤劳的双手，俺们的脑瓜也不比外面人笨，穷是可以慢慢改变的呀！"

"可、可俺穷怕了，俺等、等不及了。……"这当儿没有风，美玲的身体却哆嗦得更厉害了。

"妹，你怎么啦？！"建生急了。

"哥……"美玲哭了。

这时，美玲的手机又急促地响起来。

这回美玲接了，声音温存了些。"别催俺好吗？俺正和他谈哩。"美玲擦了擦自己的眼睛，止住了哭泣。

"他是谁啊？"憨厚的建生仿佛突然有了某种警觉。

"俺、俺的一个朋友。"美玲笑了笑，梨花带雨的笑靥好凄美、好迷人。

一条在岸上奔跑的鱼

建生没作声。小河里的水淌得很响。

"俺和他认识快半年了，他是俺公司的老板。"美玲一个人喃喃地说。她是笑着的，仿佛终于鼓足了勇气，下定了决心。

建生还是没作声。

美玲继续往下说，似乎不再遮掩什么了，她人也从柳树林的暗影里站到了小河边亮汪汪的月色里。

"他比俺大二十几岁，差不多跟俺爸一样大。他爱人前年出车祸死了，他很优秀，也非常喜欢俺。"

又起风了，美玲看见建生哥的身影在地上抖来抖去。

美玲似乎不忍心再往下说，这时手机又响了，她没有接，但还是坚持往下说。

"过几天，他就要开宝马车过来迎娶俺啦，不是当情人、做包二奶，是明媒正娶哩。"

"俺和他结婚证也扯了。建生哥，俺对不起你，俺背叛了你，俺是个坏妹子，可俺也是个想追求幸福生活的妹子啊！……"这时美玲猛地扑到建生的胸前，咬着阿哥的衣服"呜呜"地哭起来，身体剧烈地颤动着！

"哥，你揍俺一顿吧！其实俺心里也好难受、好难受！"

泥塑木雕呆了似的建生终于缓过神来，他慢慢推开了美玲，幽幽地叹了一口气。四目相对，月光下，小河边，是两个泪流满面的年轻人！

"妹子，俺娘盼俺结婚，快盼瞎了眼睛啊！你今天叫俺来，俺正想和你提这事呢，现在，什么都不用说了……"建生的身体在颤，声音在颤，小河淌水声似乎也在颤。

"哥，俺对不起你，今晚俺把俺的身子给你……"

"你！……"建生猛地扬起了巴掌，却又在空中停住了，然后缓缓地放下来。"妹子，你把哥当成什么人啦？"

美玲又从衣袋里掏出了什么东西，想拉建生哥的手，把那东西往他手里塞，可建生躲开了。

"这是五万块钱的卡，哥，你拿着吧。这些年，你为俺们家吃了那么多的苦！"美玲还是往他手里塞。

"妹子，不要作践俺！俺穷是穷，可俺心里的苦，只值这五万块钱吗？……"一向憨厚的建生声音大起来，恨恨地推开美玲的手和她手里的什么卡，掉头走了！

"哥，你别走……"

建生没停步。

"哥，妹有话对你说……"

建生没回头。

"哥……"美玲扑在冷冷的柳树上，放声大哭起来！

建生默默无语地转身走回来了，默默地站在美玲身后。

"哥，妹妹还有一件事求你……"美玲边哭边说，"你知道，俺们疙瘩寨世世代代有个习俗，妹妹出嫁时要自己的哥哥背出门，这样才会让娘家兴旺、新娘子幸福一生，可俺没有哥哥……"美玲哭得好伤心！

静寂了许久。"俺来背你！怎么说，俺还是你的干哥哥哩！"是建生！这时，美玲泪眼朦胧里，看见她的阿哥两眼在月光里晶莹透亮，像小河淌水……

谁家的录音机里还在唱：

"月亮出来亮汪汪亮汪汪

想起我的阿哥哎在深山……"

树桩趣事

一个老人，一截老树桩，两个根雕艺人，围绕着卖不卖树桩，展开一个令人啼笑皆非的故事……

一条在岸上奔跑的鱼

昱城根宝斋主桑弘牛，号根痴刀客，酷爱根雕艺术，且禀赋极高，技艺超群。不论什么朽株烂根，到了他手里都能化腐朽为神奇，因形赋意，借形传神，赘余者斫削之，缺失者嫁接之，然后抛光、打蜡，最后配以与之相得益彰的底座，嫦娥奔月、探骊得珠、高山流水、孔雀开屏……一件件惟妙惟肖、精美绝伦的根雕艺术品令人赞叹不已，真是天工人可夺，人工天不如！他的根雕作品屡获全国大奖，还走进了人民大会堂，用老百姓的话说，那可是站着拉屎——硬功夫！

根雕大师桑弘牛有事没事，总爱驾着一辆越野车到乡下乱转，他不看山，不看水，不看古民居，不看美少女，但眼珠子却一刻不停地滴溜乱转。看什么？原来他一门心思在找树桩！艺术源于生活，巧妇难为无米之炊，根雕大师更离不开好树根啊！就为寻寻觅觅乱兜圈子找树根，他好几次险些出车祸，他自我解嘲说，为艺术要有自我献身精神！

这天，桑弘牛带着助手驾车来到一个小山村，突然发现一幢破旧房屋前歪着一截烂树桩，他眼里顿时射出两道兴奋而奇异的光芒，高叫出声：好一幅贵妃醉酒啊！他连忙停车，和助手跳下车来，扑向树桩。一个七十多岁的瘦老头正眯缝着眼睛在门口晒太阳，一激灵，显然被汽车声和人的叫喊声惊醒了，但仍然坐着没动，也没言语，只是好奇地打量着两个突如其来的城里人。

"大爷，这树桩是您老的吗？"桑弘牛对着树桩左看右看，远看近看，还搂搂抱抱，嘴里啧啧有声。

"前些年从地里和人抬回来的，本来打算当柴烧，那时候柴禾不缺，就搁到现在。现在没柴烧了，可我老胳膊老腿，拿不动斧头了，再说这树桩硬得古怪！"瘦老头还是坐着没动，苦瓜脸上毫无表情。他看着面前的两个陌生人，又叹了口气："古话说，养儿防老，积谷防饥。没儿没女的，老了就是作孽啊！"

桑弘牛走上前，递给老头一根软中华，老头没接，咕哝一句："支气管哮喘，早戒了！"这时桑弘牛才注意到瘦老头果然呼哧呼哧有些喘，让他联想到久违了的小时候在铁匠铺看到拉风箱。

"这树桩有一百来斤吧？"桑弘牛返身拍了拍已然有些腐烂的树桩，用商量的语气说，"大爷，这树桩您可以让给我吗？"助手不失时机地又给老头递去一支硬中华，老头喉咙里拉着风箱，咕哝一句"早戒了"，准备站起来，但又坐回去，面无表情地说："烂树桩，你们要，就拉走吧。"说着又像要继续打瞌睡、晒太阳。

桑弘牛忙说："您老这么大年纪，我哪能白要您的树桩呢？这样吧，树桩我拉走，改天我给您买一农运车劈好的柴禾送来！"

"对，对。"助手掏出一张名片，硬塞到瘦老头手里，"这是我们桑大师的名片。大爷，今天也算您幸运，见到我们大名鼎鼎的根雕艺术大师了！缘分啦缘分！"

老头不再打瞌睡，但风箱拉得更紧了，一脸的不解和疑惑："一个烂树桩，我怎好意思要你一车柴禾？讹人的事，我不干！你们只管拉走就是了，我留着又当不得柴烧。"

"山里人就是淳朴！"助手感叹道。

桑弘牛看了一眼助手说："干脆，我们回去给老人家送一套液化气灶具过来，再灌上两罐气，省得他这么大年纪了，还要砍柴劈柴。"

"这可使不得！"瘦老头终于忽地站起来，头摇得像拨浪鼓，脸都有些红了。"这得花多少钱？你们又不是搞扶贫的，搞扶贫的过年上门也只给我两百块哩！"

助手自己点上一支硬中华，吐着烟圈说："大爷，您这树桩到了我们桑大师手里那可就是宝贝哩！兴许能

一条在岸上奔跑的鱼

卖个十万、几十万！送您一套液化气灶具还不应该？"

老头的脑袋霎时停止了摇摆，脸却憋得更红："原来这是宝贝？值几十万？我不卖了！一车柴禾，一套液化气灶，这不是讹人吗？"

桑弘牛狠狠地瞪了助手一眼，怪他多嘴。桑弘牛觉得有必要给老头讲清道理："大爷，这树桩在您这里只能是树桩，但到了我手里就能成为一件精美的艺术品，树桩不值钱，只有变成艺术品才值钱！"

"说什么扁古理？给你了就值钱，我自己留着就不值钱？把山里人当傻子哩！"老头看样子真生气了，喉咙里喘得更厉害了，懒得再搭理他们，又坐回到小竹椅上，袖着手眯缝起眼睛说，"要么给我十万块，要么走人。哼！"

桑弘牛惊得张大了嘴巴，又狠狠地瞪了助手一眼。他脸色铁青地跳上越野车，助手也灰溜溜地爬了上去，只听油门轰的一声，越野车气呼呼地开走了。

过了一阵，村主任魏二毛开着破皮卡停在瘦老头家门前的水泥路边。村长一路哈哈大笑着径直走到又被惊醒瞌睡的瘦老头面前。

"老程头，你家刚才是不是来了两个外地人？"

瘦老头一边抠着眼屎，一边连连点头称是。村主任在小山村那可是大官，谁也不敢怠慢。

村主任笑岔了气："那两个家伙，是从市精神病院偷偷跑出来的精神病患者，还偷了一辆车，幸好刚才医院追过来把他们带走了。说一截烂树桩值十万、几十万，不是神经病是什么？相信这鬼话的人不是神经病，就是傻瓜！"

瘦老头的脸不知怎么突然红得像猪肝，见村主任过来他正琢磨着央求村主任帮忙把树桩抬到屋里去藏起来呢！

"神经病，神经病。"瘦老头屁股在小竹椅上不安地扭动着，苦瓜脸上挤出几丝笑，附和着。

村主任粗声大气地说："村里正在搞文明创建，老程头，你这树桩戳在路边太难看啦！"

瘦老头站起来，呼呼拉着风箱，毕恭毕敬地说："您看怎么办？"

村主任说："我正好开车经过这里，顺便把你这烂树桩拖走，扔到垃圾场去！"

"谢谢，谢谢。"

村主任一使力气，把那根树桩扔进皮卡车厢，一踩油门，呼地开走了。

他给人打手机："桑大师吗？搞定了！你们在村外等我！别客气别客气，我们是老朋友了！不用谢，下次我去昱城，请我喝顿酒就成，酒要茅台！"

儿童失踪之谜

三个山村儿童，听了奶奶讲的一个古老传说后突然离奇失踪。他们的吉凶如何？到底发生了什么？

猴年春节刚过，央视一则新闻牵动了亿万观众的心。

某贫困山区三个年龄七至十一岁的儿童突然失踪，其中翠翠和狗娃是姐弟俩，妞妞是邻居家的孩子。

翠翠和狗娃的爸妈过完正月初六就猴急地外出打工了，奶奶看着狗娃姐弟俩恋恋不舍眼泪汪汪的样子，央求儿子儿媳在家多陪孩子几天再走，奶奶吸溜着鼻子说，腊月二十八晚上才到的家，板凳还没坐热呢，这就急三火四地要走，一走又是一年不见人影呢！别说孩子想父

一条在岸上奔跑的鱼

母，俺这孤老婆子也活着不得劲呢！老古话讲，七不出，八不归，过了正月十五完了年再走，又能咋地？

狗娃妈红了眼圈，说，你当俺喜欢离开家呀？这不是没法子吗！俺家也想跟村长家一样盖小洋楼，翠翠狗娃念书，您老常年患病吃药，这些都得要钱呀！出去晚了，俺们去年的工作就被别人抢去啦！这几年，城里的事情也不好找哩！

狗娃爸猛吸几口纸烟，将烟屁股恶狠狠地扔了，像跟谁赌气似的说，妈，今年出去俺们打算过年就不回来啦，隔壁妞妞爸妈三年都没着家呢！在外挣钱容易吗，两口子春节回来一趟就得两千多块哩！你把翠翠狗娃带好了，等俺们挣够了钱，天天和你们在一起，再也不出去遭罪啦！

初七一早，狗娃爸妈趁姐弟俩睡熟了没醒，嘱咐了奶奶几句，准备悄悄地出门赶路。奶奶小声地提醒道，看看落下什么没有。

狗娃妈检查了一遍大帆布袋，突然叫起来，俺俩的身份证不见了！

狗娃爸黑着脸说，准是孩子藏起来了！以为没了身份证，俺们就出不了门！

狗娃爸闯进房里，一把掀开姐弟俩睡的被子，可不！一个孩子手里捏着一张身份证呢！姐弟俩同时被惊醒了。狗娃爸瓮声瓮气地说，翠翠，狗娃，把身份证给俺！误了车又得多耽搁一天哩！翠翠、狗娃反而攥紧了身份证，身子往床里边蜷缩。

狗娃妈带着哭腔说，翠翠、狗娃听话，快把身份证给爸妈！过年时俺们就回家，给翠翠买好看的裙子，给狗娃买变形金刚！

姐弟们眨巴着惺忪的睡眼，犹豫着，还是不肯把爸妈的身份证递过来。

拿来！真不懂事！狗娃爸是个火爆性子，不耐烦地从姐弟手里夺过身份证，拉上妻子，夺门而出。

俩孩子同时哭将起来，奶奶慌忙哄着劝着他们，不就一年时间吗？爸妈春节就该回来了。莫哭莫哭，听奶奶给你们讲故事……

姐弟俩的哭泣好不容易叫奶奶哄停了。万没想到，早饭后，翠翠和狗娃原本在家门口玩砸炮，睫毛上挂着泪蛋蛋呢，却又笑得咯咯的，奶奶就放心了，转身去屋后的猪圈里喂猪食。后来，因为什么事连喊翠翠狗娃几声，不见人应，奶奶回到大门前四处张望，姐弟俩突然不见了。

奶奶觉着奇怪，这俩孩子听话得很，不管到哪去玩都要报告奶奶，得到允许后才肯出去玩。奶奶似乎有了某种不祥的预感，她捣着碎步满村子里找，喊着翠翠、狗娃的名字，怎么也找不着姐弟俩的影子，却碰到了妞妞的奶奶，妞妞的奶奶也在到处找妞妞。两个老太碰到一起，互通了情况后，都觉得事情有些不对劲，就一起哭哭啼啼地去找村主任赵二愣。赵二愣警惕性很高，立马拨打110向乡派出所报了警。

派出所迅速出警，当然首先找到两个老太太了解三个孩子突然失踪前的细节问题，比如最后看见孩子是什么时间，什么地点，有些什么异常情况。

两个老太太异口同声地说，在家门口玩得好好的，没啥不正常的呀！眨眼就不见啦！儿子、媳妇回来，俺咋交代哟！狗娃奶和妞妞奶相继扑通坐在地上，大放起悲声。

村主任赵二愣对派出所长肯定地推断，准是被人犯子拐走了！

派出所长摇了摇头，可能性不大！没见过这么胆大包天的人贩子，一家伙拐走三小孩！

一条在岸上奔跑的鱼

狗娃奶奶支持所长的判断，帮腔说，是啊！村里没瞧见来过形迹可疑的陌生人啊！

赵二愣不服气地反驳道，也不能排除熟人作案的可能性啊！这年头，还有几个人信奉君子爱财取之有道啊！把罪恶的魔爪伸向毫无防范意识的留守儿童，身边现实中有之，媒体报道中亦有之！

派出所所长皱紧了眉头，递给赵二愣一根烟，自己也点燃一支，缕缕烟雾笼罩着他苦苦思索的脸。还有一种可能，孩子们是否遭遇了不测？这样的话问题就更严重了！

两个老太太听派出所所长这么一推测，神经高度紧张起来，哭声也戛然而止，眼巴巴地盯着眼前两个救星——所长和村主任。

派出所所长问，你俩回忆一下，村里村外得罪过什么人没有？

狗娃奶奶说，俺都黄土埋到脖颈的人了，平日不说积德行善，可从没得罪过乡邻什么的。再说儿子、媳妇常年在外地打工，也没机会惹恼门口人呀！

妞妞奶奶歪着脑袋眯着眼想了一会，突然跳起来说，对啦！俺家的大黄狗咬死了狗娃家的一只老母鸡！还有，俺家的大黄上了村主任家花母狗的窠，被村主任打折了一条狗腿！

赵二愣哭笑不得，斥道，老糊涂了不成？俺大小是个村主任，能干那等伤天害理的恶事？狗娃、翠翠和你家妞妞同时失踪了，因此也可以排除狗娃奶奶报复作案的嫌疑！

派出所所长讥笑道，二愣主任，你快赶上福尔摩斯了！他自言自语，孩子被拐卖的可能性不大，遭人暗害的可能性更小。那么，三个少不更事的孩子到底去哪了呢？

赵二愣没好气地接腔，知道去哪了，找你派出所闲得蛋疼啊!

所长若有所思地问二位老太,昨天或今早,你们打骂孩子没有?

两位老太哭丧着脸,抢着说,孩子父母在外打工,孩子没人管没人怜的,俺们瞅着都心疼,爱还来不及哩,哪舍得打骂?

狗娃奶奶还补充说,今天一早孩子爸妈走,姐弟俩哭得不行,俺还祖宗似的哄着,给他们讲故事哩!

所长问,讲的什么故事?

狗娃奶说,俺听老辈人说,俺们村后的烂柯山有来历哩,原先叫石室山。说是古时候,俺们村子里有个叫王质的樵夫,一天上石室山砍柴,在山顶的石洞里看见两个小孩在石桌旁下棋哩,王质也是个棋篓子,忘了砍柴待在旁边看,听见自己肚子里蛤蟆叫唤,就捡起石桌边上的一颗桃核吃了,肚子就再也不觉得饿了。直到俩小孩指着王质砍柴的斧头说,你的斧头柄都烂掉了,还不快下山回家?等王质回到村里一看,村里的小孩都变成老头老太太了。一问,才知道好几十年过去了!从此啊,石室山就被人们叫成了烂柯山。都说,烂柯山上一日,便是人世间一年光阴哩!

赵二愣撇着牙花子说,这破传说俺们这里啥人不知道?尽整这些没用的!

派出所所长在村里调查不出个所以然来,于是更觉得案情蹊跷,扑朔迷离,他只好将案情上交。

县委县政府高度重视,组织了由武警官兵公安民警机关干部志愿者和当地村民参加的数千人的搜救队伍,据说还出动了警用直升机,以三名儿童走失的村庄为圆心,以周围二十公里为半径,展开了声势浩大的立体加地毯式大搜寻,终于在三天后找到了那三名神秘失踪的儿童。

一条在岸上奔跑的鱼

亿万观众悬着的心一下子放松了，他们庆幸、开心、欢呼，在灾难或不幸面前，无数人的心间总会涌动起爱的暖流。

三个孩子是在距家三公里的烂柯山石洞里被找到的。发现他们时，翠翠和姐姐因又饥又渴，差不多昏迷不醒了；小男孩狗娃情况尤为不妙，出现了器官衰竭症状。三名儿童被紧急送往医院抢救，结果他们都幸运地活了下来，而且很快恢复了健康。

孩子们的奶奶自然喜极而泣。孩子们的父母看了央视追踪报道当然也赶了回来。

狗娃爸妈搂着姐弟俩哭成一团，不想狗娃却笑得好开心，有点羞涩地说，奶奶没骗俺们，姐姐带着俺还有妞妞，去了烂柯山，真的是山中一天世上一年哩！爸爸妈妈你们就很快回来了……

看到这里，观众的心又一下子揪紧了。

狗　祸

赵二愣家的公狗"强暴"了村主任刘金旺家的小母狗，这桩"大案"轰动了小山村，赵家从此家无宁日，但最终被赵氏夫妇想办法给摆平了。幸耶？悲耶？人祸？狗祸？

疙瘩寨爆出一个惊天大案，村民赵二愣家的骚公狗老黑，把村主任刘金旺家的小母狗大花给上了！

这还了得！村主任刘金旺何许人？在疙瘩寨那可是个打个喷嚏全村都要得流行感冒、跺跺脚全村都要闹地震的大人物！何况老黑做风流事也不择个时间地点，偏偏就在村主任家小洋楼大门前，又偏偏让村主任夫妇撞了个正着！老黑忘乎所以地在大花身上行那苟且之事，大花也仿佛腾云驾雾般哼哼唧唧。村主任刘金旺目睹这一幕，不禁怒从心头起，恶向胆边生，随手操起一根柴棍朝老黑猛劈下去，老黑惨叫着落荒而逃。据现场目击者推断，老黑就此落下终身阳痿无疑！

疙瘩寨山高皇帝远，穷得兔子不拉屎。只产两样东西，一是芦苇草，二是黄荆条。穷人有穷活法，活人不能让尿憋死，一方水土养一方人。男人就割芦苇、砍黄荆条，女人就编苇席、编荆条篮筐，祖传的手艺，东西编得极精致，不愁销路，家家也勉强混个年保年。刘金旺脑子活，胆子大，仗着自己弟兄多，垄断经营，苇席篮筐什么的都由他低价收购，转手高价倒卖出去，赚了个盆满钵满，洋楼盖起来如撑伞一般轻巧。曾有胆大不识相的山外人跑来疙瘩寨，高价收购苇席和篮筐，结果被如狼似虎的刘家兄弟打得满地找牙，从此再也无人敢有觊觎之心。村人明知道眼睁睁吃亏，却谁也不愿捅这个马蜂窝，敢怒不敢言，平安度日月。

赵二愣的女人芦花长得俊俏，所谓深山出俊鸟，画中仙女一般。心灵手更巧，编的席子筐子真真堪称艺术品，她竟然还发明了用苇子编城里女人爱穿的奶罩罩，这新鲜玩意在市场上贼走俏，说是夏天穿透气凉爽。刘金旺自然格外关注赵二愣的女人。芦花走路奶子颤，金旺两眼冒绿光；芦花走路屁股扭，金旺灵魂在发抖。

前年春节前，赵二愣找刘金旺结算卖苇席筐子的钱，刘金旺硬生生赖了他五张苇席二十个箩筐，赵二愣还没和他理论几句，他就要横，挥拳打肿了赵二愣半边脸。一次芦花在房里洗澡，赵二愣竟发现刘金旺扒着窗户看得发痴。赵二愣夫妇恨死了刘金旺。

去年春上，村委会换届选举，刘金旺竟高票当选村

一条在岸上奔跑的鱼

委会主任。只有赵二愣一家没选他。这真是冤家路窄，怕什么来什么。刘金旺怒气冲天地来找赵二愣，常言道，打狗还要看主人！何况你家的老黑和我家的大花发生了性关系！有谁能证明没有违背我家大花的意愿？就算大花心甘情愿，我这狗主人没同意，那也是强奸！强奸你知道不，罪大恶极！那年你堂叔老光棍赵三驼背强奸了二寡妇，结果怎样？挨了枪子！这是一起严重的事件，让大花幼小的心灵备受摧残，也让我的尊严受到严重挑衅！是可忍，孰不可忍！赵二愣，你看这事咋个办？公了还是私了？

赵二愣自知理亏，战战兢兢。何为私了？公了怎样？

刘金旺说，私了，你自己看着办！公了嘛，从今往后我不收你的席，不要你的筐，救灾救济和你全无关，看你怎样在疙瘩寨混下去！言罢，拂袖而去。

芦花气得牙痒痒，眼里泪汪汪。二愣，老黑闯下这大祸，该咋个收场？赵二愣一跺脚，除死无大难，帮工不再穷。把老黑宰了谢罪！

赵二愣含着泪，亲手执行了老黑的死刑，还把老黑的肉全部进献给村主任刘金旺，还捎去了一张黑狗皮，以验明正身。

狗肉，好东西，不吃狗肉不知天下味！狗皮正好给我办公室的老板椅当坐垫！刘金旺脸上只晴朗了一下，旋即又阴云密布了。死者一死百了，生者情何以堪？我家大花以后还怎么活人？我这村主任以后还何以服众？连我家的狗我都保护不了，我这村主任还咋个当！刘金旺捶胸顿足，痛心疾首。

赵二愣目瞪口呆了，哭丧着脸回去和女人商量。女人气得直抖，狗日的刘金旺这不是讹人吗？！他是借机在报选举的一箭之仇哩！

小点声，小点声。赵二愣赶紧去捂芦花的嘴，人到弯腰树，不得不低头啊！

第二天一大早，赵二愣就哆哆嗦嗦叩开村主任家的门，给他送去一千块钱，算是给村主任以及大花的精神损失费。

刘金旺毫不客气地接过钱，还就着亮光鉴别了一下真伪，收起来后，又黑着脸说，我家大花的名誉就值这点钱？我的脸面和尊严就这么不值钱？！赵二愣原以为，这一来刘金旺一定会心满意足、息事宁人，这下他彻底地崩溃了！

女人听着二愣的哭诉，气得浑身发抖，两只翘鼓鼓的奶子也跟着打战。这事咋个没完没了、无休无止呢？该怎么了结啊！女人也绝望地恸哭起来。

这时，赵二愣眼前一亮，破涕为笑了。有了！芦花！他附耳对女人轻言了一阵。

过了几天，芦花瞅准村主任刘金旺的老婆不在家，溜进村主任家，村主任正在吃狗肉、喝酒，一见赵二愣女人骨头都酥了。芦花一头就钻进了他的怀里。赵二愣女人边穿衣服边说，大村长，我家的老黑睡了你家的大花，这回你也睡了我，事情该扯平了吧？

没事啦，没事啦！亲不亲，家乡人嘛！刘金旺一副宽宏大度的模样，一脸幸福自得的神情。

过了一段时间，又是换届选举。村主任刘金旺全票连选连任，赵二愣一家也投了他的票。

故　事

表弟千里寻亲，巧遇互不相识的表哥，表弟问路，表哥实言相告，奇怪的是表弟偏偏反其道而行。后面发

生的事同样令人哭笑不得。这是怎么了？

　　这是一个我从别人口中听来的故事。

　　别人是个熟人，是我插队营盘洼时老房东的儿子钱黑牛。我俩年纪差不多，那时候玩得比亲兄弟还要好。但彼此很多年没有音信了，那天钱黑牛突然来到省城我家里，也不知道他是怎么按图索骥摸过来的。钱黑牛用网兜装了一只老鳖，往我手里一杵，粗声大嗓地说："你插队那会儿就喜欢吃老鳖，来省城前我费了好大工夫，才在野塘里叉到一只，算你有口福！"说着不由分说，抓起我桌上的旅行杯就仰脖"咕咚""咕咚"喝起来。喝完一抹嘴，就跟我讲了一个故事，还特别强调这是他亲身经历的。应该说，这个故事很好笑，可我听完，脸上的肌肉像混凝土凝固了，一点也笑不起来。

　　他是这样说的——

　　那天，他发现自家责任田里正在灌浆的水稻蔫蔫地发白，他就到镇上农技站去咨询水稻得了什么病，农技干部翻来覆去看他随身带去的稻禾，说"这是二化螟"，说完给他配了农药，让他回去兑水喷雾。营盘洼离镇街只五里地，他摇摇摆摆地顶着烈日往回走，很快走到了一个岔路口，往右是营盘洼，往左是柳树井，他正要往右拐，一阵急促的汽车喇叭声把他吓了一跳，赶紧靠到路边，一股邪火从胸膛里冲到了喉咙口，正要呵斥几句，却见豪华轿车里钻出一个戴墨镜的风度翩翩的年轻人，副驾驶位置上还坐着一个金发女郎。年轻人连忙恭敬地给他递烟，还给他点上火，操着外地口音说："对不起！惊扰你了！请问营盘洼怎么走？"他的火气立马消了，猛吸了一口烟，热情地回答和烟雾一道喷出来："往右，再走个两里地就到了！""是往右吗？"年轻人狐疑地说。

"往右！"他以为年轻人没听太清，于是加大了嗓门。"真是往右？不会有错吧？"年轻人嘀咕着，还是将信将疑。"到底是往右还是往左？！"车上的金发女郎有些不耐烦了，像是呵斥年轻人，又像是对被问路人发泄不满。他顿时感觉到肚子里的一股邪火又呼地蹿上来，终于冲口而出："我刚才说错了！是往左！"年轻人没再说一句感谢的话，阴沉着脸，钻进驾驶室"轰"地发动了车辆，往右边的路上疾驰而去，一股尘雾呛得他直咳嗽，搞不清那年轻人是耳朵有问题还是脑子有毛病！

　　他继续摇摇晃晃地往回走，刚到村口，见那辆轿车正停在那里，那个年轻人正在向人打听着什么，有人一指：他就是钱黑牛！他不是来了吗？年轻人显然又惊又愣了，头摇得像拨浪鼓，自言自语说：不可能！不可能！天下哪有这么巧的事！他的火气本来就没消，听他这么说更来气了："年轻人，你到底怎么回事？告诉你往右你偏不往右，告诉你往左你却偏要往右！"年轻人得意地说："你让我往左，我反其道而行之，往右不是对了吗？"然后愤愤地痛心疾首地长叹一声："这年头，还能听得到几句真话！"这时候，有人吼一嗓子："钱黑牛！他是千里迢迢寻亲来的，说是奉他外祖母之命，来探望他从未见过面的姨表哥！""你就是我要找的钱黑牛？"年轻人眼睛睁得铜铃般大。他认真地点了头。父母在世时，跟他多次说起过这门亲戚，母亲是从很远的地方嫁过来的。"你真是我的姨表哥钱黑牛？"年轻人又眯缝着双眼，把他从头看到脚，像是鉴定着真伪，结果还是摇了摇头。"天下哪里有这么巧的事？又不是写小说、编电视剧！"金发女郎看样子是年轻人的女朋友或新娘子，忽地从副驾驶位置上跳下来，挑衅般地看着众人："别欺负我们是外地人，我俩千里寻亲，这事可开不得玩笑！"这时凑热闹的人越聚越多，大伙儿七嘴八舌地

一条在岸上奔跑的鱼

说："他真是钱黑牛！又不是什么皇亲国戚，谁还冒名顶替啊！真是！"他简直哭也不是，笑也不是，真恨不得把自己这个简直脑子有病的姨表弟捶个半死，他突然发疯般冲进自家屋里，又发疯般冲出来，冲到那个年轻人面前，气急败坏地吼道："这是我的身份证！仔细看看！你不会怀疑身份证也是伪造的吧？！"年轻人终于信了，猛地一把抱住他，哽咽地大叫："表哥！"他僵硬在那里，怎么也找不到亲人相见的那种喜悦与激动了……

"人与人之间怎么变成这样了？信用缺失，信任危机啊！悲哀啊悲哀！可怕啊可怕！"我慷慨悲壮，发表听后感。"我咋想起跟你讲这故事？没头没脑的！我该到车站赶车去了，家里的鸡啊猪啊还等着我喂呢！"钱黑牛又抓起桌上的旅行杯"咕咚"喝了个痛快，然后不容我挽留，拍屁股就走人，边往外走边嘱咐："老鳖要用水养好了，死鳖吃不得！这可是正经八百的野生老鳖！"我扯着他的胳膊问："黑牛，我俩过去情同手足，不是兄弟胜似兄弟！你大老远跑到省城，到我家来，是不是有什么事找我，需要我帮忙？我们谁跟谁，不用客气，尽管这么多年没见面了，有事你尽管开口！"黑牛憋红了脸说："我真的没什么事找你！正好我到省城医院复查身体，都是那县医院狗屁医生胡说八道，复查结果，我根本没得什么绝症！这不，就顺便看看你。几十年没见，想得慌哩！"任我千般挽留，钱黑牛硬是挤出门急三火四地赶车去了。

望着他的背影，我在心里嘀咕："他跑到省城给我送老鳖，难道真的没有事情找我？"

瞅着他送给我的老鳖，我又不禁嘀咕出声："这真是野生的老鳖？现今野生老鳖越来越稀罕了，该不会是人工养殖的吧？"

——现在是你看到的故事。

恭请村主任去喝酒

村民请村主任到家中喝酒，杀鸡宰狗，上演了一场现代版的"鸿门宴"……

大年初五，树根张罗着要请村主任到家里喝酒。老婆桂香惶惑地问："平白无故的，请他喝哪门子酒？"树根把眼一瞪："村主任是谁？我们疙瘩寨的土皇帝哩！家里家外都要仰仗他照应哩！"桂香一脸的不情愿，嘟囔道："发什么神经，家里没剩下多少菜了……"树根又是眼一瞪，瓮声瓮气地说："小菜家里现成的，大菜我来准备！"说完，噔噔噔地出了门。

村主任魏小布跷着二郎腿，正悠哉游哉坐在办公室真皮转椅里吞云吐雾哩，见树根风风火火地来了，就放下跷着的那条腿，正襟危坐在老板桌前，满脸严肃地说："树根你可是稀客啊！找村里有啥事？"树根递给村主任一支硬中华，笑模笑样地说："找村里没啥事，找村主任您有事。"魏小布避开树根直视到脸上的锐利的目光，胖脸上顿时漾起了一丝笑意："你、你，啥意思？"树根大声笑起来："恭请村主任大人赏光，到我家去喝顿酒哩！"魏小布连忙站起身，满脸堆笑地递给树根一支软中华，树根手一挡，没接，魏小布打起了哈哈："免了，免了，树根兄弟。现在上头管得紧，不比从前，可不兴胡吃海喝了。"树根快步上前，不由分说，一把攥住魏小布的手腕子："怎么？村主任看不起草民？我树根这顿酒你必须得喝，这叫密切联系群众哩，能犯啥大错？"

树根紧紧攥着魏小布的手，肩并肩走出村部，走过村街，牵扯着一路形形色色、奇奇怪怪的目光。树根一

一条在岸上奔跑的鱼

路黑着脸，但昂首挺胸，目不斜视，魏小布的胖脸上红一阵，白一阵，他鸡啄米似的不住地跟村街两旁的人打招呼，套近乎，但今天却没有什么人搭理他。

进了树根家的院子，树根"哐当"一声把院门关上了，还上了门闩。树根这才大声吼喊起来："桂香，我把村主任大人请过来了！快给村主任看座沏茶，准备酒菜。""树根这才松开魏小布的手腕子，魏小布的手腕子被捏得通红通红，他龇牙咧嘴一阵摩挲，嘴里却说："树根兄弟，不用客气，不用客气。"这时桂香端了一杯茶过来，脸红红、手抖抖地递给魏小布，转身就到厨房去了。魏小布捧着茶，却忘了喝，看着树根闷声不响地进了堂屋，不一会儿又闷声不响地出了堂屋，手里捏着一把寒光闪闪的匕首。魏小布哆嗦着问："树根兄弟，你要干、干什么？"树根没搭理他，满院子撵起鸡鸭来，把鸡鸭直撵得乱扑腾、嘎嘎叫，惊得躺在院子角落打瞌睡的大黄狗也跟着虚张声势地汪汪叫起来。终于逮住一只大公鸡，一抹脖子，血如喷泉，树根把鸡脖子一拧，鸡头塞到鸡翅膀底下，丢在地上，发一声喊："桂香，待会把这骚公鸡焖老黄豆，给村主任补补！"魏小布揩了一把额头的汗，像对树根又像是自言自语："太客气啦，太客气啦。"这时魏小布手机响了，他接听了几句，赶紧站起身，边往外走边对树根说："对不起，树根兄弟，村里有事，我得先走了。"树根紧追过去，一把拽住他，不容商量地说："天大的事，也喝了酒再走不迟！"魏小布只觉得自己的手腕子像被一把老虎钳卡住了，他连忙改了口："好吧，不走，不走，恭敬不如从命。"他忽又惊叫起来："你拿根绳子干啥？"树根晃了晃手里的一根又长又粗的麻绳，阴森森地说："没看见拴了环吗？贵客驾临，宰狗吃肉哩！不吃狗肉不知天下味。"树根打了一个呼哨，只见那只大黄狗从墙角飞窜过来，汪汪叫着，树根变戏法似的，从身上摸出一个肉包子扔过去，大黄狗扑上前在空中用嘴叼住包子，说时迟那时快，树根手里的麻绳飞撒过去，不偏不倚套住了大黄狗的脖颈，用力一带，狗脖子被牢牢拴紧了，猩红的舌头吐了出来。树根麻利快地将拼命挣扎的大黄狗吊到院子里的一棵桃树桠上，用劈柴朝狗鼻梁猛击几下，大黄狗扑腾了几下就耷拉下脑袋，再没动静了。魏小布看得心惊肉跳，脸色死白，呼呼喘着粗气。树根凶神恶煞般，嘴里横噙着匕首，把狗尸从桃树上放下来，又三下五除二地熟练地剥起了狗皮。魏小布的椅子下面滴滴答答的，湿了一小片。

　　仿佛熬过了漫长的一个世纪，酒宴终于开始了。桌上只有两个男人——树根和魏小布。树根老婆桂香惨白着脸倚在门边，看看树根，看看魏小布，又看看树根，看看魏小布。

　　"这第一杯酒，我敬村主任大人。感谢您在我打工出去后，帮我家插秧割稻子，帮这帮那的。"

　　"树根兄弟……"

　　"这第二杯酒，我敬村主任大人。感谢您帮桂香弄到这个救灾款，那个救济款。"

　　"树根……"

　　"这第三杯，我还敬村主任大人。明天我又出去打工了，桂香还托您照应。"

　　"扑通！"是魏小布给树根跪下了。

　　"姓魏的，你给我滚！"树根突然摔了酒杯，血红着双眼，歇斯底里地怒喝道。

　　魏小布忙不迭爬起身，跌跌撞撞地逃了出去。

　　树根"哇"的一声，抱头痛哭起来……

　　第二天早晨，桂香默默地送树根去镇上搭车，树根一路上也是闷声不响。临上客车时，树根突然返转身，

一条在岸上奔跑的鱼

紧紧地搂住老婆："桂香，什么都过去了，你多保重！"桂香红着脸，张嘴想说什么，树根用宽大的手掌捂住了她的嘴唇。

汽车卷起一阵尘雾，走远了。桂香恋恋不舍地呆呆望了好久，好久，脸依然红红的，眼里流着泪。

赛　书

村里举办赛书活动，评选书香家庭和文化之星，争强好胜的郭小美拿着几本言情小说参赛。结果会怎样？

村主任牛二毛在村头的大喇叭里吼，乡亲们注意啦！乡亲们注意啦！经村委会研究，今年评选书香家庭和文化之星。为防止弄虚作假，所以今天来个突然袭击。请各位听到广播后，马上把家中的藏书搬到村部门前的健身广场，比一比，赛一赛，谁家藏书多，谁家藏书品位高，谁就是文化之星！

郭小美正在卧室里对着镜子画眉毛、描口红、往脸上扑粉呢，窗户开了一半，牛二毛的公鸭嗓子畅行无阻地挤进来。这个秀才村主任，又出什么花头点子！郭小美也学城里的女人，如今是不化妆不出门，天王老子死了也不行。可她心里却乱了！

自打这牛二毛上台后，每年春节前都变着法儿评这评那的，还别说，怪有创意！获胜者披红挂彩，还发奖金奖状，在乡亲们面前露足了脸，显足了威风。记得头一年评的是创业之星。早早就通知到每家每户，这事可带不得假儿。比赛那天，但凡有点一技之长的，都齐聚到村部广场，那场面真挺壮观热闹，激动人心。游大哥无师自通会修电视机，他先将电视机大卸八块，三下五除二又将它复原如初，一接电，画面、声音、色彩样样好！秦二嫂表演的是平锅烙腌菜馍，她的一双手疾似流星，巧如穿梭，烙出的馍又薄又脆又香，香歪了鼻子，吃歪了嘴哩！童大妈亮的是祖传绝活，编竹篮，她编的篮子筐子又漂亮，又结实，又好用……

郭小美当然也参赛了。在外面打工她学会了设计、裁剪、缝纫。她想出奇制胜，就现场量了村主任牛二毛的身材，现场裁剪，然后机声嗒嗒，很快做成了一件款式新颖美观的衬衣，牛村主任穿上，正合适！真精神！掌声喝彩声一片。郭小美获得了创业之星！

去年，村里决定评选好儿媳，也是提前下了通知。评比那天，牛二毛在大喇叭里让媳妇们先把婆婆床上的被条抱到广场晾起来，然后请各自的婆婆去认领被条，认不出的判定为弄虚作假，婆婆被条最新最暖最干净的，就被评为好儿媳。这次郭小美落选了，她没有临时抱佛脚，输得心服口服。从那以后，郭小美对婆婆越来越好了。

今年评什么文化之星，郭小美更没底了。自己念到初中毕业就嫁了人，这些年一直忙着拉扯孩子或在外打工，虽说夫妻俩挣了不少钱，家里盖了小洋楼，可跟文化沾边的东西还真没有。此时郭小美梳妆打扮已毕，挺俊俏时尚的一个小媳妇。她急了，窘了，歪着头抿着嘴，使劲想，到底想起来了，自己打工憋闷的时候不是喜欢看言情小说吗？

什么《一帘幽梦》《梅花烙》《情深深，雨濛濛》，有好几本呢！

郭小美喜出望外地翻出这些书就往广场跑。可郭小美越跑越没底气了，就凭这几本言情小说能夺得文化之星吗？广场上嘻嘻哈哈看热闹的村民很多，参加赛书的却没几个人。德才拿着儿子缺页卷角的小学课本来了，

一条在岸上奔跑的鱼

玉莲带的是乡计生办发的《计划生育宣传手册》。村里最大的包工头马大帅开着宝马车来了，从后备箱里搬出不少装帧精美的文史哲书籍和世界名著，牛主任翻开几本一看，只有封皮，里面啥也没有！郭小美竟意外地当选文化之星和书香家庭。

奇怪的是，郭小美一点没感觉高兴。她和老公商量，明年她不出去打工了，留下来照顾婆婆和孩子，再多买些文化和科技书籍，在家里办一个农民读书俱乐部。

石刻之谜

某地发现"太平天国"摩崖石刻，欲借此发展旅游经济，结果却令当局者大失所望，唏嘘不已。箫声、雨声催人断肠……

有人在鸡笼山林场一处石壁上发现了"太平天国"四个石刻大字！

贾乡长刚到鸡笼乡走马上任不久，正欲大力实施旅游兴乡战略，这不，瞌睡遇枕头，袁眼镜该记一大功！

发现者袁眼镜是乡文化站站长，他妙笔生花，写了一篇题为《鸡笼山惊现太平天国石刻》的消息在省报头版刊出，引来了央视《探索发现》栏目组。

贾乡长大喜过望，亲自陪同编导和摄像臭汗淋漓地爬上鸡笼山，边登山边气喘吁吁打手机，联系着编制旅游发展规划的急事要事。

果然眼见为实！栏目组爬高蹿低，从不同角度拍摄着，贾乡长还现场接受采访（实际上是袁眼镜写好稿子站在摄像师身边，贾照本宣科）：清咸丰三年，即公元一八五三年，太平军攻陷徽州，威逼金陵。曾国藩急率湘军驻节祁门，双方在皖南展开长达九年的拉据战。这里的"太平天国"四个字，是翼王石达开率部翻越鸡笼山时用剑尖刻下的，虽历经一百多年风雨，仍清晰可见，仿佛还能听到当年战马的嘶鸣声和将士们的冲杀声……

这时，这群人却惊异地听到了密林里传来如泣如诉的洞箫声。

这山上有人？编导偏过头问贾乡长，贾乡长偏过来用眼神问袁眼镜。袁眼镜说，听说有一个护林员，是个怪人，在山上住了几十年了，极少下山，像个穴居的野人。走，问问情况！或许他还知道这"太平天国"石刻的更多背景故事呢！编导带着强烈的好奇心，领着一群人追踪箫声而去。

终于见到了，一间石屋，一支洞箫，一个年逾花甲蓬头垢面的老人。

老人家，您知道附近石壁上四个大字是谁刻的吗？编导彬彬有礼地趋前问道。

知道。是易丸。老人平静地答。

没错吧，是翼王刻的！我是经过缜密考证的！袁眼镜得意之情溢于言表。

你小子还真行！文化搭台，经济唱戏，功劳大大的有！贾乡长慷慨地夸了眼镜几句。

我姓易名丸，我就是易丸，那些字是我当年刻的！我妈早上九点生的我，生下我就死了，九点为丸，爸给取的名。

胡扯八道！贾乡长简直不敢相信自己的耳朵，当然也不会相信眼前老头的鬼话，怒斥道，你闲得蛋疼啊？刻这些字干什么？我们已经考证过了，是太平天国时期翼王石达开亲手刻的！

一条在岸上奔跑的鱼

袁眼镜急赤白脸地望着老头，恨不能一把掐死他！

让老人家往下说。栏目组的人还算理智和淡定。

叫易丸的老头说，我爸易安是个老右派，被撸了校长后被赶到这里当起了护林员，我的文化都是他教的，后来他死了，我就子承父业，直到现在。

你为啥偏要刻这四个字呢？用意何在？编导循循善诱，语气平和。

老头似陷入了一个遥远的梦境，他说，我一个人在这深山老林里护林，粮食油盐都是林场定期派人送上来，我一年四季都待在山上，不知有汉，无论魏晋啊！我也不想下山。闷得慌，一天我就在石壁上刻了一个"太"字。因为我是一个人，还多出来一点，是个男人。后来，有个姑娘不是上山掐蕨子、拔笋子，就是捡蘑菇，我们就认识了。她长得很漂亮，很喜欢听箫，她来了，我就吹箫给她听。她叫平。我天天想她，就刻下了第二个字。我还把我家一块祖传的玉佩送给了她，算是定情物。我这就刻下了第三个字一天。就是希望我们二人天天在一起，永远在一起。

后来呢？你的那个平呢？栏目组的人急切地追问。袁眼镜也忍不住嚷道，快说呀！急死个人！

平是大队书记的女儿，大队书记要把女儿嫁给县革委会主任的瘸腿儿子，不管女儿怎么又哭又闹哀求，都无法改变。洞房花烛夜，平吞下我送她的那块玉佩，后来不知是死是活，我再也不知她的消息。你们应该明白了，第四个字为什么要刻"国"字……

老人神情木然，仿佛是在诉说一个与己无关的故事。他突然又吹响了洞箫，人们都惊呼起来，怎么下雨了？贾乡长摸了摸吊在脖颈上的玉佩，这是母亲送给他的，他忙不迭地掖到衣服里面。

只有箫声。雨声。萦绕不绝。

我不能嫁给你

一个精心设计的谋害亲夫的陷阱，不想阴谋换来的是丈夫的舍命相救。她幡然醒悟，决然斩断不道德的婚外情，挑起家庭的重担……

天上的毒日头晒得人脑壳发炸，树荫里的知了叫得人好心烦。天地间蒸腾着似烟似雾的热浪。

老歪心里也弥漫着一层雾。

稻田里的农药打完了，翠珠肩背喷雾器在前面走，老歪空着手在后面跟。翠珠今天咋突然对自己热乎起来？歇工前还抢过喷雾器喷了一会儿药，说是让他歇会儿？

老歪在后面把翠珠的身材看得仔细，高挑的个儿，丰腴的身子，好看的曲线，不愧是十里八乡出了名的美人哩！老歪这样想着时，心里有几丝甜，但又有几分揪心的痛。

春节后，翠珠跟着村里的包工头薛胖子到省城合肥打工，这次突然跑回来闹着要和老歪离婚。老歪死活不肯离，说孩子不能没有娘哩！翠珠说，我什么都不要，净身出门，还出孩子的抚养费，总可以吧？老歪说，你再给我一百万，我也不离！我怕你上了坏人的当哩！

翠珠回来半个月了，没跟老歪亲热过一次，生生找老歪吵了半个月，家哪还像个家啊！老歪真后悔，不该答应薛胖子，让翠珠给他建筑工地当什么炊事员。

老歪，给我盯紧点，浑身农药味，不在这池塘里洗个澡，中午怎么吃饭呀？走到半路上，翠珠突然扭过脸，冲他嫣然一笑。

老歪看见，村庄还有一里多地，整个村庄都似午睡

一条在岸上奔跑的鱼

了，村头田里不见一个人影。当然，老歪还看见了路边的那个池塘，清凌凌的水，看着就让人感觉透心地爽凉。

热身子，洗冷水，弄不好抽筋哩！老歪提醒说，老歪知道翠珠会游泳。老歪自己倒是个旱鸭子，怕水。

没事哩。替我看好了，别有外人过来。翠珠又朝老歪难得地笑一下，麻利地卸下喷雾器，交给老歪，开始动手脱衣服。

老歪一会儿紧张地望望四周有没有人影，一会儿又目光游移地看翠珠白花花的身子，虽说是自己女人，可老歪好长时间没看过翠珠的光身子，更没碰过了。不是老歪不想，是这娘们变心了，不让！老歪呼吸渐渐粗重急促起来，他看见翠珠脱得一丝不挂，真迷人馋人啊！

扑通一声，翠珠像条美人鱼蹿进了池塘里，在池塘里欢快地游着，发出阵阵银铃般的笑声。

这骚娘们！老歪在心里心疼地骂一声，抱着女人的衣服，躲到塘埂边的柳树丛里，高度警惕地四下里张望。美人鱼是他的，只属于他一个人，可千万别让别人占了便宜，哪怕看一眼她的光身子也不行！老歪突然流下了眼泪。

等老歪抹去泪水，去看池塘时，吓坏了！翠珠在池塘里挣扎着，喊救命！老歪没有丝毫犹豫，衣服也来不及脱，就跳进池塘去救翠珠。

这时，柳树丛里又蹿出一个人来，扑进池塘时溅起了很大的水花。

精赤条条的翠珠被救上岸了，胖男人又跳下去救老歪。老歪救上来了，但没活过来……

活着的老歪不知道，死了的老歪更不可能知道，这一切都是薛胖子和翠珠精心设计好的，但出了意外。薛胖子对翠珠说，你假装溺水，老歪不会游泳，肯定不敢救你。生死关头我挺身而出，老歪自感惭愧，自己女人的光身子又让别人一览无余，你再一闹，他没脸不同意离婚。到时候，我们有情人终成眷属了！

老歪的葬礼上，翠珠哭得死去活来。薛胖子得意地在心里笑，这美人！还真会表演啊！

过了一段时间，薛胖子开着宝马车回来，要翠珠和他去领结婚证，然后搬到县城的别墅去住。

翠珠冷冷地说，我不能嫁给你。

薛胖子急了，说好了的！你怎么反悔了？为了你，我把老婆都离了！

翠珠说，为了你，我丈夫命都没了哩！你知道吗？那天我的腿是真的抽筋了，想不到老歪会不顾一切跳下水救我……在他心里，我比他的命还重要哩！我今生今世都是老歪的妻子，我要好好把我俩的孩子培养成人！

午夜短信

世界真奇妙！老头竟与亡妻冲破阴阳阻隔互发短信。亡妻告诉他，她将陪葬的祖传青花瓷器送给乡亲变卖治病，老头爱妻心切，思妻成痴，竟不加怀疑。这事玄得……

老伴被埋进了屋后的祖坟山。

老头依然沉浸在孤鸿失伴的悲伤和寂寞中。老伴是得癌症死的，老头准备变卖家里唯一值钱的一件青花瓷器给她治病，老伴拒绝了，说，那是你家的祖传之物，不能败在俺们的手里。再说，尽管你瞒着俺，可俺知道，俺得的是绝症，别糟蹋钱了。

老伴下葬那天，老头把她的那部老年手机放进棺材

一条在岸上奔跑的鱼

里，还放进了那件青花瓷器。老头想，他俩无儿无女，她跟着他受穷一辈子，到了那边可不能再寒碜。

白天还好，每当夜深人静，思念的潮水就淹没老头的身体和灵魂。鬼使神差般，老头给老伴发了一条短信，老婆子，俺好想你！你咋这么狠心，撇下俺一个人走了呢？

在老头昏昏欲睡时，他的手机突然嘟地响了一声，老头摸过手机一看，大惊失色又欣喜若狂！是老伴的手机号码，老伴回信息了，老头子，俺也想你！俺在这边一切都好，不必挂念。你要多多保重身体，俺才放心。

老头激动地翻身坐了起来，忙拨打老伴的手机，手机通了，却始终无人接听。老头有点生气，给老伴发去信息，咋不接俺电话？俺有好多心里话要对你说呢，三天三夜也说不完！

又是嘟的一声，信息很快回过来了，对不起老头子！阴阳阻隔，人鬼殊途，电话俺是想接可不敢接呀！阎王知道了俺吃罪不起！信息也是偷偷摸摸发哩。

老头又发去信息，老婆子，俺错怪你了。俺明天去坟上看你。

老伴的信息没有再回过来。老头不知不觉睡着了，这天晚上他睡得很踏实，心里暖暖的，甜甜的。

第二天一早，露水还挂在草尖上呢，老头就气喘吁吁来到后山老伴的坟前，扑通跪了下去，老泪纵横。

老头给老伴发了一条信息，老婆子，吃过早饭没有？俺来看你了。

嘟的一声，老伴马上回信息了，说，俺看见你了，老头子。

老头终于忍不住哭出声来，又给老伴发了一条信息，说，俺真后悔啊！当初咋不卖了那件祖传瓷器，给你治病呢？哪怕你多活一天也值啊！

　　老伴回道，难得你有这份心啊！人死不能复生，你不必太自责，你要为俺快乐地活下去，这是对俺最好的祭奠。对了，俺还要告诉你，俺们有一个乡亲的妻子得病了，得的也是绝症，她还很年轻。他们家实在拿不出钱看病，俺就自作主张把青花瓷器送给他们卖了去治病！你不会怪俺吧？

　　老头惊了一惊，回过去信息，说，老婆子，你还是那么替别人着想，心慈呢！想想也是，宝是死的，人是活的，救人要紧哪！俺不小气，俺支持你！

　　等了半天，信息没有回过来。老头又发去信息，等了半天，还是没有回。

　　老头想，一定是老伴困了、累了。他不忍心再打扰她，就默默地陪伴她坐了好长时间。直到日头当顶了，老头才恋恋不舍地回家去。

　　路上遇到村主任赵二愣，老头忍不住把他和老伴互发短信的事说了，还说，老婆子到了那边还学习雷锋助人为乐呢！

　　赵二愣吓白了脸，说"声真见鬼啦"，立马把老头拽上车，一溜烟跑去派出所报案。

　　派出所里坐着一个中年汉子，老头认出他是老伴丧事时吹唢呐的邻村村民白三娃。白三娃见了老头，扑通就跪下了。

　　派出所所长捧出一个青花瓷器，还拿着一部手机，对赵二愣和老头说，他是来投案自首的！

　　赵二愣瞬间明白了，他气愤地猛踢白三娃一脚，说，俺就觉着不对劲呢！原来你是盗墓贼啊！

　　不是这样的，不是这样的。老头却伤心地大哭起来。

　　后来，老头还是坚持把青花瓷器送给了白三娃，说是老伴交代的，让他给妻子治病。

　　白三娃痛哭流涕……

新年礼物

在外打工的香草回家过年，分别给女儿、婆婆、丈夫买了新年礼物。这些礼物传递的是亲情，也赢回了丈夫野马脱缰的心……

香草坐了十多个小时的火车到了县城，又从县城乘了两个多小时的班车到了镇上，再搭了近一个小时的蹦蹦车（三轮车），终于回到了日思夜梦的家乡疙瘩寨。

刚读初中的女儿娇娇站在村口的暮色里翘首等待，见到妈妈，高兴得像一只喳喳直叫的小喜鹊，一下子扑到香草怀里，香草觉得身上的疲累顿时没了踪影。娇娇懂事地抢过妈妈手里的一件行李，撒娇地问，咋这么多大包小裹呀？妈妈，你给我带了什么过年的礼物？香草抚了一下女儿的脸蛋说，妈给你买了一台笔记本电脑，是让你学习用的，可不兴玩游戏！娇娇亲了香草一下，妈妈真好！期末考试我考了全班第一呢！

边往家走香草边问，你奶奶还好吧？娇娇说，好着呢！就是天天念叨你回来。刚才非要跟我到村口接你，奶奶腿脚不好，我没让她来。香草心里暖暖的，又问，娇娇，你爸呢？耍钱去了！娇娇嘟着嘴生气地告诉妈，爸前几天回来的，就晓得和村里打工回家的人一起耍钱。

说着话到家了。婆婆拐着脚迎出来，激动地揩着眼睛说，今天都腊月二十八了，草儿可回来啦！香草忙放下一大堆行李，小心地把婆婆扶回屋里，让她在床头坐落实，回头再出门取行李。

　　香草边翻着行李袋边说，妈，我和柱子常年不在家，这个家都靠你操心呢！我给你买了两样礼物，一件老年人款式的羽绒服，一个足浴盆，哦，就是洗脚盆。婆婆看着香草抖开了羽绒服，帮她穿到了身上，不长不短，不紧不松，正合适，好暖和！婆婆又感动又埋怨，草儿，你们在外打工不容易，家里的楼房还没盖，娇娇要念书，干吗为我老婆子乱花钱？洗脚盆家里有！

　　娇娇插话说，奶奶，我们先吃饭吧。妈妈一定饿坏了！香草提醒说，娇娇，快去喊你爸回家吃饭！娇娇哼了一声说，麻将馆管饭管酒，伙食可比家里好哩！香草的脸上掠过一丝不快，但很快她又笑模笑样了。

　　吃过饭，香草拿出一个崭新的足浴盆，倒上热水，试试水温正好，转身把婆婆搀进自己房间说，妈，我来给您老洗回脚，享受享受！婆婆受宠若惊，又有些不好意思，推辞道，草儿早点歇息吧。这脚，我自己会洗，天天洗哩。香草甜甜地微笑着，做婆婆的思想工作，怎么说呢？足浴和洗脚还是有点不一样。这足浴盆是带保温和按摩功能的哩！俗话说，树老根先枯，人老脚先衰。寒气从脚起哩。做足浴能刺激双脚上的穴位，促进血液循环，调理内分泌机能，防病治病，益寿延年哩！婆婆听得似懂非懂，摇头点头，点头摇头。娇娇挤过来说，婆婆不洗，我洗！看不出妈妈长学问了哩。

　　这当口，柱子酒气熏天跌跌撞撞地回来了。柱子进房就喊，小姐，给我洗脚！醉鬼，又喝得不知东西南北了。婆婆和娇娇直皱眉头，连忙退到外面去了。香草没说话，把柱子扶坐在床头，给他绾起裤脚儿，褪去袜子，把他的一双臭脚放到足浴盆里，按，捏，揉，洗……柱子醉眼迷离，快活得直哼哼，冷不防伸出手来拧了一下香草的胸脯，哼哼唧唧地，小姐，好好陪陪老子，小费好说。柱子往后一仰，倒在床上鼾声顿起。

一条在岸上奔跑的鱼

香草无声地哭了，泪水像散了线的珍珠似的落在足浴盆里。她用干毛巾揩干净柱子的脚，移着他在床上睡好，又替他盖严实被子。

香草出来倒洗脚水，眼睛红红的娇娇迎过去说，妈，我也给你洗回脚！香草突然变了脸色，斥责道，你给我好好念书！长大了不准干这个！

柱子次晨醒来，见枕边放着一个包裹，他疑惑地打开一看，是充气娃娃。他忙喊香草香草，没人应，柱子妈走进来说，草儿带娇娇上街存钱买年货去了。她真不简单，挣了五万多块哩！柱子仿佛突然明白了香草为什么送他这件礼物，他又温暖又羞愧……

刚过大年初五，柱子和香草又劳燕分飞出去打工了。柱子带上了香草送他的特殊礼物，他想好了，今年要像香草一样多挣点钱，好快点实现他们的家庭梦想。

一个上访专业户的诞生

狗蛋去县城玩耍，村干部如临大敌，于是一场围追堵截上访户的游戏就此展开。狗蛋意外地从中得到实惠，干脆变成"上访专业户"……

疙瘩寨的狗蛋，是个光棍儿，游手好闲好吃懒做不说，还酗酒闹事找碴，村民们都不待见他，村主任魏小布也有点讨厌他。

这不，村里要修一条林区道路，征用了狗蛋家的半亩茶园，狗蛋拿到补偿款一蹦三尺高，转过屁股就到村街小神仙酒馆喝酒去了。半个钟头后，魏小布满脸怒气地寻到了浑身酒气的狗蛋，斥道，你咋把三寡妇家的两分茶园也量去了？老老实实把钱吐出来，三寡妇正在村部又哭又闹呢！狗蛋斜着眼睛装起了癫皮狗，大着舌头说，皮尺可是你们干部拉的，我让量到哪你们就量到哪？这是你们渎职！想让我退钱，没门！魏小布气不过，伸手就给了狗蛋一巴掌。狗蛋捂着脸，跳脚大骂，姓魏的，老子要上县政府告你！

实际上狗蛋这是虚张声势，过过嘴瘾，挽回一点面子而已。但是口袋里毕竟有了一笔不小的钱，疙瘩寨狗蛋是待不住了，第二天他就大摇大摆地从村街上搭班车到县城去了，他听说海天娱乐城的小姐特漂亮，会来事儿。

狗蛋刚走，村治保主任江海就把这一重大发现报告给了村主任魏小布。江海上气不接下气地说，全县上下正在开展信访突击月活动，你昨天打了狗蛋一耳光，他一定是到县上上访去了！回头乡长知道了不知道会气成什么样呢！不仅年底考核要扣分，弄不好还撸乌纱帽。魏小布气恨恨地一拍大腿，龟儿子，还给我玩真的！走，包辆车，把龟儿子截回来！

再说狗蛋，到了县城直奔海天娱乐城，身上揣的钱少了一小沓后，他才晕晕乎乎地飘出来，哼着"妹妹坐船头"，准备找一家酒馆再好好犒劳一下肚子，不能厚此薄彼啊！他甚至自言自语道。

魏小布他们在县城先车站后信访办再县政府兜了一大圈，也没找到狗蛋的影子。江海懊恼地说，紧赶慢赶还是晚了！狗日的一定把事捅到县太爷那里去了！魏小布叹道，是福不是祸，是祸躲不过，先去填饱肚子再说！

他们走进一家饭馆，江海眼尖，又惊又喜地小声叫起来，那边不是狗蛋吗？魏小布和江海满脸堆笑地走过

一条在岸上奔跑的鱼

去，招呼道，狗蛋老弟，进城干吗来啦？狗蛋贼机灵，心生一计，没好气地回答道，待会儿去县政府上访哩！江海和魏小布交换了一下眼色，江海挨着狗蛋坐下来，套近乎说，再重要的事，吃了饭再说！我和村主任做东，你也别客气，菜尽管点。那我，就恭敬不如从命了。狗蛋心里乐开了花，脸上倒没显出一分喜色，甚至还端着几分架子。缤纷美味的菜肴上桌了，魏小布抱歉似的说，我们有纪律，午餐不得饮酒，就直接上饭吧。狗蛋老大不高兴地说，我又不是村干部，不受此限。江海又朝魏小布丢了一个眼色，忙喊店家拿来了一瓶好酒，边给狗蛋斟酒边说，对，对。狗蛋，你尽管喝，慢慢喝，酒不够再拿。我俩用饭陪你。狗蛋见了满桌的好酒好菜，早已懒得搭理身边的人，一杯接一杯地吃喝起来，不久就烂醉如泥不省人事了。江海对魏小布诡秘地一笑，怎么样？两人连扶带拖地把狗蛋塞进了车里，车门一关，一溜烟地开回了疙瘩寨。

魏小布的心还没放进肚子里，第二天狗蛋酒醒了，就大摇大摆地找到村部，要报销车费，拿误工补贴。魏小布一听此言，气得肚子都要炸了，他又不自觉地抡圆了巴掌，吼道，你这一上访，让村里损失两千多块哩！幸亏江海及时赶到，把魏小布拉到一边嘀咕了几句，魏小布这才冷静下来。村主任发话了，只要你从此不上访，这次就给你个面子，但下不为例！狗蛋乐得屁颠屁颠的，连说谢谢！谢谢！

狗蛋想，我明天就去北京旅游，还约上三寡妇，我早就想去北京！我爱北京天安门，天安门上太阳升。不，我要去北京上访！吃喝住行一分钱都不用自己掏，还有县乡村三级干部迎接哩！

烟囱歪了

为什么回乡的大学生发现工厂的烟囱歪了，而几乎所有人都不以为然，还视他为异类？直到悲剧发生……

二憨在省城念完大学，又考上了北京什么大学的研究生，几年没回疙瘩寨了。就在人们快要把他忘了时，二憨回来了，说是搞什么社会调查，写毕业论文哩。

二憨有点不认得疙瘩寨了。村子边上建了许多厂房，竖了很多大烟囱，高耸入云，像一片光秃秃的原始森林。烟囱源源不断地冒着粗壮的黑烟，差不多把太阳都遮住了，难怪村里村外大白天都亮着一盏盏路灯。二憨还发现，村后连绵起伏的大山已变得丑陋不堪，如同一个健美的囚犯被凌迟得血肉模糊，各种大功率机械的轰鸣声撼天动地，蹂躏着人的耳膜。

二憨惶惑地边往家走边看烟囱的森林，他突然发现每一根烟囱都严重歪斜着，像那著名的比萨斜塔。发现了这个秘密，二憨大惊失色，简直有些心惊肉跳，于是加快脚步往家走。

当然，父亲已经知道了二憨回来的消息，他特意给水泥厂厂长请了假，跟妻子忙碌了大半天，整出一桌异常丰盛的饭菜来。他俩太想儿子了，无论如何要好好犒劳犒劳他，舐犊之情嘛。

二憨见到父母没有理由不激动，但他面对琳琅满目的佳肴却丝毫没有胃口。父亲疑惑地问，憨儿，你怎么啦？大城市待惯了，吃不得乡下的伙食啦？母亲担心地说，是不是身体不舒服，还是旅途劳累？脸色咋这么难看？二憨没头没脑地冒出一句：烟囱歪了！父母亲不约

一条在岸上奔跑的鱼

而同地追问，什么烟囱歪了？水泥厂的大烟囱都是歪的，歪得可怕！二憨说出这句话，整个人像是高度紧张，又像是虚脱了一般。

父亲母亲看了他一眼，又相互看了一眼，就走出去，在门口仰着脖子看了一阵，然后笑嘻嘻地进屋来。母亲说，吃饭，专门为你准备的！趁热吃！父亲说，烟囱好端端直挺挺的，没歪！是你看走眼啦。二憨胡乱扒拉了几口，站起身，就往外走。父亲不高兴地追上一句，干吗去？二憨生硬地说，找村主任去！烟囱歪了！

村主任家住的是阔气洋气的别墅楼，村主任还是个包工头，承包了水泥厂的部分附属工程，这两年大发了。

村主任刚喝了酒，正剔着牙花呢，二憨气呼呼地进来了。村主任显得很客气，但坐在沙发上的胖屁股没动。哟！研究生回来啦？大驾光临，有失远迎。疙瘩寨的大发展正缺你这样的人才哩！二憨杵在村主任面前，怒容堆积得越来越厚重，说，什么大发展，烟囱歪了！要砸死人的！村主任油光发亮的西瓜脸一下子拉成了冬瓜脸，问，烟囱歪了？我怎么没发现？村主任终于挪着大屁股走到外边，他边撮着牙花边仰着脖子望，直到脖子发酸了他才转回门里，哈哈一笑，一点不歪！怕是你眼睛歪了！你这不是杞人忧天，就是故意找碴！别以为自己墨水喝得多，就斜着眼睛看人看东西，自命不凡，给家乡泼脏水！二憨一跺脚，连夜去了镇上。

镇政府的干部都下班了，走读住县城。门卫老头说，明天上班时间来吧。不是上访的吧？上访我可不能让你进去！二憨还不算憨，笑笑说，我跟你们镇长是老同学，好朋友，想好好叙叙。

二憨只得在镇上小宾馆住下，自然是一夜无眠，辗转反侧，一闭眼，眼前全是歪斜欲倒的大烟囱。

第二天刚上班，二憨就径直闯进镇长办公室。镇长看上去比他大不了几岁，也戴着深度近视眼镜，儒雅而精明。二憨心下窃喜，年轻人好沟通，同是知识分子容易达成共识。镇长热情地问二憨有什么事要办，二憨诚恳地说，烟囱歪了！疙瘩寨水泥厂的烟囱都是歪的！得赶紧采取治本措施，否则后果很严重啊！二憨紧接着自报了家门，以期得到镇长足够的信任和重视。镇长代表全镇人民感谢二憨，并握着二憨的手说，我昨天还去水泥厂调研过，没发现有什么异常情况呀！不过，还是非常欢迎社会监督。有则改之，无则加勉嘛！二憨又加重语气重复道，烟囱真的歪了！镇长笑容可掬地说，你坚持这样说，那好，我今天就派技术人员去实地勘测，还是用事实说话吧！

　　技术人员带着先进设备，带着二憨，重返疙瘩寨，在众多村民的围观下开始了勘测。勘测结果让村民们哄堂大笑，让二憨陷入绝望。烟囱与地面呈九十度垂直，一点没歪！村主任吐了口痰，骂道，这小子，读研读痴了！二憨父亲涨红着脸把二憨拖回家，骂他丢人现眼。母亲揩着眼睛说，孩哪，你这是跟全村人过不去哩！镇上靠它搞税收，乡亲们靠它上班挣工资哩。老话说，一人不咬众，咬众必头痛！

　　二憨心里憋气，真想大哭一场，恍恍惚惚地睡着了。

　　等他醒来时，发现自己躺在一个尽是铁窗铁门的古怪地方，白大褂们走来走去。他紧张而愤怒地问一个白大褂，这是什么地方？！精神病院！是在你喝的水里下了安眠药才送过来的呢。好好治病吧！唉，白瞎了一个环境学院的高才生！

　　就在二憨被送进医院没几天，一则新闻震惊全国，疙瘩寨水泥厂一根烟囱倒了，砸死砸伤了不少人。二憨听到这个消息，又悲痛又高兴，他想自己马上会被放出去的。

他哪里知道，伤心的村民们包括他的父母都在诅咒他，都怪二憨！二憨不回来啥事没有，一回来就出事，他嘴巴太毒！让他一辈子在里面待着吧！扫把星！

一次刻骨铭心的采访

寒门学子高考成绩优异，他为何偏偏要读政法大学？记者带着同样的疑惑上门采访……

马奔以全市高考文科状元的优异成绩，被中国政法大学录取。台长安排我去偏僻的疙瘩寨乡采访这位特殊的大学生圆梦计划受助对象。

我问马奔，作为寒门学子，你的高考成绩完全可以上清华北大，为什么第一志愿填的是这所政法院校？

马奔说，记者同志，我能给你讲一个故事吗？

马奔说，我们疙瘩寨是以穷出名的。父亲为了供我上学，常年在城里的建筑工地打工。母亲在家种着几亩薄田，日子过得很紧巴。有一次，爸爸实在太想我们母子了，乘火车倒汽车再步行越山翻岭，到家已是半夜时分了。父亲喊了半天门，母亲才慌里慌张开了门，父亲进到里屋一看，村长正在床上呼呼大睡呢，酒气冲天。你应该猜到了，显然是村长醉得太深了，母亲没法叫醒他。父亲见这情景，什么都明白了。父亲大怒，外面的传言不幸被证实了，很大程度上父亲也是冲着传言突然回来的。他发疯般操起一根木棍，猛击那醉鬼的裆间，醉鬼惨叫着被打醒，很快又昏过去。母亲哭着跪在父亲的脚下，解释说，都是为了伢念书，村长答应给弄救济款助学金哩。父亲扔了木棒，颓然瘫在地上，与母亲相拥而泣。父亲说，我早听说了，这恶棍欺负了村里不少女子哩。我废了他，为的就是大家外出打工放心哩！马奔说到这里，已是泣不成声。

怎么会这样？后来呢？我深感震惊，唏嘘不已。

后来，父亲因为故意伤害，被判了三年有期徒刑。法庭上，法官例行公事地问父亲上不上诉，父亲激动地回答，没瞧见我讨薪跳楼摔坏过一条腿吗？走路都费劲，还上得了树吗？

马奔泪如涌泉，还有我母亲，因为受不了这刺激和外界的冷言碎语，投河自杀了。

马奔擦干了眼泪，最后说，记者同志，听完这个故事，不需要我再回答你刚才那个问题了吧？

最后一头野牛

一个古老的山村，一群农村留守儿童，一个女大学生志愿者，一头突然闯入人类家园的可怕的野牛，会衍生出一个怎样的故事？

疙瘩寨惊现一头野牛！

那天黄昏，暑期从南京农业大学来的大学生志愿者宛婷，正在留守儿童之家给刚吃过晚饭的孩子们辅导作业。有一个词语，小宛老师怎么给孩子们讲解，孩子就是不懂，小宛老师急出一头汗。她突然灵机一动，采取迂回战术，出题考孩子，并声称答对有奖，孩子们的情绪一下子被调动起来。

47

一条在岸上奔跑的鱼

同学们，请回答，土地上都有些什么？

孩子们叽叽喳喳，争先恐后，竞相回答：

有大山。

有河流。

有高速公路。

有农民新村。

有健身广场。

有工业园区。

有绿化树，香樟，雪松，广玉兰，紫薇，红叶石楠……

小宛老师进一步启发道，你们答得不错。但是，田地里还应该有什么？

有树！有草！孩子们齐声回答。

小宛老师憋红了脸，叹了口气，看外面还有几分光亮，就对孩子们命令道，走！我们去傻二爹的田里看看！

孩子们哄闹嬉笑着跟着小宛老师歪歪斜斜地走过荒草丛生的田埂，七弯八拐地来到傻二爹的责任田边，小宛老师兴奋地用手一指田里即将收割的龇着粒粒金牙笑弯了腰的水稻，大声说，同学们，看见了吧？这就是庄稼、水稻！"锄禾日当午，汗滴禾下土。谁知盘中餐，粒粒皆辛苦"，说的就是稻谷。此外，庄稼还有玉米、小麦、高粱、大豆、红薯、马铃薯等等。

孩子们拍着小手鼓掌，欢呼起来，七嘴八舌地说，原来这就是庄稼啊！

可为什么我们爸爸妈妈都不愿种庄稼，都到城里打工做生意，到工厂上班去了呢？

老师，咋村里只有傻二爹种庄稼呢？只有傻子才种庄稼吗？

老师，我爸爸改写了《悯农》这首诗，他曾经梦想当一名诗人呢！

小宛老师见是傻二爹的孙子，便好奇地说，说说，你爸是怎么改写的？

种楼日当午，汗滴异乡土。谁知血汗钱，寂寞讨无主！

小宛老师吭吭哧哧的，正考虑着该如何回答这群孩子童真而又刁钻的问题，突然间，孩子们像炸了窝似的，哭的哭，叫的叫，拼命地慌不择路地往村子里跑，边跑边哭叫，野牛！野牛！野牛来了！

小宛老师惊出一身冷汗，稀里糊涂地跟在孩子屁股后面跑，跑出一段路，她才心惊胆战地回头去看，妈呀！果真是一头高大威猛的野牛！褐色浓毛在晚风中猎猎飘拂，两角粗大而尖锐、弯曲，头额上还有一块白色补丁状的斑块。

孩子们经常看《人与自然》《动物世界》，他们对野牛比对庄稼熟悉多啦！小宛老师突然有了一种发现珍稀野生动物的新奇、激动和快感，她边撤边用手机摄下了野牛逼近村庄，后又仓皇遁入山林的惊险而珍贵的镜头……

当晚，惊魂未定的孩子们谁也不敢回家去，小宛老师只好一家家地给孩子爷爷奶奶或外公外婆打电话，把孩子们全部留在留守儿童之家过夜，大家齐心协力把门窗加固了又加固，电灯彻夜亮着，大人、孩子还是心有余悸，一夜未眠。

小宛老师通过留守儿童家长微信圈把疙瘩寨村外惊现野牛的视频发往天南地北，圈里惊呼一片！

第二，第三天，孩子们的父母从天南地北纷纷赶回疙瘩寨，看了小宛老师手机里的视频，听了孩子们惊魂未定的描述，家长们认定，真的是野牛进村了！

他们还进一步分析说，也难怪，近些年实行退耕还林，农村土地又大片撂荒，生态环境越来越有利于野生动物的生存和发展，直至今天要侵占人类的家园了。这

一条在岸上奔跑的鱼

不行！

这些多年在外打工，挣了不少钱也见过不少世面的爸爸妈妈强烈地意识到他们的故园正在受到威胁，孩子可能遭遇不测，他们不能不群情激愤，显示出无所畏惧的英勇。

我们马上组织狩猎队，进山捕杀野牛！不能任由野牛祸害村庄，祸害手无寸铁的老人、孩子！

可我们没有猎枪啊，汽枪都没有啊！我们同样也是手无寸铁啊！电视上说，野牛力大无比，连狮子都不敢轻易惹它！我们更不是它的对手啦！

就是有枪也没用啊！野牛是国家一级保护动物，真要打死了它，我们的小命怕也难保！……

人群中有个绰号叫"智多星"的，突然说，走！我们找政府去！不信政府不管！让政府牵头组织专业狩猎队，用麻醉枪撂倒野牛，然后把它关到动物园去供人参观，这样岂不是两全其美？！

众人纷纷叫好。小宛老师也认为这是一个好主意。

这当儿，傻二爹嘿嘿傻笑着从闹闹哄哄的人群中挤过去，手里擎着一把磨得亮闪闪的镰刀，兀自喃喃着，开镰喽！新谷登场喽！

"智多星"急赤白脸对众人解释道，不是我不孝哦！没有牛耕田了老爸还是种地，唉！如今这田地，老年人种不动，中年人不愿种，年轻人不会种，伢们小麦、韭菜分不清……

疙瘩寨的人见识了一场前所未有的野牛大围捕行动！那头高大威猛的野牛终于进入了人们的视线，它昂脖抬首，四足紧绷，怒睁双目，哞哞长啸，声震大地！

武警战士用麻醉枪瞄准咆哮不止的野牛，随时准备射击。突然，傻二爹忘情地傻笑着奔向那头野牛，人群发出一片惊呼，危险！危险！

这时奇迹出现了。只见那头野牛哞哞欢叫着，撒开欢快的脚步一路奔向傻二爹，傻二爹张开双臂猛地抱住野牛的脖颈，又腾出一只手在野牛脑袋上温柔地抚摩着，且哭且笑，连连喊着，老黑！俺的老黑啊！

这时，"智多星"也认出，这是他外出打工那年准备卖到屠宰场，结果被父亲偷偷割断缰绳逃生的那头黑牯！

在场的所有人都惊呆了，静默了。只有黑牯无限喜悦而又哀伤的哞哞声，夹杂着傻二爹嘿嘿的哭笑声，久久萦回在天地之间……

第二辑　打工麻辣烫

　　导读：农民工，个贴着鲜明时代标签的特别族群。他们为了摆脱贫困与落后，追求富裕与文明，脱离土地，远离故园，在陌生的城市奋力打拼，汗水里掺着泪水，笑声里裹着哭声，埋怨土地又留恋土地，向往城市往往又被城市拒绝，别有一种窘境难言说，别有一番滋味在心头。

狗娃的作文

狗娃的爸爸打工几年未归，是他忘了狗娃母子还是另有隐情？今年春节，爸爸终于回家过年了……

　　去年春节的前几天，妈妈忽然告诉我，狗娃，你爸爸终于可以回家，陪俺们一起过年了。我好高兴。我都快记不起爸爸长什么样了，他是在我刚读小学一年级的时候走的，爸爸已有三年没有回家了。我好想爸爸。妈妈也好想爸爸，快到过年的时候，她天天跑到村口那棵老桂花树下去望，去等，她等来的是一次次的失望，我好几回发现她半夜里咬着枕巾在哭。

爸爸马上要回家过年了，我真激动，更为妈妈高兴。不知为什么，我淘气时妈妈不再骂我打我了，妈妈对我特别好，给我买了新衣裳，又给我买了许多好吃的零食。邻居的爷爷奶奶叔叔婶婶，也待我特别爱怜，走过来摸摸我的脑袋，走过去拍拍我的肩膀，不少人还给我钱，五块、十块、五十、一百的，都有。每逢过年的时候，人们就会变得比平时更加热情，人与人之间好亲切。过年真好。我巴不得天天过年。那样的话，爸爸就不会离开我们，我们一家人就可以天天团圆了。

我们疙瘩寨很穷。不知为什么，那么多良田，种得出好庄稼，却种不出好日子。后来村里人就都懒得种田了，土地荒在那里，一个个跑到城里去打工，村里就剩下老弱病残。记得老实巴交的爸爸起初不愿出去打工，爸爸说，都不种庄稼了，都帮城里人盖楼房当佣人去了，钢筋水泥能当饭吃？到时候城里人乡下人吃啥喝啥？爸爸到底经不住妈妈的纠缠，看着左邻右舍一个个打工挣钱了，爸爸长叹一声，带着一塑料袋责任田里的泥土，一步三回头地到很远的城市打工去了。爸爸这一走，好像忘了我和妈妈，过年都不愿回来，你不晓得我们有多想念你吗？我有点恨城市了，是城市抢走了我爸爸。

第一个春节的时候，爸爸打回电话来，说他原本想回来，但需要一个人留下来看工地，老板愿出平时三倍的工钱。爸爸就动心了，退了车票。爸爸对妈妈说，狗娃念书要钱，家里盖新房要钱，什么都要钱哩，不拼命不行啊！我听到妈妈哽咽着说，老公，注意身体，俺天天想你。没等爸爸回答，妈妈就匆匆把电话挂了。

第二年春节又要到了，妈妈说，狗娃，今年你爸一准回来。妈妈在家铆足劲蒸年糕、做甜酒，妈妈说这些

一条在岸上奔跑的鱼

都是爸爸爱吃的。妈妈还买回来不少鞭炮、冲天雷，还有焰火，妈妈说，平时家里太冷清了，爸爸回来过年，要好好热闹热闹。眼看没几天就春节了，外出打工的村里人都陆续回来了，爸爸还没回来。我急了，妈妈也急了，妈妈打去电话，爸爸在电话那头气愤又无奈地说，包工头拖着工钱不给哩，讨到了工钱俺立马回家。妈妈红着脸说，老公，你快点回家，俺夜夜想你。我听见爸爸说，老婆，俺也好想你！俺在外面打了两年光棍了。妈妈说，你真要是想了，偶尔去外面找一下，俺不怪你。爸爸在电话里发火道，什么糊涂话！俺在工地上天天吃咸菜疙瘩，为的就是多挣钱，为的就是这个家哩！妈妈就哭了。结果爸爸过年又没有回来。听妈说，爸为讨工钱准备跳楼。后来政府帮着把工资讨回来了，但爸爸在过年的时候却待在拘留所里。

　　这次春节，我又担心爸爸回来不了，但爸爸真的回来了。那天下午，天空阴沉沉的，飘起了雪花，全村男女老少都聚拢在村口那棵老桂花树下，没有人说话，天地间只有一片静默。不知等了多久，一辆面包车缓缓开来了。妈妈拉着我冲过去，说，狗娃，快去接爸爸。我把爸爸从车上抱下来，爸爸披着红红的外衣，很轻，很轻，所有人都跟着我和妈妈向家里走去。鞭炮热烈地响起来，惊起了桂花树上的几只寒鸦。妈妈终于忍不住放声大哭起来，老公！俺们回家过年！所有人都哭了，我也是。天地间白茫茫一片。

　　后来听大人说，爸爸嫌建筑工地打工挣钱少，跑到山西一个小煤矿挖煤，结果发生了井坑垮塌。人们把遇难者挖出来，从爸爸贴身衣袋里发现了一张全家福。

讨 薪

铁墩带着一帮农民工兄弟在城里盖楼，年底要结工钱时，老板人间蒸发了。就在铁墩山穷水尽准备跳楼时，妻子马枣花给他打来了电话……

接到老婆马枣花打来的电话，铁墩脑袋一下子就炸了！连日来，他领着十几号从家乡疙瘩寨带出来的农民工兄弟，反反复复奔走于老板和人社局劳动保障监察大队之间，着急上火，疲于奔命，本就窝了一肚子邪火。老板陶总早就不见人影了，像从人间蒸发了似的，接见他们的是老板娘，老板娘光彩照人的鹅蛋脸此刻被苦水浸得蔫里吧叽，老板娘倒很有巾帼不让须眉的气概，她说一声"对不起，哥"，然后信誓旦旦地说："我家老陶最近龙搁浅滩，遇到了资金上的麻烦。一旦那边的纠纷解决，立马付你们民工的工资，不就几十万块钱吗？"铁墩气急败坏地打断她："这话你跟俺们说了多少回啦？耍猴呢！你也不睁眼看看，今天是腊月二十几了？俺们都眼巴巴指靠着这钱回家过年、养家糊口哩！"去劳动保障监察大队，那边的人说："我们正在协调哩，凡事解决起来都有个程序和过程。再说，你们知道我们手头有多少件类似的劳动纠纷吗？常言道，上半夜替自己想想，下半夜也要替别人想想！"

马枣花在电话那头吼叫得像头发情的母驴："俺说铁墩，你在外头打了一整年的工，到底挣没挣到钱？老说讨薪讨薪，别是外面的世界很精彩，也养上包上了不想回家了吧？明后天再不回来，老娘也找顶绿帽子给你戴戴！"不容他解释，马枣花气恨恨地挂断了电话，只

一条在岸上奔跑的鱼

传来一串刺耳的忙音。铁墩呆愣了足有五分钟，脸上的肌肉神经质般不停痉挛着，呼吸越来越急促、粗重，两个眼珠子鼓突着似要喷出血来。在年关，在某座大城市的某角落，十几个农民工，仿佛一座随时可能喷发的活火山。铁墩突然歇斯底里地大吼一声："走！绑了姓陶的老婆、孩子，再不给钱就、就……他逼俺死，俺也得找个垫背的！"没有人反对，没有人制止，他们的心里都燃烧着仇恨的火焰，烈焰早已吞噬了他们的理智和善良。"走啊——！"他们从胸膛里奔涌着一种悲壮的情绪，山呼海啸着，向某个富人别墅区疾进。

铁墩他们扑空了，老板娘带着年幼的宝贝儿子已经人去楼空。他们除了愤怒异常，用天底下最恶毒粗鄙的语言胡乱谩骂一通，顺带砸碎了一些门窗玻璃，其他什么办法也没有。铁墩像泄了气的皮球，蹲在防盗门前号啕大哭，一群身处异乡孤立无援的农民工哭成一片！

不知过了多长时间，铁墩突然猛地站起来，擦干泪迹，斩钉截铁义无反顾地冷冷地说："俺去跳楼！这是最后的办法了！"十几个兄弟争着要去当那个跳楼的"英雄"。铁墩平静地说，但更像发布命令："不用争了，这楼俺来跳！你们都是俺从老家带出来的，讨不到血汗钱怎么对你们父母妻儿交代？他们还怎么活命？俺就豁出这条命了！"话音未落，兄弟们齐刷刷跪倒在地："铁墩哥，你有啥意外，你的父母妻儿由俺们大家养着！"

铁墩爬上了他们不知流了多少汗水却拿不到血汗钱盖起来的那座高楼楼顶，接下来的惊险而忙乱的场面大家在电视新闻上看得太多太多，几近麻木，这里就无须赘述了。俺们农民工平时从来没有谁正眼瞧，今天总算轰轰烈烈了一回，体验到一种当明星的感觉，这样胡乱想着，铁墩心里撕心裂肺地痛。就在铁墩情绪失控，完全绝望，正准备纵身跳楼时，老婆马枣花打来电话，却是一副嘻嘻哈哈没心没肺的样子："俺说铁墩，陶总这当口也在俺们这边跳楼哩！他放着好好的建筑承包商不当，说啥子要转型发展，千里迢迢跑到俺们这穷疙瘩租了好几千亩田，搞什么生态有机农业，没想到这小子还真有财运，种出来的米卖到大城市十几块钱一斤，这下大伙又气又眼红，不准姓陶的把粮食运走，非要把田租从合同约定的五百元一亩提高到一千元一亩，两边就干上了！姓陶的死活不让步，这时辰正待在乡政府楼顶嚷嚷着要跳楼哩！俺说铁墩，你那边公安局局长直接打电话给俺了，说你也正为欠薪跳楼，说姓陶的正好是欠你们工钱的老板，这真是大水冲了龙王庙，你说这事巧得！也罢，俺正好是这边的总指挥，不给当地父母官和你们那边公安局局长的面子，还能不给自己的老公面子？你千万别做傻事，跳楼让俺做寡妇啊？这事两边协调好了，俺们不涨陶总田租，陶总答应立马把工钱分文不少打到你卡上！你瞧这叫什么事来着！"

铁墩怀疑老婆被公安"收买"，编了一大套瞎话骗他，目的是想稳住他，不让他真的跳楼。铁墩正迟疑着进退两难，"嘟"的一声，是手机短信，兄弟们望眼欲穿的几十万工钱真的到账了。

在除夕前一天，铁墩他们兴高采烈回家过年去了。

大年初八刚过，铁墩又出来打工了。这回他没再去承包工程，也没去工厂做工，而是注册成立了一家农民工权益咨询服务公司。铁墩美滋滋地打电话回去给马枣花说："你一不小心当上老板娘了！"马枣花又惊又喜，但还是疑疑惑惑地问："俺说铁墩，你那到底是个啥玩意？"铁墩说："跳楼公司。干这个市场潜力巨大，一准来钱！"

马枣花"哇"的一声哭了。

一条在岸上奔跑的鱼

文学女青年小三

小三是个女孩的名字，女孩特别爱写诗。后来她突然不写诗了，还忌讳别人再叫自己的小名……

小三是一个很漂亮很纯净的农村女孩，听说家里很穷，但这并不妨碍她对缪斯女神的狂热膜拜。

这下你应该懂了，小三热爱写诗，当然是写新诗，田园诗、爱情诗，还有朦胧诗，都写，而且写得蛮好。

我认识她的时候，在县文化馆编一本群众文艺小刊物，小三经常寄来诗稿，每每让我眼前一亮。我打电话问她，发表时用真名还是用什么笔名？小三在电话那头犹豫了一下，说，还是用笔名吧，家里人和乡亲们都叫我小三子，就用这个当笔名吧。

小三的诗作接二连三地在县刊市报发表，渐渐有了一些名气。年底县里召开重点作者笔会，我通知小三也来了，这是我第一次见她。她还给我带来一袋花生，说什么也不要钱，说是家里种的。我只好收起钱，给了她不少稿纸和诗刊诗集，满怀希望地对她说，小三，你有很好的诗人潜质，坚持下去，很有可能成为第二个舒婷呢！小三羞红了脸，但看得出来心里很高兴，她使劲地点了点头。

此后不久，我竟在全国著名的《星星诗刊》上读到了署名小三的一首短诗《石板路》：一条凝固的小溪／光亮又洁净／山里的脚步／都是饮它长大的。写得真好！我特意打电话祝贺小三。电话是小三的妈妈接的，她说，小三跟村里人到广东打工去了，树挪死，人挪活啊！

不知过了多长时间，小三突然给我打来电话，说，袁老师，我在东莞这边的大酒店上班，很苦很累，上床就想睡觉，很少写诗了。我刚买了一部手机，第一个电话就打给您。我还用短信发了一首小诗给您，不知能不能刊用。我亲热地叫了一声小三，鼓励她说，人是要一点精神的。文学一定会丰富你的打工生活呢，千万不要放弃！

小三的这首诗叫《故乡》，寥寥十几个字，却写出了无尽乡思、乡愁：故乡真小/小得盛不下一个女孩。我把它推荐到《诗刊》上，很快发表了，并在全国引起反响。

我把好消息告诉小三，小三在电话那头淡淡地说，文学嘛，只能玩玩而已，当不得真的。还有，袁老师，以后别小三小三的叫我了，还是叫我的大名秋琴。

一晃几年没和小三联系了，也没再收到她的诗稿，她彻彻底底地从各种诗歌报刊上消失了。春节将近，县里准备召开一个骨干作者迎新茶话会，我给小三打去了电话，小三抢先说话了，袁老师，听说您出版了一本很厚的诗集，不大好卖是吧？诗集就不用寄过来了，卡号给我，我马上给你打一万块！我很生气地挂了电话，发誓以后再也不跟她联系了。

今天，我在电视里看到了一条某贪官在法庭受审的新闻，站在被告席上的还有一个年轻貌美的情妇。我惊叫失声，血压一下子上来了！

无　题

秧青小两口迫于生活的压力，双双外出打工却天各一方。这天，男人忘了对女人忠诚的承诺，去了不该去的地方，梦魇般的遭际正在等着他的到来……

一条在岸上奔跑的鱼

秧青在梦娜足浴城门口逡巡半个多钟头了。初冬的夜晚寒冷刺骨，他衣着并不厚实，身上还残留着水泥砂浆的斑斑点点，人在寒气中不住地哆嗦，呼吸急促而粗重。

他是步行好几站路摸到这里的。这是一个相对偏僻的街巷。梦娜足浴城只有一个很窄的门脸儿，门楣上的霓虹灯带扑闪着魅惑的眼睛，里面氤氲着粉红色的暧昧的光晕，不时有哮声和浪笑飘逸而出。

秧青觉得自己像一粒被扔在大都市里的可怜兮兮的铁屑，梦娜足浴城仿佛一块强大的磁石，他完全无力抗拒了。尽管瑟瑟发抖，身体里却奔蹿着无数条躁动的火龙，他似要自燃起来了。

秧青咕哝一句，对不起了，茶香。从口袋里摸出一顶帽子，扣到脑袋上，然后老鼠钻洞似的溜进梦娜足浴城。

几个小姐惊叫起来，四散而逃。一个光头壮汉手里挥舞着寒光凛凛的匕首喝问，臭小子！你是哪路劫匪？竟敢太岁头上动土，不想活了不成？老子不是黑白二道通吃，还敢在上海滩混事？！秧青头上戴的是只露出一对眼睛的马虎帽，他知道对方误会了，慌忙支支吾吾地解释道，天冷，太冷。俺是来找……找小姐的。光头壮汉收起匕首，哈哈一笑，干吗搞得这么神神道道？是怕熟人认出来吧？警惕性高呀！这阵子公安盯得也紧！你想点哪个小姐？秧青说，随便，随便，女的就成。昏朦的灯影里，一个浓妆艳抹的年轻女人上前挽住他的胳膊，娇滴滴地说，先生，跟我来吧。年轻女人说完拉着秧青去了里面的包间。

十几步路，好漫长，秧青脚下轻飘飘的，像踩着棉花。他在心里又喊了一声，好茶香，对不起呀，俺该死！

茶香是秧青的老婆，疙瘩寨的一枝花哩！漂亮不能当饭吃，家里太穷，春节过后，小夫妻俩只得劳燕分飞，秧青来到上海在建筑工地开搅拌机，茶香去了温州的服装厂打工。两口子才结婚三年，热乎劲还没过去呢，天各一方，只能隔三岔五打打电话表达思念之情。茶香挂在嘴边的话是，老公，忍着点！不许你找小三，更不许你嫖小姐！过年回去俺把你陪个够！秧青信誓旦旦，老婆大人放心！工友们憋不住了，就相约出去找小姐，俺坚决不去！茶香，你也得保证为俺守身如玉！茶香颤声道，俺保证！家里的楼房还没盖，像样点的家具、电器还没有，贝贝将来念书要花钱，俺们发狠挣钱才是正经哩！

小姐把秧青带到了包间，正欲开灯，秧青低沉地吼一声，别开灯！小姐低声回道，随你。吧嗒一声，小姐关上了门。漆黑一团中，秧青听见那小姐在窸窸窣窣地脱衣服，还小声催促他快脱。小姐脱光了，像鱼一样哧溜躺到了床上，对他说，快弄吧。

秧青也把自己剥光了，挤到床上，他觉得自己像旋转的搅拌机一样轰响，他的一双手慌不择路地在小姐柔滑凹凸的身体上游走着，小姐却什么声音也没有，僵尸一般。秧青忽然没了兴致，恳求般地说，小姐，俺俩聊聊可以吗？小姐不耐烦地回他，要弄就快弄，我可得抓紧时间挣钱哩！秧青无奈，秧青想，茶香跟自己做这事哪是这样没趣？两个人疯了似的，像两块烧红的铁条被打在一起，像一对鱼儿欢快地缠在一起……

秧青败下阵去的那玩意又雄壮起来了，因为秧青心疼钱，这钱是自己汗珠子摔八瓣挣来的，可不能白糟踏，可得物有所值！秧青这样想着，猛地骑了上去，在那小姐身上夜海航行般地剧烈地颠簸着。秧青恶作剧般地问，小姐，不不，妹子，舒服吗？小姐回答温柔了些，哥，别管俺，你弄舒服了就好。秧青诧异道，你咋不讲普通话了？听口音，你是安徽人？小姐说，哥，你的声音俺

一条在岸上奔跑的鱼

也听着怪耳熟。你也是安徽的？秧青说，是啊，俺们那里穷！不出来打工不行啊！小姐好奇地问，那嫂子呢？秧青觉得心里涌过一阵暖流，苦笑着说，也出来打工了。俺对不起你嫂子！俺不该来这种地方。不过，俺真是头一回哩！秧青默了一下，问小姐，俺妹夫呢？小姐答，在上海卖苦力哩！秧青替她高兴，那你们两口子可以经常见面。不像俺们，天各一方，不能见面！小姐说，为啥？俺瞒着他干这个，骗他说在温州打工哩。秧青痛快地长叫一声，泄了。秧青说，巧了，你嫂子也在温州服装厂上班哩！小姐突然小声地哭起来，俺老公晓得俺做这个，非打死俺不可！可俺也是没办法啊！俺一没文化，二没技术，光靠老公一个人挣钱，猴年马月才盖得起楼房，换上像样的家具、电器，让贝贝上好点的学校啊！

秧青一激灵，跳下床来，扯掉马虎帽，拉亮电灯。

茶香！

秧青！

夫妻俩泪眼相看，抱头痛哭！

忽听传来一阵脚步声和尖叫声，门被撞开了！几个警察冲了进来……

白二黑结婚

一个半辈子挣不到钱的光棍，终于挣到一笔大钱。父母忙着给他办婚宴，宾客盈门。不料警察突然出现了……

快过年了，疙瘩寨这里那里不时响起噼里啪啦的鞭炮声，不是谁家在宰杀年猪，就是外出打工的亲人终于回来了。天空中不知什么时候飘起了纷纷扬扬的雪花，白的雪，红的纸屑，将这个山村打扮得更加妖娆、温馨，年味似乎更浓了。

村子中央的白二黑家最热闹。院落里聚着很多人，有亲戚、朋友、乡邻，他们都是来出席二黑的婚宴的。屋子太小，几十桌酒席自然摆不下，好在场院里临时搭建了大大的简易棚子，后到的客人也不计较，一屁股在外面的酒桌旁找个地方坐下，北风裹着雪花呼啦啦地扫在他们身上，他们有说有笑，仿佛全不影响这些客人喝酒吃肉的兴致。

二黑的爹娘喜眉笑眼的，眉眼里却似乎掩藏着很多东西，老两口里里外外地招呼着客人，接受着亲戚友邻七嘴八舌的祝福。

三叔、三婶，今天是二黑大喜的日子，您二老得高兴才是啊！

高兴，高兴。

三叔、三婶啊，您二老过去总是叨咕二黑不争气，挣不了钱，娶不到媳妇。他这次回来不是得了二十多万吗？

那人忽然觉得自己说话不得体，连抽自己嘴巴子，向二黑爹娘赔着不是，二老想开些！您给二黑娶上亲，二黑兄弟不知会怎么欢喜呢。我们这帮一起出去打工挖煤的，做梦都想着讨一个漂亮媳妇呢！二黑也算有福啦。

二黑爹娘哭不像哭笑不像笑地说，你们是光屁股长大的兄弟哩，好人哪！把二黑带出去，又把二黑带回来。莫说怪，感谢还来不及哩！这人哪，都是个命。

说话间，村口突然传来热烈的鞭炮声，还有欢快的唢呐声。

来啦！来啦！新娘子到了！所有的客人都停止了吃喝，纷纷站起身，兴奋而好奇地往外涌。二黑爹娘站在了人群的最前面，风雪模糊了他们的脸。雪地里，唢呐

一条在岸上奔跑的鱼

和鞭炮声愈来愈响，一个红点越来越大，一群人簇拥着一顶大红花轿走近了。

点炮，点炮！迎接亲家和新娘子！二黑爹紧张而兴奋地吩咐道，他拉着二黑娘颤抖的手一溜小跑迎上去。

亲家公！亲家母！彼此客气地招呼着。

亲家，按您说的，十八万彩礼钱打进了您的卡，没闪失吧？

收到啦，收到啦！结亲如结义嘛，莫再提钱了。

两拨人群汇在一起，涌入场院和屋内，吃喝喧闹声又起。

雪越来越大。

迷迷蒙蒙的雪幕里突然钻出十多个全副武装的公安民警，他们面色像雪天一样冷峻，迅速将白二黑家的院前屋后包围起来，有几个民警高叫着"不许动"，冲进婚宴现场。客人们一阵骚乱惊叫。

民警押着一男一女出来了，还抬出了那顶大红花轿。

二黑爹娘绝望的哭骂声震落着如破棉絮般纷飞的密集雪花，老两口拼命地撺上来揪住那对亲家，歇斯底里地吼叫，盗尸犯！你们害得我们好惨啊，惨上加惨！我儿子活着娶不到媳妇，死了连冥婚也配不成……

风大雪猛，老人的哭吼声很快被风雪吞没了，天地间死一般静寂。

当不好的保安

保罗担任某工厂的保安，厂里还是经常丢东西。为免被老板炒鱿鱼，保罗想尽办法追查小偷。查到小偷后，保罗却炒了老板的鱿鱼。为什么？

保罗是这家服装公司今年更换的第四名保安。前面三个保安因履职不力，刹不住公司部分职工偷拿产品之风，先后被炒了鱿鱼。这回约翰总经理亲自到全州最好的保安公司精挑细选，最后相中保罗，把他带回了服装公司。

保罗也信心满满，他是个很有敬业精神同时也很有办法的人，他相信自己有能力力克沉疴，不负约翰总经理知遇之恩。

保罗终日像只高度警惕的警犬一样盘踞在门卫室里，目光如炬盯视着出入的人。公司除管理人员外，其余几乎都是女工。保罗想，女人就是头发长见识多，爱贪小便宜，偷拿公司产品的贼肯定就隐藏在她们中间。问题是约翰总经理是个极有绅士风度的人，不允许保安搜员工的身，再说也有悖国家的法律。监控虽然装了不少，但还是有一些死角，偷窃的事难免还会发生。

公司大门处也装了探头，监视屏幕就在保罗的门卫室里，每天职工下班时，保罗把监视屏幕直盯得眼睛发酸发痛，可它毕竟不是 X 光 Y 射线啊！保罗上班没几天就出事了。

约翰总经理阴着脸对他说，少了一条连衣裙。保罗先生，你当初是怎么对我打包票的？保罗连声说对不起，并问，老板，连衣裙多少钱一件？约翰不满地瞪他一眼，问这个有屁用？一百美元。

第二天，公司广告栏上贴出一张告示，是保罗写的，说那件被偷走的连衣裙他已代为照价付款，希望此类事件切勿再度发生。

保罗相信，人心都是肉长的，以心换心，他这么做肯定会感动偷窃者，效果一定很好。他不免为自己的高明主意而暗自得意。但保罗很快失望了。

过了几天，公司又少了两条连衣裙。没等约翰总经

一条在岸上奔跑的鱼

理来门卫室兴师问罪，保罗主动跑到总经理办公室去负荆请罪了，恳求总经理再给他一些时间，发誓说一定要刹住这股歪风。

回到门卫室，保罗突然想到，都怪自己过分地依赖监控，还是肉眼直视来得更加犀利而有威慑力，也更容易察觉形迹可疑神情慌张的人。

再到下班时间，保罗就门神一样地站在大门边上，鹰隼般巡视着每一位出门的员工。果然，他发现一个叫凯莉的中年女工屁股后面有些鼓鼓囊囊，他阴沉着脸走过去，堵住了她的去路。里面揣的是什么？保罗威严地喝问。你性骚扰啊！这里能有什么？白花花的肉呗！我最近做了隆臀手术。保罗当然不敢搜身，只好不甘心地放她离去。

第二天，保罗又被告知，昨天公司丢了五件连衣裙，据说她们是穿真空装而来，然后戴着乳罩堂而皇之走出去的。保安不是形同虚设吗？保罗急了，慌了，找到约翰总经理又是痛哭流涕又是指天誓日，约翰总算答应再给他一次机会。

保罗于是在员工下班时让她们一个一个鱼贯而出，手里还拿着一个古怪的袖珍机器对员工全身进行扫描，说，这是老板重金购进的当今全球最先进的探测仪器，只要夹带了任何不属于自己的东西，仪器就会发出警报。员工们不少人吓得变了脸色，保罗心里暗暗发笑，逗你们玩呢！啥先进仪器，是我捡废铁捡来的不知啥玩意！但保罗相信，他这一损招这回绝对管用。

错！当晚，保罗就被约翰叫去骂了个狗血淋头，说丢了几十件高档胸罩呢，还是刚刚研发加工的最新产品。你还是卷铺盖滚蛋吧！

保罗一听，傻了，想到自己要失业，保罗头都大了，扑通一声跪地，抱着约翰总经理的大腿哀求再给他最后一次机会，如公司再有产品损失情况他立马滚蛋。老板真是个大善人，尽管暴跳如雷，但到底是雷声大雨点小，同意再给保罗最后一次机会。

保罗回到门卫室，忧心忡忡，哀声叹气。不料门卫室闪进一个人来，保罗一看，是凯莉。半个小时后，凯莉刚走，又闪进一个女人来，是琳达……

第二天早上，保罗来到约翰总经理办公室，主动递交了辞呈。约翰奇怪，公司又丢东西了吗？约翰凄然一笑，丢了，老板，我昨晚人被偷了。我跟踪了一名女工，想弄清她们为什么那么爱偷东西。

弄清了吗？约翰急忙问道。

是的，老板，您的工资开得太低，加之她们的丈夫大部分都失业了，她们的家人特别是孩子都眼睁睁地盼着面包、奶酪呢！她们拿了这些东西，就是去换食品的啊！……

约翰气急败坏地说，保罗先生，你这回立了大功，将功补过，我还要给你涨工资。那些小偷是谁？保罗淡淡地回答，对不起，老板，我不能告诉你！否则，她们只能去当站街女了。

说完这些，保罗眼含泪水，头也不回地走了出去。

我多想喝一口母乳

母亲给婴儿喂乳，天理所在，人性使然。但是有个宝宝却喝不到妈妈的奶水，他追寻着妈妈来到遥远的南国都市。他发现了什么？

我身轻如燕，在半空中飘飘荡荡，俯瞰着这个让我

一条在岸上奔跑的鱼

又爱又怨的世界。我看得见你们，你们却看不见我。我是谁？说出来不会吓着你们吧？我是一个出生不久就因故夭折的婴儿。

我这是要去遥远的南国，去找到我的妈妈，看看她到底在干什么，为什么狠心地不给她的亲骨肉喂母乳。母乳母乳，这是上天的旨意，就是哺育儿女的呀！

我刚满月，妈妈就心急火燎地到南方一个著名的大都市打工去了，把我丢给了爷爷奶奶。

爸爸在山西挖煤，妈妈生我时他都没有回来看我一眼，说得多挣钱呢，让宝宝将来过上好日子，还说宝宝懂事后会理解爸爸的苦心的！我不理解，钱难道比亲情更重要吗？钱难道可以代表亲情吗？但爸爸要妈妈留在家里好好带我，说现在提倡母乳喂养、亲子教育哩！妈妈数落爸爸，别讲那些官话，说得比唱得还好听！光靠你，楼房甚时候才能盖起来？宝宝将来能上得起好学校？公婆的病有钱治？爸爸就没吭声了。

我饿了，哇哇直哭，妈妈就冲了一袋婴儿奶粉，用嘴吹凉了，用橡皮奶头喂我。奶奶生气地说妈妈，奶子胀成那样，怎不给伢喂奶水？妈妈瞪了奶奶一眼，奶粉不是一样营养吗？现在还有几个女人喂母乳？保护身材哩！垮了身材，出去怎么找工作？

我对妈妈的话强烈不满，都说可怜天下父母心，母亲为儿女不惜赴汤蹈火哩！身材难道比儿女的哺育和健康还要紧？可我还不会说话呀，只能哇哇大哭，摇摆着小脑袋抗拒着橡皮奶头。妈妈后来就哭了，眼泪一滴一滴掉在我粉嫩的小脸上，妈妈一定有她的苦衷。我的心软了，热了，就吧嗒吧嗒地喝起奶粉来。

我刚刚满月，一天清早，妈妈把我搂在怀里亲了又亲，对奶奶千嘱咐万叮咛，眼圈一红，拎起大包小裹，扭头走了。

我好想念妈妈，不管爷爷奶奶怎么哄我，我就是不喝奶粉，我不清楚在和谁赌气，总之我绝食了。

现在我乘风腾云，来到了南方那个著名的城市，我又激动又伤心，马上就要见到妈妈了，妈妈就在这个城市的某个角落。当然，妈妈也和你们一样，看不见我，她甚至还不知道我的死讯，爷爷奶奶还没敢把这个噩耗告诉爸爸妈妈，怕他们受不了这个打击。

我终于看见我日夜思念的妈妈了，她打扮得真漂亮，我差点都没认出来，其实妈妈天生就是个大美人，不打扮更漂亮。妈妈怎么在一幢豪华别墅里？

我刚要喊妈妈，却吃惊地发现一个秃顶老头拱在妈妈怀里吃奶哩！我不由得又愤怒又嫉妒，妈妈的奶水不让儿子喝，凭什么却给一个糟老头子吃？我的眼泪哗地下来了，心里恨恨地埋怨，妈妈啊妈妈，你这是为什么啊？我看见秃脑袋终于从妈妈裸露的胸前移开，甩给妈妈几张百元大钞，妈妈红着脸匆匆走出了别墅……

我突然明白了，妈妈是在这里给有钱人当成人奶妈，说是挺挣钱。妈妈一定是迫于无奈才出此下策，她也是为了咱们家呀！我不忍再责怪妈妈，依依不舍地凝望着妈妈，心里那个痛啊！我悄悄地拨转云头踏上归程……

但我没忘让那个秃顶老头嘴上生一个大疔疮。

后来，我终于喝上母乳了。妈妈披头散发，哭一阵，笑一阵，捧着闪着圣光的乳房，一滴滴浓稠雪白的乳汁滴在我小小的坟头上，春雨般滋润着上面的青青小草……

第三辑　俗世万花筒

> 导读：大千世界，无奇不有。人生舞台，生旦净丑。人们扮演着各式各样的角色，演绎着形形色色的喜剧、悲剧、正剧、闹剧、杂剧。转型期的纷繁复杂的社会图景，赛似万花筒，令人眼花缭乱，目不暇接。

一条奔跑在岸上的鱼

环卫工老张爱吃鱼，这天下班回家，发现自家门前楼梯扶手上挂着一条大鲤鱼，以为是水乡的亲戚送来的。杀好洗净，还是没有吃成……

幸福里小区，8栋C单元三楼，环卫公司职工老张中午累倒倒地回到家，摸出钥匙准备开301的门，突然止了动作，原来是他闻到了一股浓烈的鱼腥味。老张边回头边寻思，莫不是自己想吃鱼想昏了头，生出幻觉来？

老张工资不高，老婆在超市里上班，工资更低，儿子在读大学，房贷还差着一大屁股债呢！家庭负担压力山大，尽管他特别爱吃鱼，但只能把涎水往肚里吞，鱼是越来越贵了，他和老婆无论谁去菜场买菜，都挑最便宜的时令素菜买，反季节蔬菜价格不菲，两口子也不敢轻易问津。但他们从不气馁，更加勤奋地工作，他们相信日子会好起来的。

老张寻思的这一会儿，已经回转身来，他惊喜地发现了由三楼向四楼盘折而上的楼梯拐角上挂着一条鱼，一条十多斤的大鲤鱼！老张欢欢喜喜地过去要摘下那条鱼，楼梯拐角正对着他家，一定是谁送给他的，见门锁着，家里没人，无奈之下就把鱼系在楼梯拐口了。

老张按自己的思路想下去，自己是乡下人，乡下有不少亲戚，又是在水乡，亲戚中就有好几个人养鱼捕鱼呢，准是他们中的某一个人送的。老张认为自己的想法再合乎情理不过了，这样想着，他的哈喇子都快流出来了。老张打开门，转身摘下鱼拿进房内，直接送进了厨房。他想把鱼杀好、洗好，放在冰箱里，分几次烧，细水长流嘛。

他和老婆都爱吃红烧鱼，现在是夏天，冬鲫夏鲤嘛。当然，今天晚上两口子就要美美地吃一顿，解解馋。老张甚至预想好了，打半斤便宜又性烈的散装白酒，他妈的奢侈一回。

突然，老张碰到了自己腰间的手机套子，老张马上高兴不起来了。老张想，如果是乡下亲戚进城来送给我的，为什么没打我手机告诉我呢？几个养鱼或捕鱼的亲戚都是知道我手机号的呀！这样一想，老张犹豫了，失望了，沮丧了。他坐下来闷头抽了一根烟，他还有点不死心，他在盼着腰间的手机响。烟头灼痛他手指了，手机还是一直哑着。老张像是和谁赌气似的呼地站起来，又把洗净杀好但还没肢解的那条大鲤鱼从冰箱里取出来，用原来的那根塑料绳穿鳃过嘴重新拴好，做贼似的快步溜出去，四顾无人，赶紧系回楼梯拐角，缩回屋里，砰地关上门。

不大一会儿，老张听见楼道里响起轻盈而有节奏的

一条在岸上奔跑的鱼

高跟鞋的脚步声，脚步声快速升上来，在302门口停住了。

老张听脚步声已猜到是谁，但还是忍不住从猫眼里偷觑了一下，果然是她。302的女主人，听说在机关工作，老公是一个什么很牛的局的局长，人家都叫他李局长。夜晚或周末，经常有人按他家的门铃。老张从猫眼里偷看过几回，这些人都带着大包小包的东西，鬼头鬼脑，来去匆匆。

看什么看，瞧人家也是男人，也是丈夫，多能耐！老婆只有这种时候才跟老张治点气，大多数时候还是算得上贤妻良母的。老张就在心里嘀咕，真他妈倒霉，咋买房跟一个当官的买成紧邻？人比人死，货比货扔，眼不见才能心不烦。他对隔壁这对老夫少妻没什么好感

局长夫人掏出钥匙开门，老张没再从猫眼往外看了，老那样做不地道，他是从声音辨别出来的，但声音响到一半也停了。高跟鞋笃笃走回到楼梯拐角处，谁送的一条破鱼！局长夫人自言自语道，毫不迟疑地摘下来拿回屋里去了。

老张恨恨地想，果然是巴结领导的！同时他又松了口气，幸亏自己及时送回去，不然自己岂不成贼了吗？人穷志不短，做人要清白啊！老张又坐回椅子里，如释重负地摸出一根烟，正准备点火，突然一激灵，门被人笃笃笃地敲响了，没按他家的门铃。老张心一下子揪紧了，他预感到什么不祥，有点战战兢兢地慢慢打开了门。

局长夫人拎着那条鱼站在门口，满脸不悦地说，这鱼，是你杀的？

对不起！是我杀的。我开始以为是我哪个乡下亲戚送来的呢。

老张点头哈腰地忙着解释，一脸的真诚和愧疚。

鱼肚子里，没有什么？局长夫人锐利的目光直视着他的脸。

老张纳闷地说，鱼，鱼肚子里能有什么？鱼肠、鱼泡、鱼杂碎呗。

以后，别人的东西不要乱拿！

局长夫人又狐疑地扫他一眼，拎着鱼回屋去了。很快，老张听到隔壁厨房里传来哧啦哧啦的好听的煎鱼声，还闻到了诱人的菜油香，后来还有鱼香。

老张咽了几下口水，开始打着液化气灶，撅着屁股炒冷饭吃。

这时，家里的电话机响了，是老婆打来的，老婆很不高兴地吼道，你那破手机怎么关机了？刚才老家的二顺子到超市买东西，对我说，给我们送来一条大鲤鱼，打你手机打不通，就把鱼挂在楼梯拐角上了。

老张这下如雷击顶，摇摇晃晃，差点倒下去。他急忙摸出手机。不知啥时没电，手机自动关机了。

我成年后唯一的一次尿床经历

男厕前排起长队，女厕前空无一人。愣头青李四因内急不管不顾一头钻进女厕，领导张三却循规蹈矩排队，结果尿了裤子。这到底是梦境，还是现实？

恍恍惚惚间，汽车行驶在阒无人迹的崇山峻岭之间。

中午被灌了很多啤酒，吃过中饭就出发，此时一个劲地感到眼睛犯困，肚子吃紧。

车上坐着三个人，张三、李四和王五。我是张三，是这三个人的头，某县政策研究室主任。李四是个80后，某名牌大学行政管理学博士生，这年头天之骄子照样就业难，没办法，适者生存嘛，书生意气、挥斥方遒的李

一条在岸上奔跑的鱼

四不得不报考了咱县的公务员。这小子，不知该说他是愣头青还是书呆子，刚上班没几天，就大放厥词，说咱S县这个太教条那个太保守，好像只有他才是改革家、救世主似的。正好省里召开一个解放思想促发展研讨会，我把这浑小子一起带过去，是骡子是马要在关键时候拉出来遛遛，再说把他一个人留在家里我更不放心，说不定我前脚走他后脚就给我捅出一个大娄子来。

差点忘了介绍王五了。其实王五也没啥好介绍的，一个傻大黑粗的中年汉子，是咱单位刚从农村招聘来的一个司机。

车窗外的风景真是美极了，可我不敢看，飘带似的公路一侧就是深不见底的峭壁深渊；再说，我也没心情看，中午太贪杯了，都怪那个一个劲劝酒的俏娘们。

一路上苍山如海，峰回路转，似乎永无尽头，压根儿看不到村庄的影子，更不用说厕所了。我只得屏住呼吸，不说话，拼命地忍着。

李四本是个爱说笑爱指点江山的新新人类，此时竟也目光直视前方的车窗玻璃，正襟危坐，神色凝重，不言不语，比平日乖巧成熟了很多。怪哉！

只见王五一路上边操弄着方向盘，边不时地骂骂咧咧，用的是乡下方言，听得不是很清爽，大概是嫌这山路太窄太险，也或许是抱怨中午我坚决不让他碰酒杯吧！喝酒不开车，开车不喝酒，新交通法出台了，你小子还敢顶风作案？真是得了便宜还卖乖，你知道此时我老张多么内急痛苦吗？！多怪那个俏娘子！

"王五，怎么一路上都不见人家？我喝了啤酒肚子胀，想找个厕所方便一下！"李四终于开口说话了。我禁不住精神为之一振，仿佛孤零零的孩子终于找到了玩耍的伙伴，又仿佛沙漠孤旅者蓦然发现了希望的绿洲。

"荒山野岭的，想尿就尿呗！要啥子厕所？"这回我和李四都听懂了王五的话。话音刚落，只见王五熄了发动机，拉开车门，兔子似的跳下去，解开裤子，叉开两腿，一道银亮的弧线霎时从裆间抛撒而出，伴随着一阵"哗哗啦啦"的响声，落入深涧绝壑之中。

"飞流直下三千尺，疑是银河落九天！"李四触景生情，欢呼出声，想拉车门但又停住了，白净睿智的脸上溢满倾慕的神情。

"真不注意形象！"我很有点惊愕和生气，但念及他只是个招聘来的司机，不值得计较，遂无奈地摇摇头，只是两腿夹得更紧了，一动也不敢动。我拼尽全力勉强维系着的平衡一旦受外力作用被打破，后果将不堪设想。

汽车依然行进在阒无人迹宁静得可怕的崇山峻岭之间。

王五撒完尿，不经意间显露出前所未有的轻松和舒适，不再骂骂咧咧，而是吹起了欢快的口哨。

要命啊！听着王五那浑蛋充满诱惑的口哨，我满眼只是那一道银亮的自由自在的弧线，我顿时感觉我的下腹部快要爆裂了，绝望地闭上了眼睛。

"亲爱的厕所！亲爱的厕所！"突然，李四惊喜地叫起来，"张主任，前面有个厕所。"

我简直不敢相信自己的耳朵，真是天无绝人之路！睁眼看去，前方不远处果然有一个厕所模样的简陋建筑，只是那里已抢先我们停了一辆大客车，厕所外排了长长的一溜队伍。

车子戛然停下。我夹着腿、弓着腰，步履艰难地将身体移过去，很有姿态地排在长蛇阵的最后面。

站定后，我注意观察了一下，厕所分男厕女厕，男左女右，长蛇阵居然全部排在左边，右边空无一人。奇怪！那辆大客上竟然是清一色的男人！

这时，我脑袋"嗡"的一炸，忙不迭揉揉疲乏至极

一条在岸上奔跑的鱼

的眼睛，脑袋又是"嗡"的一炸。李四那愣头青居然没有排队，而是大大咧咧气宇轩昂地向女厕所走去！

我以为那小子中午多喝了几杯马尿，又坐了一路的车，一定是犯迷糊了，赶紧提醒他："小李错了！那边是女厕所！回来！"

一切都晚了，李四已经一头钻进了女厕。

我气得脸色铁青，这当儿长蛇阵一阵扭动骚乱，很快不少人跑到右边，左右两边都列起了队伍，推进的速度大大加快了。

"乱弹琴！"我为李四为人所不齿的行径恨得牙根痒痒，这小子全然不顾公务员和知识分子形象，太不像话了！终于挪到厕所门口了，下一个就是我了。这时候我突然感到两腿间一热……

在省城的解放思想促发展研讨会上，李四宣读了一篇题为《规则与变通》的学术论文，并以我们一同去省城的途中经历为例证。会场顿时像油锅里溅了冷水似的，炸开了！有叫好的，有斥责的，有支吾其词模棱两可的，议论鹊起，莫衷一是。

"你个老东西，咋尿床啦？！"老婆一声河东狮吼，一脚把我踹到床下，我一下子惊醒过来，羞愧得差点没晕过去。

贼　疑

村主任家鸡窝里的鸡蛋不见了，村主任夫人撒泼骂街。邻居翠莲心里本来坦荡荡，男人以为是怀疑他家偷了鸡蛋，怕建房申请的事要泡汤，翠莲也急了，于是接下来……

第三辑　俗世万花筒

晌午时分，隔壁黄三姑尖利的嗓子突然骂起来。

翠莲和黄三姑是紧邻，但两家却有天壤之别。黄三姑家盖的是花花绿绿三层到顶的小洋楼，翠莲一家老小至今还住在低矮狭小的泥墙瓦顶的破屋里。

谁叫人家的男人是村主任呢！翠莲此时正在厨房里炒菜，男人每天在田里地里累个半死，待会就要回来吃饭哩，自己的男人虽说没啥大出息，可自己不疼谁疼？

翠莲炒了山芋秆，又炒起四季豆。她本想给男人弄样辣椒炒鸡蛋，可到底没舍得。两个女儿，一个读小学，一个念高中，费用大着哩！鸡屁股还是"小银行"哩。

黄三姑尖利的嗓门越来越大，在翠莲"嗞嗞啦啦"的炒菜声里听不清究竟在骂什么。翠莲侧耳细听，还是听不清，但感觉那声音就像子弹，直直向翠莲这边发射过来。翠莲停了锅铲，"嗞嗞啦啦"的声音小了，黄三姑的声音大了，震耳欲聋。

"是谁这么眼皮子浅，手爪子长，偷了老娘鸡窝里的鸡蛋？偷去给野男人补蛋吗，偷吃了烂嘴烂胃烂心烂肺！……有本事偷就有本事承认，哪次让老娘逮着，非剁了她的爪子，然后让俺家男人把她送到派出所去！气死老娘了！偷东西也不看看偷到谁家啦，胆大包天哩！……"

翠莲知道黄三姑肯定不是在"敲打"自己。翠莲自从嫁到这个村，行得端，坐得正，人穷志不短，名声好着呢！听着那骂声，翠莲心里暗暗笑了一下。她听说黄三姑的男人大鱼大肉吃腻了，一回家就吆喝着要吃辣椒炒鸡蛋，说是嘴巴里淡出个鸟来，要吃下饭菜哩！黄三姑刚才在骂什么"吃蛋补蛋"，翠莲因为这心里偷笑了一下。听说村主任在外面有好几个相好呢，可不得好好补补？也亏得黄三姑，家里那么气派有钱，却还要在屋外搭个鸡舍养鸡。村主任眼下早就不把她当回事了，可

一条在岸上奔跑的鱼

黄三姑蛮拿自己当回事，整天端着村主任夫人的架子哩，见人板着脸，走路眼朝天。

她家油水足，有的是力气，让她骂去吧，爱骂多久骂多久。翠莲的男人回来了，翠莲忙端菜盛饭伺候男人。

"村主任家的在骂什么？"男人边扒拉饭边瓮声瓮气地问。

"好像是鸡蛋被人偷了，骂了多半天啦。"翠莲答。

"俺听着，黄三姑是冲俺家骂哩，该不是怀疑你偷了她家鸡蛋吧？"男人停下筷子，样子很有些惶惶不安。

"哪能呢，你别疑心生暗鬼，把屎盆子往自己脑袋上扣！俺翠莲是什么人你不清楚？全村人都清楚，她黄三姑也清楚！"翠莲说着说着真生气了，又给男人盛来一碗饭，用力往他跟前一蹾！

"俺家申请做新房的报告，村主任咋还不给批呢？"男人闷闷地吃着饭，像是问翠莲，又像是自言自语。

……

第二天几乎同一时段，黄三姑尖利的嗓门又骂起来，听上去愤怒的程度更胜一筹了。又是鸡蛋被偷了！

谁敢偷村主任家的鸡蛋？而且专偷村主任家的鸡蛋？翠莲觉得奇了怪了！毕竟是邻居，翠莲想，俺也不和黄三姑一般见识，好歹她家是失了窃，得去看看，关心关心，这年头人情味是越来越淡了，什么都论钱，可不是好事。翠莲已经弄好了饭菜，单等男人回来吃。男人只知道死做，这时辰还没回来，家里负担重，他还做着新房梦哩！翠莲就往黄三姑家小洋楼走去，老是窝在家里不出来，不定黄三姑真以为俺偷了她家鸡蛋哩！再说，建房申请的事也得找她问问，求她在村主任耳边吹吹枕头风。

翠莲刚出门又折回来，再出门的时候用围裙兜了不少鸡蛋。

黄三姑的怒火被翠莲的鸡蛋和好说歹劝的话暂时浇灭了。

"到底是谁这么眼皮子浅、手爪子长，专偷你家鸡蛋呢？！"翠莲平时很看不惯黄三姑，心里更看不起她那副德性。这会儿安慰着她，鬼使神差地竟陪着几分小心和谄媚。

"让老娘逮着了，非剁了她的爪子，送到派出所关起来！"黄三姑说话的口气象个公安局局长。她毫不客气地收下鸡蛋，依然板着个脸，还用眼睛上上下下把翠莲扫了几遍，眼神怪怪的，像长了刺。翠莲像被人扒光了衣服，接受 X 光的扫描，浑身剩下不安、不自在，她突然感到自己仿佛就是那个偷鸡蛋的贼。

本来她想趁村主任家的心情好了，说说那建房申请的事，这会儿她没心思提了，一阵风地跑回家。男人还没回来，她一头扑进房间，扑到床上，呜呜地哭了好一阵。她觉得自己好冤屈，心里堵得慌。哭了一阵后，翠莲就不哭了，走出房间，等着男人回来吃饭。她不愿男人看出什么异样，担心她！

但翠莲的心里想好了，她一定要抓住那个贼，还自己一个清白！

一连好多天，翠莲都眼睁睁地盯着黄三姑家鸡舍的方向，注意有没有什么人靠近它。翠莲家厨房门正对着黄三姑家鸡舍，因此足不出户，就可以看得一清二楚。

但黄三姑尖利的骂声每天都会准时响起来。

翠莲大惑不解！这到底是怎么一回事呢？自己整天盯守着，压根儿没有人接近她家的鸡舍，鸡蛋咋就没了呢？真是活见鬼啦！黄三姑污七八糟的叫骂声像嗖嗖乱飞的子弹不断射穿她的耳膜，她觉得自己的脑袋正一个劲膨大，简直要爆炸了。她越来越恍恍惚惚地觉得自己就是那个贼了，至少在没有抓到那个贼之前。翠莲又鬼

一条在岸上奔跑的鱼

使神差地送过去一些鸡蛋，黄三姑的骂声才告一段落。一定要抓住那个可恶的贼！翠莲咬牙切齿，恨恨地发誓。

这天，翠莲一刻不离地睁大眼睛死盯着黄三姑家的鸡舍，连中午饭也没顾上做，自己就那么饿着肚子盯着。正好男人忙完田里地里的活，到县城工地上打工去了。

但令她绝望的是，黄三姑尖利的骂声还是如约而至！她又凄凄惶惶地送了一些鸡蛋过去，她家攒着等着换钱的鸡蛋已经快被她送光了，明天黄三姑再骂，她拿什么去堵她那张比刀子还要伤人的嘴呢？

黄三姑余怒未息地回楼房睡午觉去了。翠莲正想往回走，突然停住了，又转过身，她突然想到该去黄三姑家的鸡舍零距离地看个究竟。黄三姑的小孙女也跟了去。鸡舍里空荡荡的。"你家的鸡呢？"翠莲好诧异。"鸡蛋老是被人偷，几只鸡就被俺爷爷奶奶一天一只杀了吃啦！"黄三姑的小孙女仰着小脑袋回答，"鸡肉真香！"翠莲闻言，脑袋像被人狠狠敲击了一下，一阵眩晕，脚步趔趄了几下，差点摔倒。但这冥冥中的"一敲"，让翠莲突然想到了什么，她显得有些兴奋起来，急急忙忙赶回家，又很快重新回到黄三姑家的鸡舍前。只见她放了一枚鸡蛋到鸡舍里，又哄黄三姑的孙女回去了，自己就躲在鸡舍旁边的墙拐，目不转睛地细看究竟。

不大一会儿，窸窸窣窣一阵响，只见一条一米多长的什么蛇不知从什么地方钻出来，敏捷急速地游进鸡舍，出来时脖颈处鼓起一个小包。

"原来贼就是你！"翠莲此刻百感交集，喜恨交加，自己的冤屈终于可以洗清了！你害得俺好苦好苦啊！平时翠莲看到蛇怕得要命，浑身直起鸡皮疙瘩，这会儿却不知哪来的胆量和勇气！她从墙角闪出来，纵身一跃，奋力地扑到正欲溜走的蛇的身上，却只压住了蛇的尾巴，蛇头闪电般甩过来，翠莲的胳膊一阵剧痛，昏了过去……

不知是在被人送往医院还是在被牛头马面送往阴间的途中，翠莲仿佛听见人们议论的声音：

"翠莲不是贼，翠莲是清白无辜的！翠莲是好人哪！"

"翠莲胆子可真大，那可是条眼镜蛇啊！"

"……"

翠莲似乎还看见村主任朗声笑着，扬了扬手里的一张纸说："你家的建房申请批了！"她仿佛还听见了自己男人女人般撕心裂肺的哭声……

爱情故事

一个疯子为什么在小镇十字路口当起"编外警察"？谜底揭开，对正在闹离婚的许良有否触动？再婚后的他真的幸福吗？

那阵子，许良正在闹离婚，闹得昏天黑地。据说他在外面有了女人。我和许良是铁杆，当然不能置身事外，何况嫂夫人是那等贤惠，我觉得自己该做点什么。硝烟弥漫的战场自然是不能去了，我一个电话把许良约出来，找了个小酒馆边喝边聊。许良显得很疲惫，又很执着，把酒瓶子一蹾说："兄弟，喝酒可以，但不可以当说客！吾意已决，多说无益！"我深深地叹了口气，自顾自干了杯酒，答应他说："好吧，我不再劝你。但我给你讲一个故事，总可以吧？"见许良没作声，只一杯接一杯地喝闷酒，我边喝酒边幽幽地说起来，火锅的热气模糊了我们彼此的脸，也渐渐润湿了我诉说的声音——

一条在岸上奔跑的鱼

就在我们这个县，在一个远离县城的偏远小镇，随着农民纷纷富起来，小镇上的各种机动车也如同雨后春笋般多起来了，摩托车、三轮车、农运车、工程车、小汽车、中巴车、大巴车……街道很窄，随着车辆多起来，街道上就显得更窄、更挤、更乱，喇叭声、吆喝声、咒骂声不绝于耳，一片嘈杂。小镇的十字街口尤其如此。一个交警模样的年轻人身板笔挺地站在十字街口的路旁，不断地变换着各种手势，看样子是在指挥调度着混乱的人流、车流。可你稍稍注意一下就会发现，十字街口并没有安装监控摄像头和红绿灯呀！进而你就会发现，这个"交警"也大有问题呀！没戴大檐帽，没穿制服不说，他竟然蓬头垢面，胡子拉碴，衣衫不整，眼珠子老半天也不转动一下，脸上什么表情也没有，嘴里不知一直在咕噜着什么，两只胳膊上下左右地胡乱舞动着……兄弟，你猜对了，这是一个疯子。当然没人会听从他的"调度指挥"，除非你也是一个疯子，不对，疯子更不会听他的，要么疯子就不是疯子了。十字街口那个乱呀！我没你肚皮里墨水多，会写什么言情小说、都市剧，会把西天的晚霞比喻成女人的经血，但"险象环生"这个成语我还是会用的。对，对！十字街口那个乱呀，就是险象环生！可这么一个偏远小镇，上级怎么可能给它安装红绿灯、派驻交警呢？连那个冒牌的交警也被当地政府送到市精神病院"康复治疗"去了。当然这个故事还没有完，兄弟，你慢慢喝，我陪着你……半年后，那个蓬头垢面的年轻人又出现在十字街口，依然不管刮风下雨、春夏秋冬，每天都笔直地站在那里，不知疲倦地挥舞着胳膊，一丝不苟地指挥着交通……他看上去是那样神圣庄严，尽职尽责。当然，路过的人们谁也不会把他放在眼里，他得到的只有白眼、呵斥、嘲笑、鄙夷、戏谑，最多是一声怜悯和一声叹息。兄弟，你别烦，不想听下去了是吗？悠着点喝，别喝醉了，耐心点，这个故事或许对你创作有启发呢！……一天，十字街口终于出事了！一个年轻美丽的姑娘骑着电动车急匆匆地赶着去上班，拐弯时，迎面冲过来一辆装沙石的工程车，双方急刹车、避让都已经来不及了！空气瞬间仿佛凝固了一般，人们不约而同地发出恐怖而绝望的尖叫声！待人们睁开眼涌过去时，工程车像闯下大祸似的可怜巴巴地停下了，地上一摊刺眼的鲜血，血泊里躺着那个蓬头垢面的年轻人，姑娘倒是毫发未损，只是被这突如其来的惊人一幕给吓傻了！这故事有点落俗套了！对，兄弟你猜得没错，在千钧一发之际，是那个疯子飞身上前，撞开了姑娘！接下来的故事又有点峰回路转了，人们在疯子胸前贴身的衣袋里摸出了一张照片，照片上有个美丽的姑娘在甜甜地娇羞地微笑……知情的乡党们都心有余悸地说，多亏姑娘长得酷似疯子的未婚妻。三年前，十字街口也发生过一起车祸，死者是一个年轻美丽的姑娘。闻讯赶过来的一个小伙子，从那天起，就疯了……

"小镇现在终于有红绿灯和交通警察了！"我喝完最后一口酒，顺手抹了一下眼睛，故作轻松地说道，"我有幸成了那个偏远小镇的第一个正式交警。"

肯定有很多读者自作聪明地猜测，我的哥们许良听了我前面讲的那个故事后，幡然醒悟，放弃了和发妻离婚的念头，两人和好恩爱如初，从此过上了幸福的生活。错！那又落入童话的思维定式了。事实上，我的良苦用心完全白费，许良不久就和妻子离婚了，一场旷日持久的离婚大战终于落下帷幕。很快，他又再婚了。

不知过了多长一段时间，一天许良突然打我电话，约我到上次的那家小酒馆喝酒。

我小心地问："兄弟，婚后一定幸福吧？"许良没回答我，自顾自闷头喝着酒："你说，到上海要几个小时？"

一条在岸上奔跑的鱼

我诧异，疑疑惑惑地答："走高速，五六个小时吧！"

许良忽然抬起头，红着眼睛说："那到北京呢？"

对于他的问话，我有点丈二和尚摸不着头脑了："得，得十几个小时吧？"

"那到美国，到加拿大，到遥远的西半球呢？"许良声音大起来，像跟谁吵架似的，样子很有些咄咄逼人了。

我端酒杯的手颤抖起来，有一些酒晃荡了出来，说话也有点磕磕巴巴："坐飞机，不过几十个小时吧，我想。我也不是很清楚！"

"可我和孩子他妈……同在一座小城……我却永远也回不去了！……"

许良对着酒瓶发疯般地狂饮起来，我慌忙将酒瓶从他嘴前硬夺了下来。许良一头扑到酒桌上，放声痛哭起来。所有的人都把怪异的目光投射到我俩身上。

放下和尚

一个胖大和尚，只知吃饭睡觉，不事修为，对什么事都说"放下"。他终于被赶出了德成寺……

一天，德成寺来了一个行脚和尚。看样子，五十多岁，高高大大，白白胖胖，是个胖大和尚。他寡言少语，不喜不恼，大胖脸上似乎全无表情。无嗔住持双手合十，口称佛号，问他法号，他答曰："放下。"无嗔住持复问他来自何方，他答曰："放下。"无嗔住持皱了皱眉头，但还是让他挂了单。

胖大和尚，每天除了做功课，就是吃饭、睡觉，或在寺院周围闲逛，也不挑水，也不扫地，更不同寺院的其他师父一起去种菜。无嗔住持看他越来越不顺眼，其他师父当面懒得和他打招呼，背后更是指指点点，说他是懒和尚。胖大和尚依然故我，似乎对周围的变化浑然不知。

一天，寺院的山门上不知什么人贴了一副新对联：

净地何须扫，空门不用关。

胖大和尚每天除了做功课，就是吃饭、睡觉，或在寺院周围闲逛。

一个挑夫挑着重重的一担货物，走到山门前，汗流浃背，呼哧直喘。见到胖大和尚，挑夫龇牙裂嘴地说："太重了！挑不动了！"胖大和尚头也不回地咕哝一句："放下。"挑夫心里说：废话！我都挑到目的地了，担子还不放下？

这以后，庙里庙外的人提到胖大和尚，都不无讥讽地叫他"放下和尚"。

这天，胖大和尚做完功课，又在寺院门口闲庭信步。一个年轻貌美的女香客，正敞着雪白的胸脯奶孩子，见胖大和尚踱过来，忙大大方方地说："师父，帮我抱一下孩子，我去方便一下。"胖大和尚不言不语，不喜不恼，只从女子怀里接过孩子，也不哄，也不逗，孩子在他怀里却出奇地安静。

这一幕，正巧让无嗔住持看到了。无嗔住持很生气，事后责备胖大和尚："出家人六根清净，岂可接近女色？扰乱修为！"胖大和尚还是简简单单的两个字："放下。"说完就走开了。

农历二月十九，是德成寺传统的观音庙会。平日游人稀少，香火不旺，庙会期间一时香客云集。无嗔住持安排胖大和尚负责敲木鱼、发告、帮香客解签。胖大和尚倒也忙得不亦乐乎，但不论香客求到的是"上上""中平"还是"下下"签，解签时他一律只说"放下"两个字。有人就去找无嗔住持告状，说胖大和尚胸无点墨，瞎糊弄。

突然，一个女香客惊叫出声："我的钱包！我的钱包！"拥挤不堪的大雄宝殿，一下子更加纷乱嘈杂起来。只见胖大和尚频敲木鱼，双手合十，口称佛号，连声说："放下，放下。"一只钱包飞到了胖大和尚脚下，他捡起来，不言不语地交还那个女香客。有人激愤地说："佛门净地，竟敢如此胆大妄为！马上打110，报警！"胖大和尚还是连声说："放下，放下。"木鱼声声，香烟袅袅，仿佛刚才的一幕并未发生。

庙会结束，胖大和尚也收拾行囊走人了。无嗔住持把他送出山门，正要解释什么，胖大和尚双手合十，口称佛号，然后头也不回地走了，边走边喃喃自语："我是谁，谁是我；来即去，去即来。"

胖大和尚离开德成寺十多年了吧，至今人们提起他，有说他是懒和尚、疯和尚的，也有说他是得道高僧的。是懒和尚、疯和尚还是得道高僧，谁知道呢？

今年，一个大老板无偿捐资几千万元扩建了德成寺。他说，是放下和尚改变了他一生的命运。这又是怎么回事？谁知道呢？

屁　事

有屁就放本是正常的生理现象，但在很多场合还是尴尬。明明是局长放的屁，老马为什么说是自己放的？

我有个同事，叫老马。我刚分配到局里上班的时候，他就已经干了十年的秘书，我在局里当了十年的副职后，他还在干秘书。老马仕途不顺，我们都替他鸣冤叫屈。因为老马的确是一个不可多得的好同志。

老马是一所重点大学中文系毕业的高才生，博古通今，政策理论水平和文字水平都十分了得。大学毕业，就分配到我们局当秘书，眼看三十年过去了，老马的头发真是朝如青丝暮成雪，比他晚进局的一个个都就地或异地提拔了，唯有他仿佛被孙猴子使了定身法似的，简直在秘书岗位上生了根。老马真是个好同志啊，每天早到晚退，还经常加班加点挑灯夜战，工作兢兢业业，任劳任怨，和同事们的关系也是水乳交融。老马每年写下来的材料可谓堆积如小山，在省、市、县举办的屡次公文大赛中频频获奖，个人考核几乎年年被评为优秀，可局长升迁了一个又一个，老马还是老马，秘书的干活！以至于我实在看不下去，一次不揣冒昧地问局长："我们单位提拔了一个又一个，为什么总轮不到老马？论资历论水平，论功劳苦劳疲劳，早该考虑老马了！"局长意味深长地一笑："我也知道老马是个好同志。可老马我们用顺手了，他写的材料我们一百个放心！他提拔了，谁能够接他的茬？谁能让我们一百个放心？这恰恰是领导对老马的高度信任啊！"我恍然大悟，从此再也不好说什么。

据说，老马在家是个"妻管严"，马夫人对他在政治上几十年一贯制死不进步极为不满，说跟了他这辈子算是白瞎了！老马也觉得自己活得太窝囊，太对不起夫人，于是更加低眉顺眼、逆来顺受了。老马看上去越来越沉默寡言，越来越木讷。偶尔闲暇一点的时候，老马就面对电脑屏幕发呆。一天，我扔给他一本《小小说选刊》，说："老马，这本杂志上有篇小小说叫《屁事》，也是写秘书的，怪有意思。"老马苦笑了一下，翻开杂志，默默地看起来。

一条在岸上奔跑的鱼

过了几天，局长主持召开干部大会，传达上级有关会议精神。局长西装革履，大背头一丝不苟，正襟危坐，声若洪钟。老马趴在会议桌上笔不停挥，认真地做着记录。突然，从主席台方向传来一串响亮的一波三折的可疑的声音，随即大家都自觉不自觉地以手掩鼻，有人还抿着嘴拼命地忍住笑。大家察觉到口若悬河的局长的脸红了一下，声音也停顿了几秒，会场的空气像突然间凝固了。

"不好意思，是我放的！中午吃了个烤红薯。"老马讪讪地站起来，向大家鞠了个躬以示歉意。大家都把惊讶、奇怪的目光聚向老马，老马的脸唰地红到了耳朵根。

只有我知道，老马一定是看了那篇小小说"现炒现卖"了。那篇小说写了一个秘书，在领导大庭广众之下放了个屁的关键时刻，挺身而出，为领导"排忧解难"，结果很快得到了提拔重用。

"好了，好了。"局长大度地说，"以后少吃烤红薯了，免得污染空气。"局长正襟危坐，神态自若，傲视会场，继续声若洪钟地做着报告。

第二天，局长把老马叫到自己办公室，热情地请老马坐下，还破天荒地亲自给老马沏了一杯茶。老马不知是祸是福，忐忑得坐也不是，站也不是。

"老马啊，"局长语重心长地说，"你干了几十年秘书了吧，工作勤勤恳恳，任劳任怨，什么是革命的老黄牛，老马就是！你不仅工作踏实，政治上也越来越成熟了，我准备向组织部门力荐你！只要我当这个局长，就要树立正确的用人导向，不能让老实人吃亏，投机者取巧！"

石破天惊般，老马闻听局长一番话，感动得竟然说不出话来，临走时才想起一迭声地说："谢谢局长，谢谢局长。"

不久，组织部门果然就到局里召开干部大会，对拟提拔使用的老马同志进行考察，开展民主测评和民主推荐。

推荐结果却出人意外！因为老马未获得三分之一以上的推荐票，提拔的事黄了。局长无奈地对老马解释："这是硬性规定，我也是爱莫能助啊！吃一堑长一智，老马，工作努力、出色固然重要，但也要搞好群众关系啊！"

我知道，因为老马为局长"分忧"事件，大家对他的美好印象土崩瓦解了。

这以后，老马变得更加木讷，

一天，局里又召开干部大会，局长带领大家学习上级有关文件精神。突然，会场又响起一串一波三折的可疑的声音，这次大家谁也没有掩鼻，只齐刷刷地把内涵丰富的眼光投向老马。

"老马，上次不是跟你说了吗？不要再吃烤红薯了！"局长半开玩笑半认真地"批评"老马。

"不是我放的！我从来不吃烤红薯。"老马猛地停下记录的笔，迎着局长的目光，大声辩白。

局长的脸一下子红了。

会场上立时像炸开了锅，大家你一言我一语，当然，我也加入了声讨的行列："老马啊，我们听得清清楚楚，明明是你放的，干吗不承认？""这可不符合你的一贯为人和作风啊！再说，这事又不是故意的，不由自主嘛！委过于人可不大好啊！""真是！这年头，好人也学坏喽！""……"

老马吃惊地瞪大了眼睛，扫视着一个个义愤填膺的面孔，握笔的手哆嗦不止。终于，他的头低垂了下去，断断续续地喃喃："对、对不起，是我放、放的，我又

一条在岸上奔跑的鱼

吃了烤红薯……"

这天，老马回到家里，和夫人在一起吃饭。突然，夫人那边传来一串奇怪的声音。夫人神态自若，根本没觉得有什么难为情。但老马抢着说："是我放的，对不起！"夫人奇怪地看着他，像审视一个外星人。

以后，不管在什么场合，只要有人放屁，老马就会抢着说："对不起！是我放的。"

再以后，老马办了病退，我们把他送进了精神病院。

再再以后，我们单位的人遇到老马的夫人，避之唯恐不及，谁也不敢正视她的眼睛。

变　脸

川剧变脸是独门绝活。甄乡长是川剧迷，对赛旋风的变脸佩服有加。他的手下却不以为然。到底谁才是变脸的高手？

赛旋风川剧团在乌有县送戏下乡竞标中胜出，演出的第一站是子虚乡。

赛旋风是剧团团长的雅号，真名反而少有人知，没人叫了。他有一手变脸的绝活，变化之快疾如旋风，真个是眼睛一眨，老母鸡变鸭，再一眨，老鸭变王八。妙！神！绝！

剧团出师大捷，观众如堵，喝彩如雷，掌声如潮。

甄正克乡长是个戏迷，场场不落，他被剧团精湛的演出迷住了，尤其被赛旋风的变脸镇住了。

剧团要去下一站，甄乡长特意宴请赛旋风，祝贺演出成功。席间，甄乡长出于好奇，讨教变脸秘诀。

赛旋风说，变脸，是川剧艺术中揭示人物思想感情变化的一种特技，手法大体分为抹脸、吹脸、扯脸。正所谓运用之妙，存乎一心。一是粘不同脸谱的黏合剂用量大有讲究，以免到时扯不下来，或者一次把所有的脸谱都扯下来。二是动作要干净利落，假动作要巧妙，以掩观众眼目。还有最难的一种，叫运气变脸，即运用气功而使脸由红变白，再由白变青，如此等等，尽展喜怒哀乐……赛旋风忘了喝酒，说得神神道道，颇有些忘形。

甄乡长听得如醉如痴，但不忘一个劲催对方喝酒喝酒！办公室贾主任是个愣头青，酒至半酣，越听越不以为然了。他突然冒出一句，这个，我们乡长也会！而且技高一筹呢！

赛旋风惊住了，甄乡长愣住了。甄乡长把眼一瞪，瓜娃子！你胡说什么？老子会变啥子脸？

贾主任讨好地赔着笑脸，您每年不是让我准备两组数字两套材料吗？争先进扛红旗用一种，争贫困要救济时用另一种……

高！高！赛旋风带着酒意向甄乡长跷起大拇指。

还有更高更绝的！贾主任来了劲，起身把赛旋风和甄乡长请到办公楼前，不无得意地说，现如今检查评比多，哪个部门来我们就亮出对应的牌牌，好投其所好，挠其痒痒，譬如民兵之家，阳光工程培训基地、留守妇女关爱中心、老龄委、关工委……贾主任说到忘情处，将五花八门的牌牌逐一翻转过来，背面也写着字……

甄乡长有点哭笑不得。这时，只见赛旋风一个屈腿、抱拳：甄大师在上！请受徒儿一拜！

贾主任在一旁神秘兮兮地笑着，又冒出一句，你晓得我们刚才喝的啥子酒吗？泸州老窖瓶子里，装的是茅台哩！

一条在岸上奔跑的鱼

赛旋风突然哈哈大笑起来，说，我给你们现场表演一下运气变脸吧！

只见他运气、发功，脸色由微红到紫红，再到铁青，先像关公，继像包公，威严肃穆，令人胆寒，接着一声雷吼，实不相瞒，本人还是省纪委选聘的反腐监督员！

甄乡长和贾主任的酒，一下子吓醒了，脸色陡变！

吃亏是不是福

都说"吃亏是福"。麻三就总是吃亏，他到底有没有福？

我的同事加朋友麻三是个老实人，老实得过了分就相当于窝囊了。因此他总是吃亏，我们就不得不安慰他，吃亏是福嘛。

麻三可能是书读得太多太过专心了，他可是恢复高考后的首批重点大学本科生呢，显得落落寡合，一副迂夫子的神情。他的同事一个个先后提拔重用了，连我都混成了科长，只有麻三咬定青山不放松，从来没挪过窝儿。那阵子重视使用知识分子干部，但每回组织部门来考察时，提到他人们都说爱摆知识分子的臭架子，不能与周围群众打成一片。

后来大家都加官晋级了，就有点同情麻三，一致向组织部门推荐，可组织部门却说，麻三老了苗了，如今提倡干部年轻化哩。

还是因为麻三的老实木讷，居然没一个城里的职业女性看上他，年届而立麻三只好找个了老家的农村姑娘做老婆。老婆长得不错，但没工作，就靠麻三养着，但后来却养出问题来了，高血压中风，半瘫在床上。你说麻三是不是什么倒霉事都撞上了？后面还有更倒霉的事在等着他呢！

应该说，麻三算是个很有道德和责任感的男人。老婆瘫痪在床，他悉心照料，并无半点厌嫌。我们单位领导获悉了，深为感动，让我准备材料，给麻三申报感动中国年度人物。单位的女同事闻知，也无不对麻三刮目相看，说，我们家的若做到麻三一半，我们连做梦也要笑醒！只怪我们当初有眼无珠，错过了麻三这样的宝贝男人！麻三听了这些，表面上没显出什么，但心里还是有一些温暖和感动。

这一天，老婆忽然对他说，想吃蜜橘，嘴里没味呢。麻三记得死死的，下午下班就买了一小塑料袋蜜橘，然后坐公交车往家赶。

本来麻三是有座位的，但他看到一个腿不方便的老汉拽着吊环站立不稳，他就和老汉换了位置，他一手拎着塑料袋，一手拽着吊环。后来车上拥上来不少人，车厢里挤成了沙丁鱼罐头，麻三差点被挤得抬起来。他下意识地小心护着垂在腹前的橘子袋。一股醉人的香气蹿进麻三的鼻窦，一瀑金发撩拨着麻三的脸，一片雪白的肌肤刺晕了麻三的眼。这么近距离，不，应该是零距离接触，要说麻三一点想入非非没有，那麻三就不是正常的男人了。但麻三充其量意淫了一下而已，他被挤得动弹不得，什么也没做。到了下一站，下去了好几个人，麻三也该下车了，车厢里一下子宽松了许多。忽然，那个穿迷你裙的金发女郎神经质般惊叫起来，甩手就给了麻三一记响亮的耳光。金发女郎杏眼圆睁，柳眉倒竖，说，你这个臭流氓！麻三被打蒙了，此时金发女郎已转过身去，他霎时看见姑娘的短裙后面洇湿了一片。他刚想解

一条在岸上奔跑的鱼

释，公交车关门了，他拎着被挤扁的橘子慌忙夺门而出。

第二天到单位上班，麻三虽然木讷，但还是觉出了空气中的异样。男同事见了他，露出诡秘的一笑，女同事见了他如见瘟神，躲得远远的。麻三很惶惑，更加郁郁寡欢了。

我于心不忍，悄悄告诉麻三，去看看新浪网首页吧。麻三上网浏览，顿时如五雷轰顶！标题极具杀伤力，叫"一男子公交车上伸咸猪手，某女子裙底淋漓一片"！还配发了麻三挨打的手机视频。

这个可恶且唯恐天下不乱的上传者！而且网上跟帖如云，杀声震天，已撒下人肉搜索的天罗地网。麻三惊出一身冷汗，仿佛面临世界末日，偏偏这时候单位一把手又派人叫他去谈话。

从一把手办公室出来，麻三目光散乱，步履歪斜，逢人便说，不是性侵性骚扰，是一袋橘子被挤破了，不是……他俨然成了祥林嫂。当然，申报道德模范的事被紧急叫停了。

不知怎的，麻三的老婆也听说这件事了，哭骂麻三和她玩了这么多年的潜伏，却原来是披着人皮的狼！麻三满腹冤屈地解释，我是为了你，都是橘子惹的祸呢！但结果只能是越描越黑。

不久，麻三竟被行政拘留了，这是谁也没想到的事。

一天上班乘公交车，麻三冤家路窄地又见到了那个金发女郎。他突然从口袋里摸出一个锥子，向金发女郎的臀部狠狠地刺去……

据说，麻三被警察带走的时候，如释重负地说，我这是故意伤害，不是性骚扰……不是性骚扰……

故事或传说

一个漂亮的女贼偷进了局长办公室，却被发现她的局长手下奉若上宾。局长回来及时，欲将女贼扭送公安机关，局长反在不速之客降临时束手就擒……

这事是从我一个朋友那里听来的，而且是在酒桌上，酒酣耳热之际。这朋友是耍笔杆子写小说的，很会编故事，又爱说笑话。尽管他说得有鼻子有眼，头头是道，但我们还是将信将疑，很难辨其真伪，但无疑是侑酒的一个妙趣横生的谈资。朋友姑妄言之，我们姑妄信之，这里你也不妨姑妄听之吧。这可能是一个真实的故事，也可能只是一个传说，谁知道呢？

说是在一个什么地方，有一个很牛的什么局，办公楼盖得像白宫。一天，局长到市政府开一个什么很重要的会议去了，秘书亲眼看着局长小心翼翼地锁上办公室的门，还亲耳听到门被锁上的啪嗒一声脆响，又看着局长把钥匙串拴到裤腰带上，然后咳嗽一声，气宇轩昂地拎着大公文包走了。大约过了半个来钟头，秘书让一泡尿憋急了，他丢下正在键盘上敲打的一个什么文件，起身去洗手间。洗手间在楼道的那一头，走过去必须经过局长的办公室。经过局长办公室，秘书似乎听到办公室里有什么动静，以小心细心耐心深得局长赏识的他，还察觉办公室的门没有关严实，留着一条缝，很显然，门是虚掩着的！一种警犬般的敏感和警觉立即让秘书紧张和兴奋起来，他的内急似乎倒回去了，他完全忘记了自己此行的目的是去撒尿。秘书脑子转得极快，局长的会是一整天，他不可能这时候回来，如果真是他回来了自己就不

一条在岸上奔跑的鱼

可能有片刻安生。那，那么，门是怎么开的？里面会是谁呢？秘书一拧自己的腮帮子，只有一种可能：遭贼了！

刚才说过，秘书又紧张又兴奋，他快屏不住自己的呼吸了，他的心差不多跳到了嗓子眼。如果是一般人的办公室进了贼，他想他不会多管闲事的，不，这简直是赴汤蹈火啊！他会像什么都没听到看到一样，去洗手间飞流直下三千尺，出来一身轻，照样回办公室敲打他的文件。秘书又一拧自己的腮帮子，但这偏偏是局长办公室！听说局长已经向组织部门推荐自己作为副局长考察人选了，提携之恩当舍身相报，沧海横流方显英雄本色，这样局长更会把他当成自己人啊！经过一番也算激烈的思想斗争，手无缚鸡之力的文弱书生决定豁出去了！他猛地推开局长办公室的门，见到里面有一个花枝招展的姑娘，见了他略微显出一丝慌乱，但很快镇静下来，大模大样地坐在局长老板桌后的真皮转椅上，还掏出一支女式香烟，在桌面上戳了戳，向斗胆冲进来的秘书抛了一个媚眼，挑衅般地微笑着，有规矩没有？谁让你不敲门就进来？领导平时是怎么调教你的！正好，我忘了带火机，帮本小姐把烟点上。秘书一时愣在了那里，倒显出了几分慌乱，支支吾吾地说，局长开会去了，你怎么在这里？那姑娘咯咯地笑起来，反问道，本小姐怎么不能在这里？怀疑我是贼吗，你可以马上打电话报警啊！你，你不是贼，还会是什么人？我这就报，报警！秘书摸出手机似乎要拨号。不想那姑娘笑得更响亮、更灿烂了，你打吧！别一失手，成千古恨，到时候我饶得了你，局长可饶不了你！还傻问我是什么人，小子，你也太幼稚或者说迂腐了点吧。

这边的动静越来越大，早吸引来邻近办公室的人，他们兴奋地挤在局长室门口，还挤眉弄眼、窃窃私语的。正在秘书进退维谷一筹莫展之时，一个老成持重的同事将他拉到门外，耳语道，你呀，真是个书呆子！那姑娘明摆着是咱们老板的小三嘛。你呀，摊上大事了。秘书这才如醍醐灌顶，茅塞顿开，他霎时吓出了一身冷汗，脸色苍白，他毕恭毕敬地走到那姑娘面前，说，对不起，我有眼不识金镶玉，大人不计小人过，恕罪恕罪！姑娘冷着脸，不搭理他，似乎真生气了。秘书涎着脸打着了火机，您抽烟，抽烟。姑娘这才扑哧一声又乐了，歪着头点上火，悠哉游哉地靠在转椅上吐烟圈。秘书对门外又搡又嚷，散了，散了，又忙着给姑娘倒水沏茶。不用客气啦！姑娘拿起坤包，朝秘书暧昧地吐一口烟圈，跟你们局长说一声，本小姐不等他了，让他去找我。遵命，遵命。秘书点头哈腰地把那姑娘送出门，不料那姑娘高耸的胸脯撞在了正好进门来的局长身上。局长喝问秘书，她是什么人？我办公室的门怎么开啦？！那姑娘突然撒腿要跑，局长眼疾手快，高叫一声，抓小偷！秘书如坠迷魂阵中，稀里糊涂地协助局长抓住了女贼。局里人一个个从办公室里呐喊着冲出来，簇拥着局长和秘书押着女贼下楼去。赶快打110，局长命令道，幸亏临时压缩了会议议程，我提前回来了。人们争先恐后地掏手机，拨号。不许打电话！收起手机！突然一声断喝，所有人都愣在了那里，连同局长。循声望去，楼道里并排走过来两个神态威严的人，目不斜视，径直走到局长面前，一左一右架住了他，你被双规了！我们是纪检委的。那姑娘赶紧挣脱出来，对众人说，我是打前站的，当然不能暴露自己的真实身份！局长什么话也没说，似乎还有一种如释重负的感觉，众人眼睁睁地看着他们的局长老老实实地被那两男一女带走了。

　　这个倒霉的局长，被带到一处宾馆的一个客房里，房间的窗帘被拉得严丝合缝，所有的灯都亮着，两男一女威严地让局长交代自己的违法违纪问题，特别是贪污

一条在岸上奔跑的鱼

受贿情况。他们问得很细致，每一笔赃款金额，存在什么银行，账号是什么，密码是什么。局长认罪态度极好，真个是竹筒倒豆子，一粒不剩。那姑娘认真地做着记录，最后还让局长在上面签名、摁手印。突然，房门被撞开，天降神兵般冲进来一群荷枪实弹的公安民警，说，你们被捕了！局长想，办案真快啊！忙不迭地伸出自己的双手。咔嚓，咔嚓，咔嚓，被铐上的却是那两男一女。局长愣住了。这是一个我们追踪多时的诈骗盗窃团伙，局长，让您受惊了！

被歹徒绑架又获解救出来的局长，又回去当他的局长。没几天，局里又来了两个纪检委的人，带走了局长。还是秘书消息灵通，说是那帮窃贼为争取有立功表现，一进去就把有局长签名和红手印的认罪记录材料交上去了。

两个女人的战争

一个小三，一个发妻，电话里的口水战，谁是赢家？

请问你是汤局长的黄脸婆吗？我要和你好好谈谈！

听声音，你应该很年轻，还是个姑娘家吧？说话咋这么凶？

跟你有什么好柔情蜜意的，我同性恋啊？你别揣着明白装糊涂！我是谁？问问你家汤局长！

我家老汤认识你吗？你是他的同事？熟人？还是什么亲戚？老汤家的亲戚我差不多都认识啊！莫非你是老汤的学生？他以前当过老师呢！

你别跟我绕了，我是梦娜，汤局长跟我好了好几年了！我现在怀上了他的孩子，你说咋办吧？

姑娘，你咋这么没羞没臊？这种话也说得出口？你想毁了老汤啊？！

不是我想毁他，我爱他还爱不够呢！我俩都有了爱情的结晶啦！汤局长跟我说，他早就嫌弃你了，是你死乞白赖地拖着不离！没有爱情的婚姻是不道德的，你真缺德！

梦娜姑娘，不兴骂人好不好？是你破坏了我的家庭，我不找你的麻烦就不错了，你咋还对我兴师问罪？

黄脸婆听好了！识时务者为俊杰，赶紧离开汤局长，汤局长爱的人是我！是我是我还是我！

姑娘，我和老汤是青梅竹马，明媒正娶，几十年的夫妻呢！还有共同的儿子！你凭啥要拆散我们？

就凭你是黄脸婆！汤局长在你身上能得到快乐吗？简直带都带不出去！他现在死心踏地爱的是我，就算你还爱他，但我要告诉你，有时候爱是放弃，爱是成全！你真要爱他，就成全他和他真正爱的女人在一起吧！

梦娜姑娘，当初老汤还是个穷教书匠的时候，我拼命地打工挣钱贴补家用，对他不离不弃！他当了局长后，老母亲中风瘫痪了，是我服侍了老人家三年，喂饭喂水，端屎端尿，直到老人去世！患难见真情，你能做得到吗？

那又怎么样？人不能老活在过去，要与时俱进，面对现实！关键他现在是大权在握的局长，而且早已移情别恋！你老这样硬撑着不离，造成两个人的巨大痛苦，有意思吗？值得吗？我俩商量好了，只要你肯离，经济上不会亏待你！保管你后半生生活无忧！

这么说，我得谢谢你，为我考虑得这么周全。可老汤现在有点特殊情况，你知道吗？

黄脸婆，别故作神秘！他告诉我了，不就是出国考察三个月吗？等他回来你们就离！

对不起姑娘，老汤没和你说实话！他现在躺在医院里，他得了尿毒症，需要换肾！

什么？黄脸婆，你真恶毒！竟这样咒自己的男人！

我没说谎，不信你可以到省立医院来瞧瞧！他已经配型成功了，过几天就要做换肾手术！有人为他捐了一个肾！你可以吗？

我活雷锋啊？神经病啊？身体发肤受之父母，哪能说捐就捐？我这么年轻美丽，幸福生活才刚刚开始呢！能告诉我捐肾的是谁吗？难道他在外面还有别的女人，可以为他赴汤蹈火？

听好了，那个女人，是个黄脸婆！是我是我还是我！

还有，姑娘我得告诉你，老汤被纪检委双规了，检查身体时发现得了尿毒症，因此先就医治疗。

你还要嫁给他吗？

电话突然挂断了，黄脸婆手机里没有声音了。

她身旁的病床上，一个男人痛哭失声。

疤　子

一个人脸上有疤子，他很痛苦，很烦恼，很自卑。他通过整容去掉了疤子，但人们还是喊他疤子。后来村人都改口叫他"三哥"了，他好得意好幸福，他为此将付出怎样的代价？

疤子从外面整容回来，就没有疤子了。疤子好激动，好高兴，好轻松。他美美地想，整掉了疤子，人们就不会再喊他疤子了。

疤子至今不知自己是怎么落下的这疤子。当父母尚健在时，他还是个毛孩，并没意识到疤子有什么不好，也就不曾去问这疤子的来历，父母也不曾主动告诉过他。当疤子渐渐感受到疤子给自己带来的不利直至厄运时，父母均已作古，疤子之谜已无从揭开了。

不论老人，还是孩子，见了他，都疤子疤子地喊他。好像这就是他的真名似的，喊得他脸发烧，心发疼，他便不应。人们就很生气地质问他，疤子，叫你呢！你咋不应？架子恁大呀！疤子只好去应，人们就又高兴了，疤子疤子地唤得更起劲了。疤子好苦恼。

转眼，疤子到了该娶媳妇的年纪。人们还是疤子疤子地叫他。疤子越发苦恼了。每每见人喊他，他嘴上应，心里在恨恨地骂，叫你妈拉个巴子！

和疤子一般大的，先后都娶上媳妇，还有抱了孩儿的。疤子急眼了，揣了礼物低三下四地求人给他说亲。女方说，你是说疤子呀！他那个疤子，多难看！俺丫头又不是嫁不掉人！一次又一次碰壁。疤子便无可奈何地步入了大龄青年的行列。疤子干着急，没办法。

疤子的性格就越变越孤僻了。他真是恨透了自己脸上的那块疤子。一次照镜子，他一拳将镜子击得粉碎，然后抱住头，蹲在地上呜呜地哭，哭了好久好久。从此，疤子就很少出门了，出门也尽量避着熟人。没有人喊他疤子，他心里要暂时好过些。

疤子不仅恨那些取笑他的人，还恨一个人，恨得更甚。那人跟他一样，脸上也有块疤子。那疤子时不时来找他玩，他见了那疤子，就远远地逃走。有几次实在躲不过，他只好忍着满肚子火气，应付那疤子。人们看见了，就嘻嘻哈哈地笑，乐不可支的样子，还指点着说，瞧那两个疤子，疤到一起了！疤子就狠狠地瞪那疤子一眼，然后逃之夭夭。

一条在岸上奔跑的鱼

疤子痛定思痛，觉出自己一切的不幸皆缘于脸上的疤子。他下定决心，要根治好疤子。

天无绝人之路。恰在这时，疤子看到了报上的一则整容广告。疤子欣喜若狂，于是东凑西借，还贷了一笔小款，按照报上的地址求治而去，不想竟真的把脸上的疤子整没了。疤子高兴得泪洒胸襟。返回时他又买了一套时髦西装，穿在身上，神采飞扬地打道回府了。

疤子想，狗日的疤子，终于一去不复返了！一条铺满鲜花的道路似乎在他眼前展开。他甚至还考虑好了，他回去要办的第一件大事，就是娶一个可心的媳妇，并报名参加乡里的对外形象大使评选。他对此很有信心。他简直有些迫不及待地想见到那些他过去唯恐避之不及的人。

老人见了他，并没有他想象中的大吃一惊，还是喊他疤子。

孩子见了他，也没有他想象中的刮目相看，依旧喊他疤子。

疤子沮丧伤心之余，疑疑惑惑地想到，人们是不是太大意，没有注意到他脸上的变化呢？他觉得要提醒人们，最好的办法莫过于对比。

他就主动走到另一个疤子身边，带着不加掩饰的优越感，同时注意观察周围人的反应。他想，这回人们一定会看清他已经不是疤子了。他激动而忐忑地期待着。

人们看见他俩，嘻嘻哈哈地笑了起来，还用手指点着说，瞧，那两个疤子，又疤到一起了！他一下子瘫了下去。

疤子的故事到这里本该结束了，但随着村子里一个刑满释放人员的回乡又延伸下去。

这个绰号老九的人是个惯犯，专干偷盗抢劫的营生，还动不动就寻衅滋事、打架斗殴动刀子。他脸上有好几道狰狞难看的伤疤。濒于绝望之际的疤子，却惊奇地发现，没有人敢嘲笑这个老九，遇到他，还赔着笑脸恭恭敬敬地喊九爷。疤子心里愤愤不平，又疑惑不解。于是，疤子小心翼翼地凑到老九身边，老九似乎并不烦他，于是老九趾高气扬地走到哪他就跟到哪。奇怪，再也没人叫他疤子了，还有人在喊九爷之后顺带着喊他三哥。疤子激动得又一次热泪滂沱。

这以后，他死心踏地跟着老九，老九叫干啥他就干啥，他觉得自己终于活出了做人的尊严。

再后来，他稀里糊涂参与了一起抢劫杀人案，他和老九都被判了死刑。

至今人们想起疤子，还会撇着嘴说，那个疤子，真是不学好呀！给咱村里抹黑丢人哩！

病

妻子有妇科病，丈夫也有"副科病"，送钱就能治愈这病吗？到底哪里"病"了？

妻子有妇科病，很严重的那种，痛苦烦恼不堪。这不，她又让老公陪着自己到省立医院看病。

妻子埋怨说，我这病为啥久治不愈，我看问题就出在你是个铁公鸡！现在是什么社会？不送礼送钱能办得成事、治得好病？如果你心里还爱我，就不要心疼钱，这回一定要给主治医生送一个大大的红包！

丈夫愤愤地咕哝道，庸俗！媚俗！人人痛恨腐败，人人又在为腐败现象推波助澜！

一条在岸上奔跑的鱼

妻子气极，又伤心，反唇相讥，就你超凡脱俗、高尚伟大！那又怎么样？到现在还不是像被孙猴子使了定身法似的，是个小副科？我看呀，你这"副科病"比我的还难治！你干得再好都没用，谁叫你是个守财奴？

丈夫见妻子气极生悲，在医院门口当着来来往往的人流哭泣起来，他急了，窘了，跺跺脚叹口气说，好吧！就依你。一不做二不休，要下药就下得重重的，进贡他狗日的一万元！

妻子止了哭，又有些迟疑心疼起来，是不是太多了？

丈夫铁青着脸答，人家只会嫌少！这叫沉疴用猛药，火到猪头烂！况且，这是我对你爱的宣言哩！

不久，妻子就出院了，她欢天喜地，因为她的妇科病彻底治愈了。妻子在丈夫脸上一连啄了几下，娇嗔道，你个书呆子，要是早点解放思想就好了。

丈夫从身上掏出一个厚厚的红包，嬉笑道，我是著名的铁公鸡，一根毛也没舍得拔啊！

妻子比猛然见到外星人还要吃惊。

更让她吃惊并不敢相信的是，丈夫多年的"副科病"竟不治而愈，当上了监察局局长。

钓

马县长喜欢钓鱼，却反被鱼儿拉进了水府龙宫。马县长突然不再钓鱼了。

老马平时不抽烟，不喝酒，不唱歌，不跳舞，不按摩，不写字，不画画，不摄影，都说他是一个缺少生活情趣的人。但老马也有一个业余爱好，就是钓鱼，毕竟他是从水乡走出来的，从小捕鱼捉虾惯了。不过现在政务缠身，老马只是节假日时不时过过钓瘾。志不在鱼，在乎山水之间也，实际上也是一种休闲和娱乐。

这天，老马又独自骑车悄悄来到城郊的清水湾钓场。钓场老板牛二似有先知先觉，已给老马选好了钓位，并支起了遮阳伞，还摆好了塑料圆桌，塑料椅子，圆桌上放着一瓶开水、一小罐太平猴魁。老马蛮高兴，心说，这牛二，看似忠厚老实，其实猴精猴精呢。不过，自己钓鱼每回都是照价付款，而且是自掏腰包，起初牛二高低不肯收费，见自己不像是假客套，也就顺坡下驴了，这样好，君子坦荡荡嘛。一来二去，老马对牛二的印象倒是越来越好了。

老马扔出海竿，坐在遮阳伞下，开始垂钓。对钓鱼，老马堪称行家里手，不过他还是婉拒了县钓鱼协会名誉会长的虚衔，钓鱼就钓鱼呗，咋还非要弄个乌纱帽戴戴？现在他的工作压力已经够大了，他真向往无官一身轻的平头百姓的闲适生活呢。

老马钓鱼，往往率性而为，有时钓大鱼，有时钓野杂鱼，不在钓起来多少，在个钓趣，跟官场的不看过程看结果是两码事哩。老马深谙，若想钓到鲤鱼、鲫鱼等深水鱼，得把鱼线放长鱼钩垂到水底；若想钓草鱼、青鱼，鱼钩该悬在水下一半的位置；若只钓胖头鲢子或小河鱼，鱼钩潜到水面以下即可。现如今，钓鱼的人多了，鱼也变得鬼精鬼精了，轻易不肯上钩，什么时候下饵料下什么样的饵料什么火候收竿，就显得尤为关键了。这其中大有学问，大有玄机呢，老马不想轻易示人或炫耀于人。

今天似乎有点怪，出师不利咋的？老马脑子里在琢磨钓鱼经的当儿，个把钟头过去了，浮标动都没动一下。往常，再不济，老马也钓上来一两条鱼了呀！即便没钓

一条在岸上奔跑的鱼

上来，鱼儿也该咬钩呀！怪哉，怪哉。虽说老马志不在鱼，但毕竟还没修炼到全无功利意识的境界，不免有些焦躁、颓丧。

牛二这时蹑手蹑脚地走过来，似乎察觉了老马的心思，悄声说，我猜到马县长您今天要来，昨天就开始在这个位置打窝子，咋还是没鱼上钩呢？

老马说，让牛总费心了。再等等，或许就有鱼上钩了，我在和水里的鱼斗智斗勇比耐力呢。

牛二点头称是，给老马茶杯里续了水，然后赔着满脸的笑说，马县长，上回我跟您汇报的准备就地转型发展的事，不知研究得怎么样了？

老马喝了几口茶，若有所思地回答，现在反腐抓得紧，你这钓场生意大不如前了，适时转型发展不失为明智之举。投资创办汽车配件厂是好事，无工不富嘛，只是电镀环节易造成水源污染啊。目前我们正在权衡利弊，进行可行性论证。

牛二脸上笑得更真诚、更灿烂了，赌咒发誓道，环保的事，马县长尽管放心！我会同时建设污水处理设施，一定做到达标排放。

老马满意地点了点头，好吧，我相信你。近期我就召集会议，把这事定夺下来。不过，先难不为难，牛总，到时你一定要兑现承诺，成为全县的纳税大户哟！

决不食言，决不食言！马县长，您接着钓，接着钓。牛二掩饰不住兴奋，唯唯而去。

老马继续钓鱼。鱼儿还是不吃食，浮标也懒洋洋地一动不动，老马也禁不住打起了哈欠。朦朦胧胧中，老马手头一紧，钓线一沉，老马欣喜若狂，有大鱼上钩了！老马提醒自己要沉着冷静，千万别得意忘形利令智昏。这上面他经验多多，可谓老成持重。他与这条大鱼展开了拉锯战，时而将钓线收紧，时而任由大鱼负线而逃，收收放放，欲擒故纵，大战了很多回合。老马本想将大鱼折腾得精疲力尽后再收入囊中，岂料钓线突然猛地一紧，他竟被那条大鱼拖拽落水，直沉入水底。

怪，这是什么地方？传说中的水府龙宫吗？那条大鱼突然变成了一个白发苍苍的老者，匍匐在老马脚下哀哀恸哭，周围还穿梭着不少人面鱼尾的美貌少女，有的在饮泣抹泪，有的将曼妙的娇躯贴向老马，目光凄楚哀怨，似有所求。忽听那老者疾呼道，从此再无清水湾，我们水族大难临头矣！说着发疯般扑向老马……

老马猛地从瞌睡中惊醒过来，出了一身冷汗。老马不声不响，收了钓具，也没跟牛二打招呼辞行，悄悄地走了。

这以后，老马毁了钓具，再不钓鱼。人们用复杂的口吻说，马县长是个工作狂不假，但真是一个毫无生活情趣的人。

不是什么好鸟

祸从口出，此言不虚。毛毛家的一只鸟就因为多嘴多舌，断送了性命……

毛毛趴在桌上做作业，一道语文题把他卡住了，他咬着铅笔正在那发急发愣，见爸爸拎着大公文包回来了。毛毛像突然见到了救星，忙跳下椅子奔过去，拽住爸爸高档西装的下摆，仰着脑袋说，爸爸，有一个生词我不会造句。

爸爸有点精神不振，不耐烦地说，啥生词？

一条在岸上奔跑的鱼

毛毛说，贿赂，我不晓得贿赂是什么意思。

爸爸愣了一下，给毛毛解释道，贿是贝字旁加个有没有的有字，贝是钱财的意思，贿是送钱送礼的意思，人家一送钱不就有了吗？赂……

毛毛高兴地打断爸爸的话，赂的意思我也懂了。贝字旁加个各字，人家送钱时就像割肉一样痛。

爸爸纠正道，错了。不是割肉的割，是各怀鬼胎的各。赂是财物的意思。

毛毛茅塞顿开，得意地重新趴到书桌上，说，我会造句了。他捏着铅笔在作业本上沙沙地写起来。爸爸走过去，站在毛毛身后一看，顿时气歪了脸，毛毛造的句子是：我爸爸经常在家里接受贿赂。

爸爸火了，不由分说，夺过毛毛的作业本将那页纸撕了，还吼道，亲生儿子也跟老子过不去？！

毛毛不明白爸爸为什么突然发这么大的脾气，又惊又吓，委屈地哭了起来。

妈妈闻声从厨房里跑出来，抱起毛毛，冲爸爸嚷，你发的哪门子邪火？

爸爸突然像想起什么，抬头看屋角的金丝鸟笼，却不见鸟笼的踪影。爸爸急赤白脸地大声问妈妈，那只鸟呢？

妈妈撇着嘴说，瞧你那神经兮兮的样。我把鸟笼挂到阳台上去了，让鸟儿呼吸呼吸新鲜空气，成天关在笼子里已经够它受的！

爸爸似乎松了口气。爸爸最爱那只虎皮鹦鹉了，每次下班回来第一件事就是给它喂食喂水呢。

快取回来，取回来。爸爸催促道。

毛毛和妈妈取回鸟笼，挂回原处。鹦鹉突然说，汤局长好。

爸爸阴郁的脸开始转晴了。我是钱总。鹦鹉点着头，接着说。

毛毛被逗乐了。妈妈说，这鸟真机灵，开始学会说话了。

爸爸突然有些不知所措，呵斥鹦鹉闭嘴。他脸色又晴转多云了。鹦鹉继续说道，十万块，小意思。

爸爸脸上阴云密布了，他猛然冲上去拽下鸟笼，抓住虎皮鹦鹉往地下猛摔，鹦鹉即刻一动不动了。

毛毛目睹这暴力的一幕，伤心地大哭起来。爸爸呵斥毛毛，哭什么哭？这不是什么好鸟！

这回妈妈没有帮毛毛出气，也附和道，真不是好鸟。毛毛别哭，明儿给你养只不碎嘴的好鸟。

爸爸呆呆地望着鸟笼，脸色发白。

轰动效应

贝克斯总编为了追求报纸新闻的轰动效应，搬起石头砸了自己的脚⋯⋯

《蒙客多利晚报》销售量每况愈下，总编辑贝克斯先生忧心如焚。这不，他把发行部负责人杰克和编辑部负责人约翰逊叫到办公室训了个狗血淋头。他最后说，在董事会炒我的鱿鱼之前，我首先把你们赶到大街上喝西北风去！

杰克很不服气地辩称，贝克斯先生，您有点不分青红皂白啊！事实上，我们发行部劳苦功高，千方百计开拓市场，如采取有奖订阅，普通奖品是最新研制刚刚投放市场据说威力无穷的春药，特等奖是乘坐航天飞船遨游太空，当然，特等奖永远不会产生。还有一招，我把

一条在岸上奔跑的鱼

原来的男性投递员全解雇了，换上了清一色的美女，一律穿性感比基尼上门送报。若不是我新招迭出，我们的报社可能早就关门大吉了！现在订户最埋怨的是，我们的报纸新闻都是大路货，让人提不起一点阅读兴趣。

约翰逊剜了杰克一眼，委屈地说，我们编辑部也是不遗余力忘我工作啊！每天上天入地警犬似的寻找新闻线索，诸如某位妇女长了三只乳房、某家农场的奶牛生了一头五条腿的小牛，等等……

这时，总编辑助理保罗插话了，贝克斯先生，他俩说得没错，他们都尽力了。问题是我们的办报思想还不够解放，生活中不可能每天都有吸引人眼球的奇特新闻素材，这不等于我们就无所作为了，没有新闻我们可以创造新闻嘛！

总编辑贝克斯转忧为喜，说，看来，保罗先生一定已有了比较成熟的计划。正好我明天要去纽约参加世界媒体高端论坛，这段时间就由你来主持报社的日常工作，成效如何，还是以报纸销售量来检验吧。

第二天，这个城市最繁华的大街上惊现一个异常性感漂亮的裸奔女，她一会儿爬到立交桥的栏杆上夸张地做出各种不雅的姿势，一会儿爬上豪华轿车的车顶跳着艳舞，一会儿又冲到人群里强行拉男人去开房。交通因此而更加拥挤以至中断。警察出动了，给那裸奔的疯女人披上了衣服，将她带回警局。疯女人大喊大叫，说自己是正在竞选州长的史密斯先生的情妇，那个负心的政客怕她危及他的政治前程而抛弃了她。

整个事件过程中，保罗带着约翰逊都在最前沿，他不停地按着照相机的快门，并在采访本上飞快地记录着。

当天的《蒙客多利晚报》以整版篇幅刊登了该事件的深度报道和多幅图片，报纸一上市就被抢购一空，报社不得不连夜加印一百万份。远在纽约的贝克斯很快也看到了这张报纸，他看到照片上的裸奔女人，脸色都白了，立即打电话给他的助理保罗，暴跳如雷地叫道，这就是你一手制造的所谓爆炸新闻吗？你怎么能叫我女儿干这等丢人现眼的事呢？你叫我以后怎么在上流社会混？

保罗在电话那头解释道，对不起，贝克斯先生。我真的不认识您的千金，是她自己冲着一万美金的酬劳来担当这个角色的。不过，她的那些台词是按照我的要求说的。您还不知道吧，我们报纸的发行量一夜之间翻了好多番哩！贝克斯哭笑不得，气恼地挂断了电话。

接下来贝克斯看到新出版的《蒙客多利晚报》在头版显要位置又登出一篇文章，题目是《昨大街裸奔女身世揭秘，竟是贝克斯总编辑的掌上明珠》。贝克斯一看之下，血冲脑门，气塞喉头。

第三天的《蒙客多利晚报》刊发了贝克斯总编因女儿裸奔而发疯的惊人消息。

第四天，该报又发布一则爆炸新闻，州长竞选人史密斯先生已向联邦法院起诉《蒙客多利晚报》社涉嫌诽谤。报纸却卖得更火了。

报社董事会召开特别会议，一致同意聘请保罗先生为新一任总编辑。神志终于清醒过来的贝克斯回来时，一切都变了。这下他真的疯了。

更富有戏剧性的是，绯闻和官司让史密斯先生知名度大增，加之他的施政纲领迎合了不少市民，他竟在州长竞选中以明显优势胜出。他当选州长后，做的第一件私事就是去联邦法院撤了诉，第一件公事是给《蒙客多利晚报》拨了一大笔钱。

不久该报在头版头条又刊出一条消息，州长史密斯先生与布兰妮小姐喜结伉俪。据知情人透露，布兰妮小姐正是住进疯人院的贝克斯先生的千金。

一条在岸上奔跑的鱼

画 龟

吴忌是画龟名家，清高孤傲，不屑攀附权贵。但为了儿子的前途，他不得不自破规矩，向要害人物送去了画作……

齐白石的虾，徐悲鸿的马，黄胄的驴，名满天下，万金难求。

石埭小城龟壳斋主人吴忌则擅长画龟，痴心画龟，他的龟图也极见功夫，近年声誉日隆，求画者甚众，价码一路看涨呢。

吴忌画龟，先养龟。他在龟壳斋后院专门请人挖了一个一丈见方卵石垒岸的龟趣池，高价购来各个品种的乌龟放养池中，池内置石多块，且散种莲花，好不精致玲珑！日中群龟爬上池石横七竖八晒暖，穷形尽相，正是吴忌观龟揣摩之时，偶尔竟有一两只龟，不知怎么爬到了荷盖上睡懒觉呢！吴忌触景生情，口占一诗：千年龟，轻如灰，水托荷叶叶托龟。只缘心中无一物，岂为躯壳反成累。每每眯细着眼若痴若醉，不知日影之西斜，直到乌龟扑通扑通跌入水中，他才顿醒如出梦中。

当然，吴忌养龟，从不卖龟吃龟，而是为了敬龟画龟。众人不解，或问之笑之，大千世界，万物纷繁，什么不好画，偏要画龟？岂不知乌龟王八在世俗文化中贬意多多！吴忌仰脖大笑，笑毕，肃色作色曰，大谬不然也！龟在中华传统文化中乃吉祥神圣之物，象征长寿庄重。曹孟德作《龟虽寿》，其中"老骥伏枥，志在千里。烈士暮年，壮心不已"已成为千古名句。古人用龟甲占卜吉凶，亦用作货币。古人取名亦多用此字，取其美好寓意，如深得唐玄宗赏识的宫廷乐师李龟年，晚唐农学家、文学家陆龟蒙等。就连古时候的纪念碑、功德碑、御碑都是用龟形石做底座呢，谓之龟趺。还有，男人的传宗接代之物都姓龟呢！振振有词，旁征博引，让质疑者不仅茅塞顿开，拨云见日，而且大长学问。

吴忌画龟前，皆净手焚香，以示敬诚。他画龟，无不取奇数，或单只，或三只、五只、七只、九只。吴忌自有自己的说道，按照阴阳五行说，奇数为阳，偶数为阴。奇数为变，可求新日进，永无止境，永葆生机。偶数为满，为定，满则溢，定则僵，僵而朽，朽则死矣！不管是单龟图还是群龟图，莫不千姿百态、栩栩如生，仿佛一只只都是水淋淋刚从龟池中捉出来的。

最让吴忌引以为豪的是，香港回归祖国时，他画了一张巨幅《九九归统图》，画面上姿态各异的龟刚好九十九只，寓意香港历经九十九年沧桑终于重回祖国怀抱。此画笔酣墨饱，大气磅礴，一举夺得全国美展金奖。自此，媒体界、评论界渐渐有人把吴忌画龟与齐白石画虾、徐悲鸿画马、黄胄画驴相提并论了。吴忌则不知是得意还是谦虚地一笑置之：吴某不才，附骥尾而已！

吴忌没有正经单位，实际上就是个开画店的，以卖画为生。但他卖画却有些怪讲究，一不卖当官的，二不卖为富不仁的奸商。此外，任是至交真亲，白白相送？更是免谈！

官人、商人可是书画收藏的主要消费群体，这一来吴忌当然是作茧自缚，买得起他画作的他坚拒不卖，平头百姓想也是白想，那画价着实吓人呢！吴忌好像不以为意，日子不温不火、不咸不淡，倒也自得其乐。

有人透露出个中奥秘，吴忌只要在每届全国美展中拿个金奖、银奖，就够他快活几年的！也有人背后说他的坏话、风凉话，狂妄！作秀！无非是想居为奇货，自

一条在岸上奔跑的鱼

抬身价罢了！

开罪了官商两界，不说后果很严重，影响还是有的。吴忌被省美协选为副主席，在县美协连会员都不是，人大代表、政协委员什么的更是跟他沾不上边。独生子在局机关奋斗了二十多年，连个小副科都不是。儿媳在一个偏远山乡小学任教，十八年调不回县城里，天天吵着要和老公离婚，说他俩的前途命运在公爹眼里，竟抵不上他纸上的一只乌龟金贵！闹到后来，小两口扬言要和吴忌断绝父子关系。

名画家有啥子用？你摆谱，人家更摆谱！毕竟咱在人家一亩三分地上呀！妻子天天数落、埋怨他，骂他迂夫子，画画画呆了，一点能耐没有，真是个缩头乌龟呢！

有一天，吴忌终于破了自己的规矩。也不是全破，他只是将画作送给了县里的几个要害人物，对方自然喜出望外、既往不咎了。吴忌儿子和儿媳的问题很快迎刃而解。

但奇怪的是，吴忌学起黛玉焚稿，竟将所有画作付之一炬，宣布从此封笔，开起了书画装裱店。好在这个他懂，虽然挣的是辛苦钱，但养家没有问题。

都说吴忌是个怪人，怪得邪乎。

后来，县里的几个要害人物，都在反腐风暴中落马了。人们说，莫非吴忌早有先见之明？还是一画成谶？他送出去的可是鲜见的双龟图啊！只是其中一只躲在石头缝里，只露出一丁点龟头呢！

吴忌只顾着忙他的装裱活计，不言不语，似乎什么都没听见。

鉴

鉴宝大师上寻亲节目寻找自己多年前失散的母亲，母亲找到了，却提出要"鉴定"儿子是不是"赝品"……

庄贾走进了国内一家顶级电视台的寻人节目录制现场。

他隔差岔五亮相各级电视台，早就在全国人民面前混得脸熟了。但以这种特别的身份走上荧屏还是第一次。

他看上去风度翩翩，派头十足，却多少显得有些忐忑不安，脸上掩饰不住激动和期待的神情。

庄先生，您是著名的鉴宝大师，我们这可是寻人栏目，您是不是走错了演播大厅？女主持人机智诙谐，一上场就和庄贾开起了玩笑。

观众席上哄笑起来。现场气氛很热烈。

庄贾挨着女主持人坐定，正色道，我没走错地方。我就是来寻人的。

让我们好奇的是，功成名就事业如日中天的庄先生会寻找什么人呢？亲人，朋友，同学，还是初恋情人？女主持人特会煽情。

我要寻找的是我的生身母亲！庄贾神情凝重，语气沉重。他摘下金边眼镜，又重新戴上，特写镜头里，他眼圈发红，有泪光闪烁。

女主持人也变得严肃起来，安慰他说，看来，庄先生在强大的外表下也有脆弱隐秘的内心。说出你的故事，为爱坚守，为缘寻找！

庄贾缓缓说道，我有着不同寻常的身世，我曾是一个被拐儿童。我出生在偏远农村，父亲早亡，是母亲靠

一条在岸上奔跑的鱼

捡破烂一手把我拉扯大的。记得我六岁那年，母亲第一次把我带到县城卖废品，正是大热天，我吵着要吃雪糕，母亲特别爱我，让我稍等，转身找卖雪糕的地方去了。母亲回来的时候，不可能再看到我，因为我被一个人贩子用一支冰棍拐上了车。我被人贩子卖到一个很远的地方，庆幸的是养父母人很厚道，待我视同己出，供我读小学、念中学、上大学，直至走到今天。

从小被拐卖，可能是您的一生心灵之痛。可某种意义上说，客观上也改写了您一生的命运。如果没有这个经历，也许我们就少了一位伟大的鉴宝家！

事实可能会这样。但无论养父母对我如何好，都无法取代生母在我生命中的位置！如果可能，我宁愿用我今天的全部换回我的母亲！庄贾声音哽咽了。

女主持人适时地给他递上纸巾。待他情绪趋于稳定，女主持人字斟句酌地试探着说，庄先生，近来社会上有一些针对您的负面传言。说您禁不住利益的诱惑，有违良知和文化操守，在鉴定古玩真伪和估价时有欺世逐利之嫌。请问您对此有什么需要澄清的？

谣言！居心叵测的谣言！庄贾情绪一下子激动起来，他腾地从沙发上腾跃而起，吓得女主持人差点花容失色。

嫉妒！嫉妒！古人云，木秀于林，风必摧之！艺高于众，人必非之！

女主持人赶紧拽回话题，大声说，为爱坚守，为缘寻找！请庄先生走向希望之门，按下希望之键，看看您要找的亲人会不会从门里出现！

庄贾似乎忘了刚才不快的小插曲，气宇轩昂地大步走向希望之门，微微颤抖地按下希望之键。庄贾，女主持人，全场观众，都屏气凝神，瞪大眼睛，注视着那扇希望之门缓缓地打开。

全场欢呼声起，一个衣着朴素、白发苍苍的农村老大娘步履蹒跚地走了出来。

如同一道耀眼的闪电刹那间照亮脑海里的记忆之幕，庄贾快步迎上去，扑通就跪倒在老大娘的脚下，泣不成声地唤，妈！妈！儿子日日夜夜想念您啊！您想儿子也一定很苦很苦吧！

不料老大娘神情木然，没显出多少激动，现场气氛顿陷尴尬。弄得庄贾丈二和尚摸不着头脑，跪也不是，起也不是。

还是女主持人厉害，故作动情地说，真是执手相看泪眼，竟无语凝噎啊！她顺势拉起庄贾，搀着老大娘，返回到沙发上坐好。

女主持人说道，大娘，您是不是太激动了？失散四十多年的儿子突然重新出现在眼前，是不是不敢相信这是真的？老大娘还是木讷无语。

妈！我就是您的贾儿啊！如假包换啊！老大娘既不点头，也不摇头。

这大娘怕是有老年痴呆症吧？观众席上有人窃窃议论起来。

庄贾情急之下，嘴里竟蹦出这样一句话来，让人听着既心酸又搞笑，妈！请您老鉴定一下我到底是不是您的儿子吧。

女主持人一看有戏，带头鼓起掌来，观众席上也是掌声一片。

奇怪，那位老大娘突然像变了个人似的，正襟危坐，清了清嗓子，那神情，那做派，真与庄贾做客鉴宝节目无异。

老大娘淡淡地问，你的出生日期？

庄贾毕恭毕敬地答，1966 年 12 月 23 日。属马。是您在我小时候告诉我的，至今还记得牢牢的。

一条在岸上奔跑的鱼

年份，属相，都对得上。可包浆，成色，不对。五十多岁的人，哪有你这嫩相？

老大娘又问，你出生在哪块？

庄贾又答，记得是一个叫哥拉寨的村子。

窑址不对！我们那里叫疙瘩寨。

庄贾窘了，急了，呼啦捋起衣袖，露出雪白的胳膊冲到老大娘面前，带着哭腔道，我的右胳膊上还有一块暗红色蚕豆般胎记呢！这总错不了吧？

老大娘抬眼扫了扫，还是摇着头叹气，款识印章，也可以作假啊！高仿品多的是。

庄贾绝望地当场号啕起来，妈！怎样才能证明我是您的亲生儿子呢？！

老大娘突然老泪纵横，哭着说，为了找儿子，这些年我四海为家，边捡破烂边寻找。后来，我偶然发现了电视上的鉴宝节目，一看就上了瘾，越看越觉得咱家唯一的一件传家宝青花提梁壶是真品，拿给县博物馆的老师看，也说是真古董。一天碰上鉴宝节目海选，我把传家宝拿去请专家鉴定，却给鉴成赝品，当场被一个古董贩子只花五百块钱给买走了。我不是想发意外之财，我是想多卖些钱，用这死宝贝找回我家的活宝贝，我那命根子的儿啊！那个专家，就，就是你呀！

庄贾顿时如五雷轰顶，眼睛瞪得似一对玻璃球欲弹射而出，金星乱进，嘴巴张得能塞进一只拳头，再也合不拢了。

女主持人见状，忙对着镜头说，不要走开！下节更精彩。现场将通过国内权威专家、国际最先进设备，并邀请公证人员全程公证，对这对疑似母子进行医学鉴定！广告之后马上回来！

每件事的发生都有着特殊的背景

"我"被列为副局长考察人选，信心满满，志在必得。突然，一个陌生美女找上门来。她是什么人？

看了这个题目，很多读者一定会误会我。记得若干年前，著名微型小说作家沙叾农写过一篇这个标题的经典小小说，我当然不会重复老沙讲的故事，更不会剽窃别人的作品。这是我自己亲身经历的一件真事，不过写出来您也可以当作小说来读。那件事的发生简直像一个奇迹，怕是很多优秀的小说家也没有这样奇特的想象力，当然，我没有贬低小说家的意思，只是说这事真是太匪夷所思了。想想，那件事，真是在不该发生的时间偏偏发生了不该发生的事情啊！它极有可能深刻地改变我的一生，而我面对命运之神却又无能为力，徒叹奈何。

说得有点绕了，好好，我现在就开始切入正题。我叫张三，是某地某局的办公室主任。去年，上级组织部门准备在我局中层干部中就地选拔一名副局长，这当然是件好事，但无疑也是一件折磨人的事。我虽不是官迷，但也尚未修炼到超凡入圣淡薄名利的境界，我想我不应该与这难得的机遇失之交臂。正在我五内俱焚忐忑不安之际，王局长告诉我，经过满意度测评和民主推荐，我和另一名科长李四有幸成为组织部门的考察人选。我心里暗暗乐得桃花朵朵开，但我早过了狂蜂浪蝶的年龄了，表面上伪装得十分谦恭，连声说，谢谢领导栽培、群众信任！我做得还很不够，我一定正确对待进退留转，一颗红心，两种准备。但自打我知道，是在我张三和李四之间最终角逐这个副局长时，我差不多是信心满满、志

一条在岸上奔跑的鱼

在必得了。论资历，论能力，论实绩，论人缘，我几乎样样优势明显，完全符合德才兼备以德为先的用人标准嘛。我的竞争对手李四呢，还是不要对他品头论足吧，以避诋毁之嫌。甚至于李四自己都跑来向我提前祝贺了，李四真诚地说，张主任你比我强，这回该你上！任人唯贤嘛。我假意自贬一番，但心里却是热浪滚滚，为李四的大度和高风亮节而感动。

谁也没有想到，在这节骨眼上，一个不速之客以蛮横而莫名其妙的姿态闯入了我的工作和生活，让我猝不及防。

那天，我正坐在办公室电脑前敲打一份文件，一个千娇百媚的年轻女人在楼道里一路打听着来到我的办公室。我立马放下手里的活，热情让座，还给她泡了一杯茶，然后问她，姑娘，您找谁呀？那位漂亮姑娘有些不高兴地说，我找张主任！找的就是你呀！我一愣，不禁瞪大了眼睛，同时挠起了后脑勺，美女，可我不认识你呀！姑娘抿了一小口茶，婉约而又不失豪放地笑了起来，边笑边说，连我都不认识了？古人还说，苟富贵，无相忘哩！我不想再和她这样兜圈子捉迷藏，我有点冷淡地说，这位美女，就算我认得你，行了吧？说吧，找我有什么事？姑娘放下茶杯，嫣然一笑，笑得还真勾魂摄魄，反问道，为什么非要有事呢？没事就不能到你这里坐坐吗？坐坐不也是事吗？

我突然感到这姑娘简直有些莫名其妙，弄不好脑子有问题。我脑子可没问题，我顿时很有点生气，懒得再搭理她，重新埋头敲打文件。

这时，同事小马送一份材料过来，目光灼灼地看了那姑娘好几眼，还咽了一口唾沫，然后意味深长地对我眨眨眼说，高人啊高人！小马刚走，李四科长匆匆进到我的办公室，见有一个魅力四射的姑娘坐着，没等我招呼，他就连忙退出来，不打扰，不打扰。我又不是傻瓜，从同事们的举止和眼神中我读出了一些异样的东西，我真的生气了，对那姑娘叫道，我根本不认识你。你到底找我有没有事，没事就请走人。不想那美女情绪也变得激动起来，大声说道，张三，你怎么可以这样对待我？伸手还不打笑脸人哩。你也太无情无义了吧？我心里骂了一句神经病，嘴上说的是，你不走我走！我拿起文件夹准备去向局长汇报工作，同时避开这个女瘟神。

不想在办公室门口和王局长撞了个满怀，王局长踱进我的办公室，看了看坐在那里此时竟小声哭了起来的那个来历不明的姑娘，又用目光扫了扫我，然后面无表情一言不发地走了。

我愈加感觉不祥不妙，先跑到局长办公室，继而到各个办公室去不厌其烦地解释，其实，我根本不认识她！她一定是脑子有问题，赖在我办公室不走，搞得我没法办公。你们千万不要误会。大家都只是笑笑，说，没什么，真的没什么。张主任，你不要多心。等我重又转回自己的办公室，那个莫名其妙的女人终于走了。我久久地望着她坐过的那个位置还有她喝过的那个茶杯发呆，但愿这只是一个偶然事件。

几天后，组织部门来我们局里考察我和李四。很快，红头文件下来了，李四被任命为副局长。

聪明的读者朋友一定猜到了，我的大好前程坏在了那个我根本不知是何方神圣的神秘美人身上！我气疯了，恨透这个女人了，我发誓今生今世无悔追踪挖地三尺也要找到她。嘿，还真让我逮着她了。

是在一次突击扫黄行动中，你们知道我是在什么局里上班了吧？她竟然是一个小姐，见到我她比我还要吃惊。我怒不可遏地逼问她，我与你往日无冤今日无仇，为什么害我？！那小姐凄然一笑，眼里滚下泪来，为了

一条在岸上奔跑的鱼

钱。有人给了我一千块钱劳务费。受人之托，忠人之事。我不会出卖雇主的。对不起了，先生！每件事的发生都有着特殊的背景。

这话是那小姐随口说的，她说得既诚恳，又很有水平。我还能拿她怎么样呢？现在我写出来也无非发泄一下心中的愤懑，顺便挣点小稿费罢了。人该怎么活还得怎么活。

如　兰

专业对口，刚走上工作岗位的大学生欲大显身手，结果……

兰馨纯终于如愿以偿地考进了市园林局。这是他大学所学的专业所在，又是父亲兰自芳的希望所在。

兰家是种兰世家，父亲兰自芳是远近闻名的种兰高手，把兰花看得比自己的生命还重要呢！十足的兰痴。

馨纯从小耳濡目染，与兰为伴，视兰为友，对兰花自然有着别样的深情。他种兰，赏兰，画兰，学园艺花卉，这辈子怕是和老父亲一样，与兰结下解不开的因缘了。他给自己取了一个字，就叫如兰，还动手刻了一方闲章，写兰落款时总要红红地摁上这块印。

到园林局上班后，他把自己亲手培育的多个珍贵兰花品种都搬到了办公室里，墙壁上也挂着自己临摹历代画兰名家的画作，端的是室雅何须大，兰香满乾坤。

在这样如诗如画的环境中工作，兰馨纯觉得简直就是一种享受。他决心利用这个平台，把整个城市装扮成一个美丽的大花园，给人们喧嚣浮躁的生活注入几缕兰香，提升城市品位，净化人类心灵。他摩拳擦掌，跃跃欲试，激情奔涌。

馨纯上班好几天了，除了参加了一次传达上级会议精神的全局干部大会，几乎无所事事，他似乎体验到了传说中的机关生活。馨纯终于坐不住了，他花了差不多一周时间，跑遍了这座城市的大街小巷和每一个社区，然后认真思考了几个昼夜，又奋笔疾书一天，洋洋洒洒写成了《关于提升城市绿化美化香化工程的若干建议》。他难抑激动的心潮，准备面呈局长，争取采纳，尽快实施。

不想瞌睡遇枕头，赵局长笑容可掬地推开了他办公室的门。乖乖隆冬！小兰呀，你这里简直就是兰花展览馆嘛！

兰馨纯起身迎接，喊一声局长好，手伸到办公桌上拿起那份材料，恭恭敬敬地捧给赵局长，急切地说，这是我通过调研思考写的一份关于提升城市绿化美化香化品位的报告，请局长审阅。

赵局长用肥厚的手掌将伸到自己眼前的报告挡了回去，依然慈眉善目，打着哈哈说，这个嘛，局里早有规划。按规划办事，一张蓝图画到底，一任接着一任干嘛。

他踱着步巡视着各个兰花品种，饶有兴味的样子，小兰啊！于兰花我是个门外汉。这几年兰花市场行情火爆，听说你父亲一盆珍稀兰花卖了几十万呢！劳你给我这个兰盲普及普及兰花知识。

馨纯尽管心中不快，还有些大失所望，还是强打精神给赵局长介绍起来，一开口便滔滔不绝了：

兰花是多年生草木植物，在我国已有一千多年栽培历史。主要品种有春兰、蕙兰、建兰、墨兰、寒兰、莲

一条在岸上奔跑的鱼

瓣兰等，统称中国兰，位列中国十大名花之首呢！兰如君子，无艳姿，无媚骨，无硕大的花叶，具有质朴文静、淡雅高洁的气质。每年春季开花，花期一个月左右。花色有白、黄、绿、红、青、紫，等等。兰性喜阴，喜湿润，忌阳光直射、干燥、空气不流通等环境。因兰花是肉质根，喜透气性好，故培育兰花宜用紫砂盆或瓷釉盆……

好了，好了。赵局长打断兰馨纯，赞许道，听君一席话，胜种十年兰。果然是名牌大学的高才生，人才啊！

赵局长亲热地拍了拍他的肩膀，好好干！前程不可限量。望着局长转身离去的背影，兰馨纯好一阵发呆。

上班还是无所事事，那份"若干建议"在办公桌上已积了一层灰尘。兰馨纯无言无奈，只能侍弄兰花，或啃读专业书籍打发时光。好在隔壁的钱科长爱来串门，一来就神聊海侃，日子才不至于那么百无聊赖。

"日丽参差影，风传轻重香。会须君子折，佩里传芬芳。"钱科长头一次来串门，望见满室生春的盆栽兰花，脱口吟出了这首诗。兰馨纯止不住一阵惊喜，他知道这是唐太宗李世民的咏兰诗，自己总算遇到知音了。馨纯随即回以明代薛网的一首咏兰佳句：我爱幽兰异众芳，不将颜色媚春阳。西风寒露深林下，任是无人也自香。

馨纯让座、沏茶，热切地想和钱科长好好聊聊园艺，探讨探讨兰花。钱科长不断地吞云吐雾，室内顿成虚无缥缈的世界。

钱科长说，谈那些有什么用？书本知识面对社会知识，不堪一击啊！不瞒小兰你说，我也是正宗本科园艺专业毕业生，那又怎样？百无一用是书生！干什么是领导说了算，怎么干是包工头说了算！

馨纯越听越糊涂，越听越丧气。他无数次想提醒钱科长别在这里抽烟，兰花是娇贵清纯之物，最忌污物浊气，可每次话到嘴边又咽了回去。他好心疼自己苦心经营的兰花名种。

走！小兰，随我们喝酒去！包工头请客，不吃白不吃！兰馨纯怕钱科长在自己办公室吸烟，更怕他不容分说硬拖自己到这里那里赶场子。

实在拗不过，馨纯去过几次，酒桌上不怎么说话，只一个劲喝酒，每每大醉而归。有同事听见兰馨纯醉后在办公室大哭。

单位里渐有传言，说小兰贪杯，酒品不好。这话后来也传到兰馨纯耳朵里了，再有饭局酒局，他说什么也不去了。钱科长也不再勉强他。

这天，办公室主任孙丽破天荒地飘进兰馨纯的办公室，莺声燕语道，小兰子！今天是姐姐的生日，先喝酒，后唱KTV，你可得给我面子，赵局长都去呢！说好了，我登台演唱，你冒充粉丝给我献花！馨纯有点不知所措地胡乱点头。娱乐场所是他最不愿意去的地方。

兰馨纯看见办公室的盆栽兰花萎的萎了，死的死了，他苦苦一笑。

孙丽的生日宴会他到底还是去了，但他坚持没让自己喝一口酒。面若桃花的孙丽登台献唱时，馨纯木讷地献上了一束鲜花。

赵局长显得很开心，他搂着孙丽跳了几曲两步摇，然后和蔼可亲地坐到兰馨纯身边。

局长小声说，小兰啊！我有一事相求。新来的市长特别痴迷兰花名种，听说你父亲有一盆雅号叫"千瓣雪"的兰花，可否借花献佛？小兰，你堪称兰花专家，正好与市长惺惺相惜，前途无量啊！

馨纯婉拒道，我父亲脾气很怪，我恐怕做不了他的主。凡事都讲个缘字，如市长是个有缘人，自会如愿的。

一条在岸上奔跑的鱼

翌日上班，兰馨纯径自来到局长办公室，递上一份辞呈。

多安逸的单位，为何辞职？赵局长大惑不解。

兰艾不同香，自然难为和。兰馨纯坚定地转身离去，只丢下这两句诗。

十年后，他成了名满天下的兰花王。

一万年前你惹了我

一个人从惯偷变成自食其力者，是良心发现？高人点醒？还是慑于法律的威严？

一

一个蒙面小蟊贼，半夜三更撬门扭锁钻进一家书店。在监控探头的"众目睽睽"之下，翻箱倒柜，忙活了半天，累出一身汗，竟连一个钢镚儿也没找到。贼恼火极了，三下五除二推倒书店的书架，书狼藉一地。贼似乎解了气，正欲遁去，忽想起"贼不空手"的行规，转身瞥见书山顶上有一摞名字很怪的书，叫《一万年前你惹了我》。贼恨恨地想，一万年前我惹了你，你就这么报复我，让我无功而返吗？遂携这摞书扬长而去。

翌日，贼来到闹市区，站在人行道上扯嗓兜售，贱卖贱卖！优惠大酬宾！《一万年前你惹了我》——！

坐车的、骑车的皆匆匆而过，置若罔闻，没人理会他。步行的，不是抬头打手机就是低头玩手机，避之而行，有人还指指戳戳，窃窃嘀咕，不是书呆子，就是神经病！贼吆喝半天，口干舌燥，连买一瓶矿泉水的钱也没挣到。

一个收破烂的推着人力车走过来，贼赌气似的叫道，当废纸卖给你，不会不收吧？破烂王当然乐意，一看都是新崭崭的书，于心不忍，说，这怕有辱斯文吧？俺不能捡这点便宜！贼怒火中烧，咋？莫非我一万年前也惹了你？破烂王指点迷津道，先生息怒！街那边就是政务区，当官的都是文化人，兴许爱看书。卖给他们吧，这才物有所值。

贼既没点头也没摇头，脚步已向政务区迈去。贼不想再厚着脸皮一本本去推销，他突发奇想，在书名下面写上了自己的账户名"李董德"和开户行、银行卡号。贼不想再为这几本破书费时费神费力了，死马当活马医吧，这点卖书的钱随便做个活就有了。随后贼大模大样地进到几间无人的豪华办公室，将书撂在老板桌上转身而去。他投入了新的活计，很快就将这事差不多忘了。

二

领导甲在办公室里发现了一本似乎从天而降的书，《一万年前你惹了我》。领导甲同时敏锐地看见了书名下面的一排文字、数字。领导甲处变不惊。他是这样将书名断句的：一万，年前你惹了我！

领导立即想起来了，年前局里拟提拔一名科长，有十多名下属趁春节给他送钱送物，但科长只有一个。领导甲想，这本书一定是这伙人当中一个官场失意的人送的，他是在提醒我收了他一万元钱却没给他办成事，敲山震虎呢！——"你懂的"！这种人可是危险分子，不好惹，冤家宜解不宜结。当天下午，领导甲就往那个神秘的卡号里打了一万元。扯平了好，免生后患。

领导乙回到办公室，也很快发现了那本神秘兮兮的书和神秘卡号。领导乙瞬间就有了一种不祥的预感，坐立不安，来回踱起步来。他也是这样解读书名的：一万，年前你惹了我！

一条在岸上奔跑的鱼

领导乙何等聪明，很快猜想到这是什么人在用这种独特睿智的方式要挟他。记起来了，年前一个包工头想承包局里的一个工程，约他打麻将，故意将"一万"等牌不断地放铳给他，让他赢了个盆满钵盆。后来，领导乙把工程交给了别人。如今当官不太平了，赶紧灭火吧。领导乙赶紧将五万元转到了那个卡号上，心里稍稍安定了一些。

领导丙看到那本书，是这样对书名断句的：一万年，前，你惹了我！领导丙名字的最后一个字是"前"（曾有好几个女人这样昵称他）。断完句，领导丙大惊失色，心里骂道，红颜祸水啊，最毒世上妇人心！"小三反腐"可是致命武器啊！这女人分明是在暗示自己，当初自己和她开房时海誓山盟说爱她一万年，结果不久就和她断绝往来又另觅新欢了。领导丙不敢再想下去，他一秒钟也不敢耽搁地往那个要命的卡号里打了十万元，浑身还是冷汗淋漓。

三

德成寺的妙悟方丈正在参禅打坐，忽听一人"扑通"跪倒在他的面前，磕头如捣蒜，一定是菩萨保佑，让我几本破书卖出了天价，十六万！

妙悟睁眼轻问，此话怎讲？

那人正色答道，在菩萨面前不能妄语。我是一个小偷，到一家书店行窃，一无所获，为谨遵"贼不走空"的行规，就顺手牵羊带走了几本《一万年前你惹了我》的怪书，没承想卖给几个冒号，居然大发。不是菩萨护佑垂怜，岂能有这样的好事？

妙悟哈哈大笑起来，原来如此！这本奇书本是燕山大德赵文竹居士所著并赠予本寺的，乃劝人积德向善之作。那日庙会人多，这书不翼而飞。书商窃书，而致书店遭贼，为官不廉，而以破财买安，皆属悖入悖出，枉费心机，徒添业障。俗世所谓天网恢恢，疏而不漏。佛家称之因果报应，毫厘不爽也！

听了妙悟方丈的话，贼脸上有些挂不住了，反驳道，长老故弄玄虚了吧？那我咋没遭因果报应？

妙悟方丈微笑不语，复闭目诵经，不再理会那贼。

贼嘟嘟囔囔着走了出去，出门时突然被高高的门槛绊倒，又顺着高高的台阶滚落下去。贼全身多处严重骨折，住进了医院。

办出院手续时，结算医疗费，不多不少，十六万元！贼当即吓出一身冷汗。

四

不知什么时候，街面上多了一个一瘸一拐的"破烂王"，光光的头皮上泛着青光。

一天，这人"扑通"跪倒在妙悟方丈的面前，感激涕零道，老法师神人也！冤家路窄，几个冒号成了我的狱友呢。

妙悟方丈双手合十，连称，善哉善哉！苦海无边，回头是岸。法不容情，恰有至情，即是佛心啊！

第四辑　往事情悠悠

> 导读: 世界就是奇怪, 历史端的无情。多少事发生在当下, 人们或许已经忘却, 一些事渐行渐远, 人们回眸一瞥, 却有种种感动悸动掠过心尖, 历久弥新, 铭心刻骨。记忆是一坛窖藏的老酒, 无论甜蜜还是苦涩, 幸福还是苦难, 过滤沉淀下来的都是精华与财富。

英雄菜

过草地时, 红军断粮了。司令员要供给部部长设法找到能吃的东西。挖到了野菜, 供给部部长让自己的儿子先吃……

一支衣裳褴褛的红军队伍在茫茫草地上艰难地行进着。

这无人区的天气真是邪乎, 时而风, 时而雨, 时而又刮起暴风雪, 吹得人东倒西歪, 十几步外就看不见人影, 时而天空中又砸下鸡蛋般大的冰雹, 战士们赶紧把行军被（炊事班的同志用锅）顶在头上, 不然脑袋上非给砸出血窟窿来。无边无际的大草地上，水草掩映的沼泽星罗棋布，暗藏着无数恐怖的陷阱，人一不小心踏进去，越挣扎越陷得快，不一会儿散发着臭气的水面上只漂浮着一顶军帽，和冒着催命鬼般的咕嘟咕嘟的水泡。草地上这里那里散落着一些不知名的树，但树叶早被人捋光了，树皮也被剥光了，白茬茬的树干骷髅般刺眼地兀自挺立在苍穹下，呈现出一种惊心动魄的凄怆。

眼看着身边的战友接二连三地倒下去，有的是冻死的，有的是被可怕的沼泽吞噬的，更多的人是活活饿死的。

司令员怒喝，供给部部长！

一个羸弱枯瘦如同一副骨头架子的人一瘸一拐地走过来，无力地行了一个军礼，首长，所有的干粮都分下去了，您的战马也给杀了，战士们把身上的皮带都煮来吃了。您看看这些树，都成啥样了？能吃的野菜都被前面的队伍挖光了。水宕里的小鱼小虾和地洞里的老鼠都被捉尽了啊！谁让我们是后卫部队？

供给部部长咬牙切齿地骂道，狗日的老天，光知道下雪下冰雹，要是下白面和鸡蛋该多好啊！供给部部长似有满腹的苦水，妇人似的絮絮叨叨，昨夜小石头和我睡在一起，睡梦中直喊饿饿，竟啃起我的脚趾来，半个脚趾被他啃下来了，我没舍得喊一声疼。就让孩子吃一回肉吧。供给部部长低下头，眼圈红红的。

司令员不耐烦地打断供给部部长的话，我不听你解释，我只要你给大家找粮食！再有战士饿死，老子首先枪毙你！

供给部部长没再辩解什么，他带着几个炊事班的战士分头找粮去了。

开饭了。开饭了。供给部部长有气无力地喊着。战士们欢呼着围拢过来，抢着拿碗盛野菜汤。

慢！供给部部长大喝一声。战友们愣住了。司令员

一条在岸上奔跑的鱼

也皱起了眉头。

摆在他们面前的是三口大锅，每口锅里煮着一种野菜，咕嘟咕嘟地冒着泡泡，阵阵香气扑鼻。对于这群饥饿的人来说，这无疑是珍馐野味了啊！他们一个个咂巴着嘴，尖锐的喉结上下滚动着，肚子里传出蛤蟆般急切的叫唤。

小石头，你先吃第一口锅里的。供给部部长拉出一个还没步枪高的又黑又瘦的小战士，命令道。

小石头实在太饿了，他欢喜地手忙脚乱地盛了一碗野菜汤，喉咙里似伸出无数双手，转瞬间风卷残云，什么也没剩下了。

战友们一个个瞪大眼睛，张大嘴巴，羡慕垂涎地盯着他看。有战士不满地叫起来，凭什么让他先吃？这不是以权谋私吗？

供给部部长一直目不转睛地注视着小战士。突然，只见小石头猛地捂住肚子，直喊肚子痛，脸庞痛苦地痉挛着，豆大汗滴滚落如雨，嘴里吐出白沫，扑通一声栽下去。

这个锅里的野菜有毒，不能吃。供给部部长布满血丝的眼里滚出几颗泪，很快又恢复了镇静，用不容置疑的口气说，我尝第二口锅里的。炊事班班长，你负责试最后一口锅里的。

炊事班班长老陈哭着冲上前，喊道，石头是您的亲生儿子啊！让我来试！

老陈被供给部部长粗暴地一把推开，伴随着低沉的吼声，执行命令！

司令员和战士们含着热泪，一言不发，天地间死一般寂静。

他们眼睁睁地看着供给部部长也倒下去了，炊事班班长老陈像接到无声的命令，冲向第三口大锅……

天无绝人之路。最后一口锅里是可以食用的无毒野菜。

司令员亲手安葬了这对英雄的父子，率领队伍终于走出了草地。

许多年后，司令员成为共和国上将，他一生保持着喜吃野菜的饮食习惯。什么婆婆丁、灰灰菜、荠菜、大叶蒿、水浮莲，等等等等，他辨之无碍，如数家珍。他管野菜叫英雄菜。

将军晚年在回忆录中写到了长征路上的这个故事，人们这才知道，供给部部长原来是将军的儿子。

雪　昼

一个猎户家庭，在皖南事变新四军女兵遭追捕时，出手相救，把亲生的女儿交给了敌人……

民国三十年的冬天，似乎来得特别早，天气也格外寒冷。还未进腊月门，不知已经下了几场雪了，呼啸的北风裹挟着漫天飞舞的棉絮般的雪花，把天地间搅得浑浑沌沌，一片苍茫。雪野里的夏村古镇像睡去更像死去一般，不见一个人影，不闻一丝声响，雪落大地的若有若无的簌簌声听上去似乎格外地喧器。

不知过了多少时辰，早被雪花盖得了无痕迹的古街上响起"吱嘎""吱嘎"的脚步声，纷纷扰扰的雪幕里钻出一个雪人，肩上扛着一支土铳，手里晃荡着一只什么野物，一路哈着一团一团的白雾，瑟缩着身子匆匆地行走。到了镇街尽头的一间茅屋，冷不丁吼一声："俺回啦！"不等里面应声，一只胳膊一杵，便撞门进去，一同进去的还有刺骨的寒风和一大团雪花。

一条在岸上奔跑的鱼

"老头子，你回啦，急煞俺了！"一个老婆子迎上前，扑打着猎人满身的雪花，半是心疼半是嗔怪。"老不死的，不打点野物回来，一家老小喝西北风啊？跑遍了七山八洼，好容易才打着一只兔子！人老了，铳也不听使唤了，俺这神枪手的名号怕是名不副实啦！"

"大，外面乱得很，你千万别出去打猎了！"女儿山花接过父亲手里的野兔，担心地说，"镇上人都在传，几十里外的茂林正在打仗，打成了一锅粥呢！听说好几万国军正围着新四军打，死了好多人哩！镇上都贴出布告了，谁敢窝藏新四军，格杀勿论！刚才苏保长还上俺家来搜查呢！"

"怕个卵！"老猎户一梗脖子，眼睛瞪得老大，"他打他的仗，俺打俺的猎，碍着他们什么事？"老头猛然像想起什么，一巴掌就扇到了女儿脸上，呵斥道，"你个没良心的！这么快就忘了是谁救了你？早知道你是个狼崽子，救你作甚！"山花脸被打红了一大块，但她没掉一滴眼泪，背过脸去望向窗外更加肆虐的雪野，幽幽地说："俺不是担心你吗！"

山花哪里会忘，就在半个月前，她到镇街河对岸的德成庵去烧香，一是求菩萨保佑父母平安长寿，二是求菩萨保佑她寻一个好人家。烧完香，许完愿，她就匆匆往回赶，回去还要烧午饭锅呢。刚出庙门不远，迎面遇到一队穿黄军装的人，为首的一个戴眼镜的还威风凛凛地骑着高头大马。山花认得，这些人肯定是川军新七师的人，他们的师部就设在夏村街苏保长的大宅院里。甚至连那骑马的军官她也认得，他就是师部副官黄伯元，因为他常到山花家来拿野兔、野鸡、野山羊，有时给钱，有时不给钱。

"山花妹子，在庙里求的啥签许的啥愿？是不是闺中寂寞，想早点嫁人啦？！"黄副官高头大马拦住了山花的去路，两眼色眯眯地直盯着山花高耸如山丘的胸脯。

山花是个倔强女子，哪里容得下别人如此作践自己！她杏眼圆睁，怒斥道："黄副官天天吃野味，难道连人话都不会说了？！"

"你个臭丫头，竟敢顶撞本副官！看老子今天不睡了你，省得你耐不住闺中寂寞！"黄副官边说边翻身下马，饿狼般扑上前就撕扯山花的衣襟……

"住手！"突然一声怒吼，绝望的山花和疯狂的黄副官同时循声望去。只见一名新四军战士骑着枣红马疾驰过来，拔枪在手，直指黄副官，声色俱厉地说："你们身为堂堂国军，光天化日之下，竟敢强暴良家妇女！"

"奶奶的，你算哪根葱，敢管老子的闲事！你就不怕落下破坏国共合作的罪名？"黄副官恼羞成怒，也"嗖"地拔出了驳壳枪。随行的士兵齐刷刷把枪口逼向那名新四军战士。

不想那新四军毫无惧色，却哈哈大笑起来："要问我算哪根葱，竖直耳朵听好！我是新四军叶挺军长的通讯员！"

黄副官顿时蔫了，忙换成了一副笑脸，连声赔不是："原来是叶军长的随从，失敬失敬！兄弟喝多了酒，一时乱性，恕罪恕罪！"……

……山花望向窗外的眼猛地睁大了，她在苍苍茫茫的雪幕里看见了一个人，一个女人，一个穿军装的女人！她的心跳骤然加速了。

"大，妈，快看！后山跑下来一个人，一个女新四军，那灰布军装俺认得！"

老头子和老太婆也赶紧凑到窗户边看，可不是，一个女兵正踉踉跄跄朝自己家跑过来，她身后传来了尖厉的枪声。

老猎户说一声"造孽啊！"，猛地拉开柴门，一头

一条在岸上奔跑的鱼

钻进风雪里，连扶带拖地把那名女兵拽到屋里来，山花赶紧闩上了柴扉。

"老乡，我是新四军，从茂林突围出来，国民党已经追过来了，我能不能在你家躲躲！"女兵气喘吁吁，脸色苍白，但模样仍是那样俊俏。老猎户心说，都说山花长得好，但跟眼前的这姑娘比，差远啦！

"刚才，苏保长才来过……"老太婆一副担惊受怕的样子，嗫嗫嚅嚅地说。

"住嘴！新四军是好人，好人就该得好报，怕个卵！"老猎户一声吼，把老婆子后面的话噎了回去，吼声传到屋外，外面的雪被震得纷乱一片。

"老乡，如果不方便，我这就走……"女兵看出老太婆一脸的惶恐不安，凄然地笑了一下，就要往外走。

"姑娘，你不想活啦？回来！"老猎户又是一声吼，转过脸来呵斥老太婆，"她就是叶挺军长的人！老东西，你忘啦？去年俺在夏村街上卖野物，叶挺军长刚好打那过，买了俺一只野兔，给了双倍的钱呢！要知道，人家可是堂堂军长呢！据说蒋委员长都让着他！了得！可他对待俺老百姓，比亲人还亲呢！就冲着叶军长，他手下就铁定不是坏人、孬种！这姑娘俺是救定了！你们要是怕受牵连，赶紧给老子滚！良心让狗吃啦？！"

此时，屋外传来了"抓共匪"的叫嚷声！

老婆子吓白了脸，急得在屋里团团转："快找个地方躲躲！"可是家徒四壁，连个躲藏的地方都没有！

"躲有什么用？他们是跟着脚印子追过来的！"山花急得叫起来！突然，只见她飞快地脱下自己的外衣塞给女兵，又不由分说地三下五除二剥下女兵的军装套在自己身上！老太婆似乎反应过来，赶忙把山花的外衣套到了女兵身上。这时，门被踢开了，闯进来一伙凶神恶煞的国民党兵。

只见老猎户冲上前狠狠扇了山花几个耳光，破口大骂："你这灾星，干吗往俺家躲？俺可是厚道人家，吃不起这官司！刚刚苏保长还来过，谁敢窝藏新四军，格杀勿论哩！"

一个军官模样的人，骨碌碌的眼睛盯向屋里另外一个年轻俊美的姑娘，突然厉声问："她是谁？！"

"我是新……"老猎户又是一记耳光扇过去，竟把那姑娘打得晕了过去。老猎户赔着笑脸说："她是俺家新媳妇。"

"你这老不死的，怎下手这么狠？不就是媳妇嫁过来一年了，还没给你添孙子吗。"老太婆心疼地抱紧"儿媳"，呜呜地边哭边数落。

军官模样的人狐疑地问："怎不见你儿子？"老猎户心说，俺哪来的儿子哟，山花是自己的独苗女儿，都怪这老婆子肚子不争气！但他嘴上却从容答道："前些天被你们国军拉去当挑夫了。"军官猥亵地看了新媳妇几眼，叹口气说："真他妈鱼挂臭了，猫想瘦了，可惜了这一身好肉！"

"把女共匪带走！"穿着新四军军装的山花被捆绑起来，在国民党兵的推搡呵斥声中，很快消逝在漫天的风雪中……

"山花啊！呜呜！……老不死的，俺跟你拼啦！"老婆子凄厉的哭骂声被风雪搅到半空中，一如绝望母狼的哀号。

等到苏保长鸣锣告知，新七师刚刚从夏村古镇抓走一名新四军女匪后，镇街人畏畏缩缩地探到老猎户家想来问个究竟，却见柴门洞开，风雪漫卷，屋里空荡荡的，不见了一个人影，连老头子、老婆子也不见了！

从此就没了这家人的音讯，时间久了，镇街人慢慢忘却了这家人。直到解放大军横渡长江，解放了夏村

一条在岸上奔跑的鱼

古镇，人们竟在解放军的队伍里奇迹般地见到了老猎户和他的老婆子。据说，老猎户在队伍上成了威名远扬的神枪手，老婆子也成了炊事员。他们的女儿山花更了不得，当上了战地剧团的团长。可当老猎户把女儿介绍给镇街人时，他们怎么看怎么觉得她不像山花，真是"女大十八变"啊！

又过了些时候，县上派干部来到夏村古镇，说你们夏村了不起，出了一个女英雄呢！山花在国民党上饶集中营为了掩护难友越狱，壮烈牺牲。可查来查去，竟无法证实她的军籍或党籍，这不，我们就是为这个调查核实来啦！

将军吟

一个黄山的放牛娃，一个红军将领，一场异常惨烈的战斗，一生不了的情……

一

皖南泾县，魁山革命烈士陵园。

每年清明时节，总有一位白发苍苍的将军轻车简从，来到这里，在一座烈士坟茔前长久伫立、默哀，离去前总是双膝跪地，焚化纸钱，还要焚化一套纸扎的军服、军帽、军褂、军裤、军鞋，甚至绑腿，一应俱全。做着这些的时候，他嘴唇哆嗦着，不住地喃喃："我怕师长他冷啊！冷啊！……"

陪同他祭奠的当地县人武部袁参谋也被感动了，安慰道："黄将军节哀，珍重身体。事情都过去这么多年了……"

"不！"老将军回头打断他，袁参谋看到将军老泪纵横，"一切仿佛就在昨天，昨天啊！"

"他十四岁参军，十六岁入党，十九岁当师长，二十岁任红二十一军军长，二十一岁擢升为第七军团军团长……"

二

黄山东麓，谭家桥。

公元1934年12月14日，中国工农红军北上抗日先遣队红十军团，决定在这里打一场漂亮的伏击战，摆脱国民党军的围追堵截，补充给养，振奋士气。

同年7月，被中革军委任命为"中国工农红军北上抗日先遣队"总指挥的红七军团军团长寻淮洲，此时正戴着"执行退却逃跑主义""违抗中央命令"等帽子，被降职为新组建的红十军团红十九师师长。寻淮洲主动请命，要求担任石门岗主战场的伏击任务。刘军团长没有采纳寻淮洲关于作战部署的正确意见，依然坚持让善打硬仗恶仗的红十九师埋伏在乌泥关沿线，断敌退路，却将新组建不久缺乏战斗经验的红二十师置于石门岗正面战场。

蒋介石嫡系补充第一旅王耀武部沿着青屯公路一路尾追，孤军深入，眼看就要进入红十军团设下的伏击圈。战斗打响前，这片山水呈现出死一般的寂静，只能偶尔听到几声寒鸦的聒噪，还有呜咽的涧水声。军团首长命令将士们抓紧吃饭，当然不能生火，每人只分到一只冰冷的红薯聊以充饥。寒冬腊月，真真是饥寒交迫啊！

寻淮洲师长正拿着望远镜，在乌泥关临时指挥所里观察敌情，突然传来一阵吵嚷声，扭脸去看，只见司务长老许揪着一个半大孩子的耳朵，把一只红薯从那孩子的手里强行抠出来，孩子痛得哎哟直叫，泪花在眼里打转转。老许还在忿忿地咒骂："我让你抢！我让你抢！"

一条在岸上奔跑的鱼

寻师长赶紧跑过来，脸一沉，指责老许："战斗马上就要打响了，你在阵地上吵闹什么？亏你还是从中央苏区走出来的老战士！"见老许仍然气呼呼地揪着那个衣衫褴褛的少年的耳朵，又问："这伢子是从哪来的？"老许这才松开了孩子，说："鬼晓得，我正在给战士们分红薯，他不知从哪钻出来，上前就抢了一个……说不定是敌人的探子呢！""俺不是探子，俺是给地主放羊的！"孩子瞪了司务长一眼，摸着被揪得红紫的耳朵，争辩道。寻师长语气缓和下来，还对孩子轻轻笑了一下："那你怎么抢东西啊？"孩子的眼泪终于扑籁籁地掉下来，抽泣着说："俺给地主放羊，羊被狼吃掉一只，地主就往死里打俺，还要俺赔他的羊，俺就一个人跑到山洞里藏起来，再也不敢回家，已饿了几天几夜了。"寻师长叹了口气，爱怜地摸了摸他的脏脸，随即从自己口袋里摸出一只红薯，递给孩子："赶紧吃吧，这里马上就要打仗了，你吃完赶快躲进山洞里。"话音未落，石门岗方向已枪声大作。寻师长叫声不好，怎么这么早就交上火了？敌人还没完全钻进"口袋"呀！

原来，红二十师一战士由于过分紧张，枪支不慎走火，过早暴露了目标，战斗提前打响了。王耀武部只有前卫团进入伏击圈，后面两个团和直属队听到枪声后立刻停止前进，并很快组织反包围。红二十师不久即陷入被动挨打局面，红十九师也成为敌人后卫团猛烈攻击的目标。一场恶仗，从上午九时直打到黄昏时分，战场形势对红十军团越来越不利，红军伤亡惨重。敌增援的四九师和第七师正马不停蹄地从休宁和太平方向赶来，对红十军团形成包围聚歼之势。乌泥关阵地几度被敌人攻占，寻师长又几度率部把阵地从敌人手里夺回来，他端着机关枪冲在队伍最前面，给战士们以巨大的精神鼓舞，杀声震天，前仆后继，群山肃穆，涧水呜咽！突然，一排流弹击中寻师长腹部，他像小山一样轰然倒下！……

夜幕降临，红十军团被迫撤出战斗。沉沉夜色中，红十军团余部翻越鹊岭，向泾县方向撤退。身负重伤的寻淮洲躺在担架上，忍着剧痛，随部队转移。突然，借着火把的光亮，他看见了白天在阵地上抢红薯的那个孩子又瘦又脏的脸。"你、你怎么、没走？"寻师长有气无力地问，还对孩子轻轻笑了一下。"俺不走啦，俺要当红军！寻师长，你们都是好人！俺要跟着好人走！"孩子把吃剩下的半个红薯伸到寻师长面前，要他吃。寻师长断断续续地说："伢子，还是你留着吃吧，吃饱了好打坏人！你叫什么名字啊？""俺没有名字，人家都叫俺小羊倌，也有人叫俺小黄山。""小黄山，好名字，我批准你参加红军了！跟着红军，不再做任人宰割的羔羊了，我们替天下穷人打豺狼！"寻师长艰难地伸出手来，紧紧握住了"小黄山"的手。

到了茂林蚂蚁山，寻师长终因失血过多牺牲了。军团粟参谋长带领战友们含泪掩埋寻师长的遗体。临下葬时，"小黄山"惊异地看到，有人在慢慢脱寻师长的军服……

"小黄山"愤怒地冲上去，在那名红军身上又打又咬，声嘶力竭地哭喊："你为什么不给寻师长穿衣服？！你为什么不给寻师长穿衣服？！"

粟参谋长紧紧搂住"小黄山"，替他擦去满脸的泪水："这是寻淮洲同志生前定下的规矩，他部队的将士牺牲一律脱下军服安葬，好将军服留给活着的同志和新战士穿……革命艰苦啊，小黄山同志！寻师长的这套军服，你穿上它，坚定地干革命，给寻师长报仇！"

"小黄山"号啕大哭起来，"扑通"一声，跪倒在寻师长的墓堆前。

其时，大雪纷飞，天地皆白。

一条在岸上奔跑的鱼

三

又是清明时节，魁山烈士陵园。

那位白发苍苍的老将军没有来，来的是一位年轻英武的军官。

他也在那座烈士坟茔前久久伫立、默哀，做着老将军祭奠时所做的一切。

"少年英雄出蓬门，智勇双全誉三军。黄陂截敌奏大凯，广昌用兵立奇勋。麾师北上志未酬，喋血皖南星先沉。泉台不辞裸身去，唯留丹心照汗青。"

年轻军官动情地诵读着一首诗，他说："寻师长，这是我爷爷写给您的！他把自己毕生的积蓄，全部捐给了原中央苏区的希望工程。"

老将军已经去世了。

陪同的还是当地人武部的袁参谋。袁参谋满脸庄严神圣，眼睛里晶莹闪烁。

不久，袁参谋转业了，他主动要求去魁山烈士陵园当了园长。

老拐和他的瓜棚

老拐的瓜棚天地虽小，却同样上演着社会大戏……

砰！——叭！

前脚跟后脚的两声钝响，震碎了疙瘩寨夜空的宁静。孩子往母亲怀里拱了又拱，母亲摸着他的脑袋说，莫怕，莫怕。是拐爷放二踢脚，吓野猪，看瓜哩。拐爷就是老拐，六十多岁了，无儿无女，孤身一人，因瘸了一条腿，干不了力气活，村主任魏二毛可怜他，就让他吃了低保。

低保虽勉强能混个肚儿圆，但日子过得太紧巴，加上老拐本就是个闲不住的人，每年到了季节，他总要在后山上的两亩多地里，种上西瓜，好卖些钱贴补日常开销。不知是地好、品种好，还是老拐的种植技术好，老拐种出的瓜就是跟别家不一样，皮薄瓤厚，又沙又甜，沙甜沙甜，蜜汁一般，好吃，吃不够。瓜熟时节，老拐不小气，挨家挨户送瓜给邻里尝新，然后才开始卖瓜。他的瓜好卖，拿到集镇上，一时三刻也就卖完了。老拐也不亏待自己，揣了钱，找一家像样的酒馆，炒一荤一素两个菜，打点散白酒，坐下来慢慢喝，然后摇摇晃晃地回家。拐爷这日子过得，神仙哩，瓜仙。村人这么说，村主任魏二毛也这么说。老拐很感激这个堂侄，每年村主任都要帮他销不少瓜哩，说是送上面，送领导，联络感情，好多争取项目资金哩。如今村里的青壮年大多外出打工了，剩下的都是什么386199部队，多亏二毛为家乡发展出大力流大汗哩！

这几年，疙瘩寨的生态环境倒是越来越好，但野猪也多起来，好多田都抛荒了，不抛荒的也只种点口粮田。野猪没吃的，就专跟老拐的瓜地过不去。瓜藤上刚长出乒乓球大小的瓜秧子，老拐就得日夜不眨眼地在瓜棚里看瓜，不是打着猪大嘴（一种竹制响器，敲打发出声音吓野物），就是在夜间不时地放一个二踢脚。这段时间，老拐不得不吃住在瓜棚里，要不是搂着个收音机，他怕是早就憋出病来。瞌睡遇枕头，一天，村主任魏二毛主动找到老拐的瓜棚里，说自己要转变工作作风，替老拐看西瓜。拐叔，你腿脚不便，山上又闷得慌，侄儿看着心疼哩。老拐自然过意不去，但拗不过村主任再三坚持，就依了他，自己下了山。有媒体不知怎么知道了这事，来了一伙人，又是问，又是记，又是拍的。村主任魏二毛很谦虚，甚至有些腼腆，我这是分群众之所忧，急群众之所难，都是应该做的，离雷锋还差得远哩。没几天，

一条在岸上奔跑的鱼

老拐和村里人就在电视上看见了魏二毛，老拐也看见了自己。电视里还称魏二毛是什么"最美村主任"哩。总让村主任给自己看西瓜，老拐心里很过意不去，很不安。这天晚上，他趁着月色去了自己的瓜棚，想把村主任给换回来，可不敢让村主任冷落了侄媳妇哩！走近瓜棚，他听见有人说话。一个说，村主任，俺那建房的宅基，求您快给批了，孩子大了，结婚急用哩。一个说，看看，客气了不是，还给什么钱呀。也是，我这里也得打点，进一座庙烧一炉香哩。老拐吃惊不小，没声张，悄悄退回村里，第二天夜里，老拐又趁着月光，深一脚浅一脚，摸到瓜棚附近。他听到瓜棚里传来一阵奇怪的呼呼喘气和呻吟声。一个女声说，村主任，以后什么救济款、慰问款，你可得多想着俺。老拐只觉自己的脑袋，轰地一声炸了！

疙瘩寨忽然有了一种可怕的传言，说后山闹鬼，半夜三更有一个一身白的山鬼在瓜棚前后飘飘忽忽，还时不时发出恐怖的怪叫声。问老拐，老拐斩钉截铁地否认，俺从来没见呀！问给老拐看瓜的村主任，魏二毛冷笑着，老子不信邪！你们等着好戏瞧吧。一天夜里，瓜棚边又出现了那个白鬼，村主任魏二毛突然亮起手电筒，带着事先埋伏在瓜棚里的几个民兵，吼喊着追了过去。只见那白鬼慌不择路，深一脚浅一脚地逃跑，突然惨叫一声摔下高坡。谁也没想到，白鬼竟是老拐。他被送进县医院急救，乡亲们都去看他，村主任魏二毛没去。老拐到底没有救过来，据说，他临终的时候，让乡亲请来了纪检委的人。

不久，魏二毛被纪委来人带走了。疙瘩寨一下子少了老拐和村主任两个人，起初人们还不适应，时间长了，日子还是照样不咸不淡地过。只有在西瓜上市的时候，人们才会猛地想起老拐，说，拐爷的瓜又沙又甜，再也吃不到那么好的瓜啦。

庙里的菩萨好眼熟

教育局局长马小淘以权谋私，为家乡小学修建校舍，结果被贬回家乡当了一名普通老师。这时德成寺塑了一尊新菩萨……

村主任牛二蛋从县城回来了，铁青着脸，对聚拢在村口老丫枫树下的乡亲们说，算俺们喂了一只白眼狼！

乡亲们从村主任的脸上读出了结果，一个个像霜打的茄子，但还是不甘心地问，马小淘怎么说？

他倒好，反过来向俺叫苦哭穷，说老师的工资都不能足额兑现哩！牛二蛋像拉犁的水牯牛一样呼呼喘粗气。

他就不能想想办法？当着那么大一个官哩。乡亲们眼巴巴地望着村主任。

他说，打了报告给分管副县长，副县长把他臭骂了一顿，说，我屙屎能屙出钱来？

俺们给他捎去的山芋，要了没？

不要哩！见俺坐了气，才勉强收了。还硬要给钱。牛二蛋慢慢喘匀了气。

也是，人家天天吃香的喝辣的，还稀罕山芋疙瘩？白眼狼，白眼狼。乡亲们摇着头，叹着气，在德成寺的晚钟里散了。

也难怪疙瘩寨人愤恨又失望。马小淘的娘生马小淘时难产，死了，不久马小淘的大又在上山砍树时被树砸死了，马小淘成了孤儿。乡亲们抹着泪说，这伢子可怜哟！一家省一口，养个小花狗。从此，马小淘就跟当时

一条在岸上奔跑的鱼

的下乡知青一样，轮流到各家各户吃起了派饭，每家有鸡蛋、小河鱼什么好吃的，都先紧着马小淘吃。马小淘渐渐长大了，要上学了，又是牛二蛋挨家挨户动员，给伢子凑足了念书的钱。德成寺的无嗔师父也送来了零零碎碎的钱，庙里没什么香火，他差不多是自耕自食，编些柳筐扎点笤帚换钱。

不想马小淘这小子念书贼聪明，从小学竟读到了师范大学，开弓没有回头箭，学杂费、生活费都是乡亲们凑份子。好在德成寺的香火渐渐旺了，后来无嗔师父就主动拿了大头。乡亲们并无怨言，还说，疙瘩寨出了第一个大学生，这是花钱都买不来的荣耀哩。值！马小淘也争气，毕业后分回家乡的县教育局，用无嗔师父的话说，到底修成了正果，后来当上了堂堂教育局局长。乡亲们更觉得他们当初的"投资"太值了！

为什么？疙瘩寨有个初小，校舍年久失修，破烂不堪，伢子们在里面读书，乡亲们都提心吊胆不踏实！新调来的小学校长羊眼镜，一趟趟地找村主任牛二蛋，维修校舍的报告送来了一小摞。开始，牛二蛋双手一摊说，村里电话费都交不起，给停了机哩！羊眼镜哭丧着脸说，我好不容易在县城谈了个女朋友，说要来学校参观参观。这模样她一来，我俩的事准泡汤！牛二蛋就开始跑乡政府。乡长桌子一拍说，我正想找你个龟儿子要钱哩！三提五统啥时候收上来？有本事，找教育局要去！这一骂倒让牛二蛋茅塞顿开，喜出望外，对呀！看俺这脑瓜！找教育局去，找马小淘去呀！

牛二蛋根本没有想到，自己会碰了一鼻子灰回来。羊眼镜不依不饶，只差给牛二蛋磕头下跪了，牛二蛋于心不忍，就带着羊眼镜去了一趟县城，自掏腰包请羊眼镜和他的女朋友吃了一顿，说，村小学正在维修改造哩！待竣工后村里派专车接大小姐去参观。算是让眼镜校长松了口气，暂时脱离了险情。但牛二蛋更焦心了，就和乡亲们一遍遍地在嘴里心里骂马小淘白眼狼，忘恩负义哩！无嗔师父双手合十，道一声阿弥陀佛，说大地有载物之厚，君子有恕人之德，或许，他是心余力绌呢！

清明节，马小淘回疙瘩寨给父母上坟，顺便挨家挨户去看望乡亲们，乡亲们却失了往日的热情，寒着脸没一个人搭理他。马小淘是饿着肚皮、红着眼圈走的。

没多久，疙瘩寨人又转怒为喜了。疙瘩寨小学维修改造工程开工了，说是马小淘局长给批了一个什么项目。马小淘隔三岔五往工地上跑，几个月后，崭新的教学楼拔地而起，还建了运动场和教师宿舍。

羊眼镜没等到工程竣工那天，就调到县城上班去了。听说他那个女朋友是分管教育的副县长的侄女。

竣工剪彩那天，马小淘没有来。乡长告诉牛二蛋，马局长让你们折腾进去了！当天，牛二蛋就赶去县城，找羊眼镜一打听，说是县纪委接到群众举报，马小淘借办生日宴会大肆敛财，并以权谋私改造家乡小学。他被双规了。

后来事情查清了，马小淘办寿宴收受的礼金全部用于疙瘩寨小学改造，还贴进去自己多年的积蓄。他受到党内严重警告和行政撤职处分，回到家乡小学当了一名普通教师。牛二蛋和乡亲们都觉得对不起他，马小淘笑笑说，没什么，我是师范毕业，能回家乡当一个老师，服务于百年大计，很好。

听说德成寺在大殿里新塑了一尊菩萨，大家都去看，一看，愣住了！这菩萨感觉好眼熟！无嗔师父双手合十，口念佛号，悠悠地说，相由心生。老百姓心中的好人是谁，它就像谁……

一条在岸上奔跑的鱼

1973 年的秋夜

几个小屁孩秋夜偷枣，意外地目睹了一场人间悲剧，心灵被深深刺痛了……

那时候，我还是一个不到十岁的小屁孩。

你别小瞧我，我可是村里的孩子王。这除了我比一般大小的孩子高大野性外，还因为我爸是村治保主任，想斗谁斗谁，想抓谁抓谁。麻子队长走路眼朝天，见了我爸都点头哈腰的。我好歹也算是官二代。

这天晚上，秋风吹着，早已没有了夏的炎热，也不冷，正是天凉好个秋的季节。月亮又好，金黄黄地挂在天上，白花花地照在地上，跟白天一样。我带着几个小破孩，在生产队仓库前面的晒谷场上玩老鹰抓小鸡，我当然是老鹰，麻子队长的儿子二胖，仓库保管员的儿子三愣，还有马寡妇的儿子瘦猴，都是小鸡崽。

小鸡抓腻了，我突发官威，走！偷枣吃去！二胖欢呼，偷谁家的？我小手一挥，那做派挺像一个指挥员。就偷你家的！我白天侦察过了，村里数你家的枣最多最好！二胖更是欢呼雀跃。三愣犹疑地说，偷东西犯法啊！别像我爸一样被你爸抓走坐牢了。我不以为然地骂三愣胆小鬼，说，你爸是偷生产队仓库的粮食，抓了活该！我们是摘私人家树上的枣子，不算偷，保管没事！瘦猴边溜边丢下话，我不去了，我妈让我早点回去。我一个老鹰抓小鸡把瘦猴抓回来，呵斥道，不许当逃兵！又阴阳怪气地讪笑道，还是晚点回去好。听大人说，你妈经常晚上加班，挣口粮，养活你哩。二胖和三愣都笑起来。瘦猴立时像霜打的茄子，低头不敢言语了。于是我雄赳趄气昂昂地率领童子军出发了。

　　我们潜伏在二胖家屋后的枣子树下，我命令二胖回去侦察一下，看看他爸麻子队长在不在家，我虽说天不怕地不怕，还是有点怵麻子队长。二胖一会儿就转回来了，兴奋地说，麻子不在！就我妈在家纳鞋底。我说，好，立即行动！反正你妈是个聋子。我身先士卒，猴似的蹿上枣树，树剌扎得我哎哟直叫，但我发扬不怕流血牺牲的精神，站在树杈上拼命地摇晃起树丫来，红熟的枣子下雨似的哗哗往下掉。我低叫，快捡！快捡！不许私藏哦，一律归公。二胖、三愣、瘦猴撅着屁股在地上捡嘟噜一地的枣子，笑着，骂着，抢着。二胖还脱下汗衫装枣子。村里有狗叫声传来，我估摸战利品不少了，就从树上哧溜下来，说，撤！

　　我把这帮屁孩带到生产队育种室里，论功行赏分枣子，当然，我分得最多，瘦猴最少。二胖不乐意了，给我多分点！枣树还是我家的呢！我眼一瞪，吼他，再吵我让我爸开你的批斗大会，戴高帽，游街！二胖果然就被我唬住了。我们坐在育种室的地上，比赛似的猛吃枣子，糯甜糯甜的大圆枣，真好吃！我们一个个吃得肚子像大蛤蟆，动弹不得。

　　看看夜深了，月亮更白了，远处隐约传来大人吆喝小孩回家的骂声，我下命令说，各回各家吧。临走的时候，我又把育种室屋顶的农膜撕了一大块，掖到胳膊窝里，打着饱嗝说，明天到货郎担上换小饼子吃，你们都有份！

　　我们出了育种室，就要一哄而散，瘦猴却站着不动。我回过头骂他，干吗不走？瘦猴哭腔哭调地说，我怕，不敢一个人回家。瘦猴家单门独户，住在村庄的最南边，路边还有好几座老坟。我善解人意地叫住二胖、三愣，说，我们送送瘦猴。

　　秋虫叫成一片，天地间显得更宁静了。我们把瘦猴

一条在岸上奔跑的鱼

送到家门口，瘦猴上前叫门。屋里还亮着微弱的灯光，同时传出马翠花慌乱的应答声，是猴儿吗？妈在洗澡呢！你再出去玩一会儿。随即屋里传出哗啦哗啦的水声。

我推开瘦猴，扒着门缝往里看，看到堂屋里放着一个洗澡盆，盆里坐着一个白花花的马翠花！尽管那时我还是一个懵懂的孩子，但是我还是觉得不穿衣服的瘦猴妈真好看！瘦猴急得直拽我的后衣摆，我转过身说，尽是水雾，什么也看不见！这样吧，我们再去村后的永庆庵，庵里有几棵橘子树，结了好多蜜橘。尼姑被强迫劳动呢，发现我们偷橘子，也不敢把我们贫下中农子女怎么样！

我们就要向永庆庵进发，冷不防看见灰蓝的夜空上划落一颗流星，我们都惊叫出声。我突然感到有些害怕！听大人说，天上掉下一颗流星，地上就要死一个人。

这时，听得背后的门吱呀一声响了，是马翠花出来倒洗澡水。不许动！猛然响起一阵威猛的吼声，不知从哪里蹿出几条黑影。我们吓了一跳，掉转身跑到瘦猴家门口去看究竟。想不到是我爸，带着两个拿枪的民兵，捉住了麻子队长。

二胖他爸当晚就被抓走了。

第二天三愣他爸被放了回来，说是被麻子队长栽赃陷害了，偷生产队粮食的，是麻子队长，三愣爸被抓走了，仓库里的粮食还是少。

第三天，马翠花拎着一袋粮食，脖子上还挂着一双破鞋，我爸打一声锣，她就喊一句，我不是人啊，白吃生产队的粮食！我知道这叫游街。瘦猴妈咋成了坏人呢？

当天晚上，马翠花就上吊死了。

我在家里听见我妈恶狠狠地臭骂我爸不是人，我爸低着头，反反复复地说，谁会想到这样呢？谁会想到这样呢？

几天后，成了孤儿的瘦猴被一个外村亲戚接走了。

二胖和我从此形同陌路，直到现在，我俩依然继续着"老鹰抓小鸡"的游戏，但"鸡"早已长大变壮，常常让我感觉手无缚鸡之力。

我是家乡公安局治安大队副大队长，而二胖是县城最大娱乐城的老板，三愣、瘦猴都在给他打工。

就每每想起1973年的那件事，唯有刻骨铭心的痛。

续《晚饭花》

——拟汪曾祺

汪曾祺的小说《晚饭花》是名篇。谁人胆大妄为，竟敢狗尾续貂？看了再说不迟……

一顶花轿把王玉英抬走了。

从此，在李小龙眼里再也没有了原来的王玉英。

没有了王玉英，学还有什么上头？李小龙退学了。

李小龙再也不走原先的巷口，走那边必须经过王玉英的娘家。那正面山墙下的一排晚饭花一定还在，可天井里低头做针线的王玉英没有了，那条路还有什么走头？李小龙甚至觉得，李家巷也不是原先的李家巷了。整个世界都变了。

他有事没事总爱往臭河边走，心事很重的样子，他的神情和他的年龄极不相称。有时能看见王玉英在河边淘米、洗衣，头上还戴着出嫁时的那朵绒花。她总是静静的，仿佛晚饭花无声地开放。

一条在岸上奔跑的鱼

　　李小龙觉得自己很怪。见到王玉英，他莫名地心痛，哪一天见不到王玉英，他心里更不踏实。

　　时光，就像臭河的水，默默地流去。关于王玉英与钱老五的闲话，慢慢多了起来。少不更事的李小龙都听说了嘛！

　　说王玉英不受待见，家里家外的活都是她干，钱老五整天弄得像个公子哥儿，渐渐不很着家，也不晓得怜惜她。钱老五既不教书了，也不在报馆上班了，但他却似乎并不缺钱，在外面吃好的，穿好的。

　　王玉英听说，他还和那个有钱的寡妇来往，花那个寡妇的钱。王玉英劝过钱老五几次，钱老五未置可否，但要她少管他的闲事。后来有一次，还动手打了王玉英。

　　王玉英偷偷哭了一夜，以后不再说钱老五了。是不敢说。她在心里说，自己的命真苦。她开始有些怨在县政府当录事的父亲了，咋答应了这户人家。本以为少年浪荡难免，结婚成家自会改好，哪知道他还变本加厉了呢！遇人不淑，也许这是命中注定的吧？只好认命。不认命又能怎样呢？

　　李小龙也听说了这些事。他知道王玉英心里苦。可王玉英知道吗？他心里比王玉英还苦。

　　李小龙认为，王玉英的不幸至少一半，是那个不要脸的寡妇造成的。

　　一天，趁寡妇不在家，李小龙破门而入，砸坏了寡妇家几样不值钱的东西。李小龙这样做的时候，没想到反而帮了王玉英的倒忙。

　　那寡妇回来一看，气歪了脸，她不假思索地想到，肇事者一定是钱老五的老婆。

　　寡妇是臭河两岸出了名的母老虎、母夜叉。她顺手操起一把笤帚，一口气冲到钱老五家，劈头盖脸把不明就里的王玉英一顿打，临走还骂王玉英是没男人要的贱女人！

　　王玉英哭了一阵，默了一阵，擦干眼泪，还是任劳任怨忙她的。

　　晚上钱老五醉醺醺地回来，王玉英也没告诉他。

　　后来，钱老五被那女人甩了。寡妇又傍上了一个更年轻帅气的小白脸。

　　王玉英暗自高兴，这下丈夫的心可以收回来了吧？

　　李小龙听说了，也替王玉英高兴，怪的是，心里又有点酸溜溜的。

　　后来的事，出乎所有人的预料。

　　钱老五家竟然成了一处台基（为男女提供欢会的地方）。钱老五负责招揽生意，王玉英则负责接客。

　　生意清淡的时候，钱老五少了酒钱、菜钱，就拿王玉英出气。王玉英的哭声、叫声、哀求声，每每在夜空中传到邻近的住户耳边。

　　李小龙也听见了。

　　李小龙十六了，算是半大小伙子了。他跟着父亲学做生意。父亲做的是小本生意，也就是糊一口饭吃。

　　父亲的钱时不时会少，当然是少到不易察觉的程度。

　　这钱哪去了呢？敢情是出了家贼，李小龙拿了。

　　他拿钱做什么呢？他拿钱去了钱老五家的台基。

　　他在王玉英专门做那事的房里坐一会儿，大约是一刻钟吧，他就出来了。他每次给了钱，却什么也不做，王玉英觉得他好怪。

　　李小龙心里说不出的滋味，他想，这世界上真的再也没有原来的王玉英了。

　　李小龙后来怎么样了呢？他去善因寺做了和尚。

　　再后来，人们渐渐忘了李小龙。

　　李小龙忘没忘王玉英呢？

一条在岸上奔跑的鱼

雅士老杨

老杨成于雅，毁于雅，怎一个"雅"字了得！

方今天下，当得雅士之名的，可谓鲜矣！

我的忘年交老杨算得一个雅人。但他绝非完人。他实际上只是一个普普通通的俗人，既有可爱之处，亦多可笑甚至可恶之癖。我和老杨是以文相识、以文成友的。僻陋乡间，知音难觅，我没有多少择友的余地。

老杨比我年长二十有余，是个高个子，大胖子，而且白，一个大白胖子。模样甚是风流儒雅。看得出他年轻时一定是个帅小伙子。他家相框里嵌着一张他从无锡纺织学校毕业的老照片，脸上还加了彩，端的是个翩翩美少年呢！老杨是南京人，毕业时赶上上山下乡，不知是响应号召，还是被迫无奈，到皖南紫石镇这个偏僻山乡大有作为来了。

因老杨（当然那时还是小杨）学问不错，能说会道，钢笔字、毛笔字都写得好，下乡后并没吃多少苦，就被大队书记看中，当起了村小学的老师。他也真给自己争气，给伯乐书记长脸，他教的班级考试成绩在全公社拔尖。因是民办教师，老杨不拿工资，和社员一样，拿工分，只拿妇女的工分。老杨到农村来的时候就带了家眷，他家眷有两个姓名，不知为什么。是一个算得上漂亮贤淑的小女人。他俩是自小订下的娃娃亲，老杨下乡前匆匆忙忙完了婚，一道来的。没几年，他们就有了两个孩子，都是女孩。夫人只负责家务，不会干农活，家庭负担愈重了。老杨还有点封建残余思想，重男轻女，对夫人不怎么好，有时还会打骂。后来老杨甚至闹出了一些花花草草的事儿。艰难的岁月里，想想老杨也不容易，他还苦中作乐，俗中见雅，做出让贫下中农不可思议甚至传为笑谈的事来。

老杨家住的是学校附近的土墙茅草屋，门前有一株怕有几百年树龄的皂角树，老杨就在草屋门楣上横了一块木匾，上书：皂角草堂。他自号皂角居士。他夫人不玩虚的，倒是用皂荚果洗衣衫，为的是省去买肥皂的钱。

一天，大队书记叫老杨帮忙写开批斗会的会标和标语，中午叫老伴在家烧了几个菜，打了一斤地瓜酒，喊老杨留下吃饭。殊不知，老杨是个饕餮之徒，又是个高阳酒徒，一碗蒸腊肉被他风卷残云般吃掉大半，一斤酒大队书记还只喝了一杯（他是喝慢酒的），就被老杨一杯连一杯的喝得见了底，发红的眼珠子鼓突着眼巴巴地盯着书记的脸，指望他再捣腾出一瓶酒来。书记老伴黑了脸，大队书记从此再没叫他吃过饭。

老杨飘飘荡荡回了家，坐在皂角草堂前诗兴大发，大声吟哦起杜工部的《茅屋为秋风所破歌》："八月秋高风怒号，卷我屋上三重茅。茅飞渡江洒江郊，高者挂罥长林梢，下者飘转沉塘坳……"恰巧学校的另一个老师路过听见了，把这一阶级斗争新动向马上报告给了大队书记，说老杨攻击抹黑社会主义。大队书记正心疼那一碗蒸腊肉和地瓜酒呢，第二天开批斗大会就把老杨拉上台陪斗。老杨这酒喝的！

被冷落了一段时间，老杨身上的价值又被重新发现了。他懂音乐，会不少乐器，还会谱曲！大队书记不得不说，怪才啊！全才啊！天助我也！原来，县革委会来了文件，要求所有生产大队都要成立毛泽东思想文艺宣传队，演出革命样板戏。书记三顾茅庐老杨才同意出山，拿足了架子。老杨得意地说，想我满腹经纶，浑身才艺，岂是久困之人？老杨摇身变成大队文艺宣传队的编导兼

一条在岸上奔跑的鱼

乐师，抛头露面，吃香的喝辣的，还天天和漂亮的大姑娘小媳妇黏在一起。老杨真是有两把刷子，年底县里文艺汇演，老杨的剧团获得演出一等奖。

然而好景不长，老杨又灰溜溜回到学校吃粉笔灰去了。据说，他对饰演李铁梅的女演员图谋不轨。那天老杨单独辅导"李铁梅"排戏，休息时，"李铁梅"要老杨讲故事，老杨喷着酒气说，今天不讲故事，我打个谜语给你猜。"李铁梅"说，好呀！老杨说，石坝街，十八号，关起门来轰大炮！"李铁梅"使劲猜，猜不出，那模样更妩媚动人了。老杨气喘渐粗，我来轰给你看！"李铁梅"顿悟，猛地抓起身边的红灯，高唱道，今日起志高眼发亮，讨血债，要血偿，前人的事业后人要承担！我这里举红灯光芒四放——老杨一激灵，也就悬崖勒马了。

这个女演员后来被调到公社广播站，端上了铁饭碗。大队书记一次恨铁不成钢地对老杨说，你什么人不好惹，惹她？要不是我在公社黄书记面前讨保，你早进去吃八大两了（意谓坐牢）！

老杨的这些事当然是我后来听说的。我认识他，是在1985年前后。那时我被分配回家乡文化站工作，老杨是资深文艺骨干，认识他是顺理成章的事。

老杨在这一带名声不太好，别人都劝我不要招惹他。老杨其时已不再年轻，是真正的老杨了。他还在原来的村小学教书，不过升作校长了，包括他在内，只有三名老师。老杨写了一部反映农村改革的黄梅小戏，被县剧团搬上舞台，老杨一下子成了全县的名人。我去拜访他的时候，他还住在皂角草堂里，用紫砂壶泡茶，用紫砂盅品茶，一副古代名士的做派。早就听说老杨待人啬啬的恶评，初次拜访就领教了。他对我不冷不热，让我喝茶（这已经是很高的待遇了），寒暄闲聊了一阵，临近中午了，老杨不时地看一眼手表，全无留我用膳之意。我知趣地告辞了。

不料，第二天傍晚，老杨就骑着自行车来到文化站，说是昨天浅谈辄止，今天过来要和我深入探讨文艺工作。尽管我肚子里憋了一点气，但伸手不打笑脸人，请座看茶。这回老杨谈兴出奇地浓，从唐诗宋词元曲谈到明清小说，又从鲁迅郁达夫沈从文谈到刘心武蒋子龙从维熙，天渐渐黑了下来。我只好把老杨带到一个小酒馆里，点了几个菜、一瓶白酒，我算是见识了老杨的老饕本色！

这以后，老杨每到周末就往我这里跑，来了屁股就跟生了根似的，不蹭到酒喝不走人。我心里开始叫苦不迭，每逢周末就想着法子躲他。老杨嗜酒，家里喝，更爱到外面喝不花钱的酒，而且不醉不停杯。在我这里没蹭到酒，并不代表老杨没酒喝。

听说他有两手高招，屡试不爽！尽管是以他的声名日下为代价的。一招，上课向学生提问，问每个学生家什么日子杀年猪，学生不敢怠慢扯谎，如实相告。到时老杨就去上门家访，家长只好留他喝酒吃肉。第二招，还是通过学生搜集婚庆嫁娶和新居落成信息，老杨亲书贺联一副，当贺礼送去。婚嫁联多写"春色绣出鸳鸯谱，月光香斟琥珀杯"。新居贺联要么写"东风开画栋，喜气绕华堂"，要么写"燕过重门留好语，莺迁乔木报佳音"之类。如此一来，他便也成为座上宾。

好几个周末没见到老杨了，奇怪，倒有点惦念他。说曹操曹操到，老杨骑着自行车来了，自行车一路吱呀作响，他更胖了！老杨从来不把自己当外人，他亲热地拍着我的肩膀说，老弟！我最近达摩面壁，写了一部中篇小说，投给了《清明》杂志。尽管暂无音讯，但我毕竟为繁荣我地文学创作有苦劳啊！你得请我喝两杯！过了几个月吧，老杨的中篇小说还真在《清明》发表了，

一条在岸上奔跑的鱼

他用稿酬买了一台黑白电视机，回头又找上门来要我为他摆庆功酒！

老杨有一回到南京探亲，顺道去了上海，返乡时竟给我带了两件礼物：一小袋雨花石，一小袋泥土！老杨郑重其事地瞪大眼，近视镜片上灼灼发光，这可是虹口鲁迅公园里的泥土！老哥想让你沾点大师的灵气！

后来，老杨在一个酒席上醉死了。我很是悲痛，送去一副挽联：生是酒死是酒，泉台幸多买醉客；誉也文毁也文，世上惜少弄雅人。

老杨死，都这么雅气、别致！

老杨的夫人现在活得很好。他的两个女儿也都有出息，一个嫁到上海成了事业有成的书店老板，一个在大学里当中文系副教授。

老杨一家人还是离不开一个"雅"字！

喊　魂

"喊魂"是过去民间的一种迷信习俗。母亲在孩子年幼生病时为孩子"喊魂"，当孩子成为高官时母亲为什么又要为他"喊魂"？

近乡情更怯啊！他不知道该怎样面对家乡，面对亲人。

他躲在村外的小树林里，又渴又饿，双腿却像灌了铅似的，他没有勇气朝熟悉而又陌生的乡下老家再往前迈一步。直等到月上东山，村子里灯火阑珊，人声寂灭，他才溜出小树林，一溜小跑地向村口的那处老宅走去，心脏扑通扑通直跳，和着田野里的蛙鸣。

突然，他惊了一下。他揉揉犯困的眼，没错，老宅里泅着昏黄的灯光，木门洞开着，门框上倚着一个衰老干瘪的身影，他甚至看清了她满头的苍苍白发在夜风里如旗帜飘舞。

这个身影他太熟悉了呀！小时候他放学回家，工作后他休假回家，门框上总是镶嵌着那个雕塑一般的影像啊！他心里一热，快步上前，扶住了那尊衰迈的身体，哽咽着叫，娘！娘亲啊！老人高兴地连连应声，嗳，嗳，回来就好，回来就好。三年了，俺日思夜梦，只怕见不着最后一面了。儿啊，俺硬撑着活到今天哩。

娘絮絮叨叨着，一边抚摸着他刚刚长出短发的光脑袋，一边催促说，娘得知你今个回来，做了你最爱吃的大蒜炒腊肉，温在锅里呢，饿坏了吧？他狼吞虎咽地吃起来，还咕咚咕咚地喝香菇鸡汤蛋。他的眼泪止不住地一颗颗地掉在汤钵里，溅起一朵朵小花。

他案发后，妻子断然和他离了婚，带着儿子改嫁，还把儿子的姓名都改了，为的是彻底和他撇清关系。他如今是举目无亲，只有眼前灯影里的这个白发老娘了啊！

娘心疼地看着他，拍打着他的背，小声嘀咕，慢点吃，没人跟你抢，别噎着。娘声音突然又大起来，吃完饭，娘给你喊魂。

他浑身猛地震颤了一下。

娘没文化，特相信迷信。他记得，小时候他有个头痛脑热，娘总是在临睡前给他喊魂，说他魂丢在外面了才会生病，只有娘才能把儿丢掉的魂喊回家，把魂喊回来病就会好。娘站在门槛边，对着漆黑一团的野地里喊，儿耶莫怕——家来了啊！儿耶莫怕——家来了啊！娘边喊边像把什么看不见的东西往屋里引。稍后娘坐在床前，让他站在对面，娘拍一下床铺，拍一下他的胸口，拉着悠悠长腔一声接一声地喊，儿耶莫怕——家来了

一条在岸上奔跑的鱼

啊！——儿耶莫怕——家来了啊！

　　说也奇怪，要不了一两天，他的伤风感冒、打摆子果然就好了。那时他觉得娘真了不起，像个女巫，不不，是个神医。

　　后来，他长大成人了，而且还成了不小的人物。古人说的，出有车，食有鱼，他认为太缺乏想象力了。

　　一次他回乡探母，为了给娘撑足面子，十几辆豪华小车前呼后拥着他衣锦还乡。乡亲们却一个个躲得远远的，看娘儿俩的眼神躲躲闪闪，却是怪怪的复杂。

　　娘不开笑脸，闷声让他将那帮闲人先打发走，然后严厉地说，儿啊！你的魂怕是丢了，娘来替你喊魂！魂不附体，迟早会有灾祸哩。他很不高兴地说，娘，别神神道道的，我身体好好的，丢了什么魂？说着，塞给老娘一沓钱，鼻子不是鼻子脸不是脸地坐车走了。

　　第二天，他派来专车接娘去省里看病，他怀疑娘一个人太孤独了，弄不好憋出老年痴呆或精神病来。娘执意不肯，还让秘书如数捎回那沓钱……

　　月光如水，夜色沉沉，娘开始给他喊魂了，拍一下床铺，拍一下他的胸口，苍老哀凄的声音在村子里传得很远很远，听得人揪心。

　　儿耶！——莫怕！家来了啊！——儿耶！——莫怕！家来了啊！娘喊着，喊着，嗓子越来越紧。他听着，听着，早已泣不成声。

　　他忍不住扑通跪地，求娘，娘！别再喊了。儿丢了的魂回来啦！再也不会丢啦！他突然发现娘没有声音了，抬眼看娘，娘脸上挂着欣慰的笑，僵硬成了一尊雕像。他疯了似的抱紧娘，哭叫，娘啊！——娘！——

　　门口不知什么时候聚拢来越来越多的乡亲，他们齐声喊，狗子耶莫怕——家来哟！狗子耶莫怕——家来哟！

　　狗子是他的小名。山鸣谷应。泪光映着月光。

最后一分钟

在一场突如其来的大地震中，老师用自己的生命回答了学生挑衅的诘难，结果会带来什么样的改变？

在清华大学某毕业班的毕业联欢会上，轮到班长马奔表演节目了。马奔说，我还是给大家讲一个真实的故事吧。

马奔的故事是这样的：

大家知道，我来自李白诗歌《蜀道难》所写的地方。读高中时，我所在的是全年级最差的班，老师对我们几乎失去信心了。高二的时候，学校分配来一个年轻的教师，教我们数学并兼班主任。他给我们上第一堂课的时候很有些搞怪，在黑板上写下一行漂亮的板书：如果你的生命只剩下最后一分钟。这位老师扫视着全班同学，然后严肃地说，

请同学们畅所欲言，回答这个命题。

教室里顿时骚动哄闹起来，嬉笑声、口哨声此伏彼起。

胖头第一个站起来叫道，如果生命只剩下最后一分钟，我要山珍海味好好吃一顿，还要一醉方休！老师微笑着让胖头坐下。

瘦猴接着学着诗人的模样摇头晃脑吟哦道，啊！如果生命只给我最后一分钟，我要冲决十万大山的包围，去看一眼蔚蓝的大海！老师同样微笑着点了点头。

第三个回答问题的是个非常漂亮的女生，她似乎有些气愤地说，学校为什么不允许学生谈恋爱？太霸道，太没人性了！我会在我生命的最后一分钟，把我早已写好的情书交给我心仪的男神！

教室里欢呼声、呼哨声响成一片，热烈的气氛达到高潮。老师红了一下脸，但还是平静地微笑着。

我终于站了起来，支支吾吾地说，在我生命的最后一分钟，我想去看一眼清华、北大是什么样……

有一位同学嗤笑着打断我的憧憬，别忘了，我们是差班差生！老师，你是不是想让我们像保尔·柯察金一样说，一个人的一生应当这样度过，当他回首往事的时候，不会因为虚度年华而悔恨，也不会因为碌碌无为而羞愧？老师，我倒想知道你会怎样回答这个问题。

老师没有生气，依然微笑着，空气紧张而凝固。

突然，大地震动起来，所有的东西都剧烈摇晃起来，老师连连大叫，地震了！同学们，快跑！快跑到操场上！惊叫声夹杂着哭声和杂沓的脚步声，同学们迅速安全撤离到操场上，随着绝望的轰响声，教室瞬间倒塌了。

老师！——老师！——我们发现老师不见了，我们对着一片废墟拼命地哭喊着……

班长马奔泣不成声，事后我们才知道，老师出事的第二天本来是他结婚的喜期……马奔擦了擦眼泪，最后说，你们无法想象，后来我们这个所谓差班的学生全都考取了大学。老师用生命的最后一分钟换取了我们的一生，我们还能不珍惜生命中的每一分钟？

掌声响起，久久不息。

回老家过年

无论在什么年代，老家永远是最温暖最踏实的精神家园。在艰难的岁月里，一位父亲用板车拉着全家老小回几百里之外的老家过年，一路上历尽艰险，他为的是什么？

　　大姑爷前脚刚走，三叔后脚就进了门。妈妈还没复位的脸又一下子拉得老长。

　　也难怪妈妈小家子气。那是上世纪七十年代初，爸爸妈妈一嘟噜生了五个孩子，个个张着大嘴瞪着眼睛要饭吃，要衣穿，还要花钱念书，全靠爸妈在生产队累死累活挣工分，真个是过河的泥菩萨——自身难保哩！

　　爸爸是三年困难时期从江北桐城独自漂泊过来的，在皖南安了家，落了户。那时候江北比江南更穷，爸爸老家的亲戚就络绎不绝地上我家来，白吃白喝好一阵不说，临走时总要顺走一些东西，有时爸爸还得给路费。

　　爸爸家乡观念重，不管什么亲戚来，都是笑脸相迎，热情相待，乐此不疲。妈妈心里叫苦不迭，却也懂得伸手不打笑脸人的道理，按爸爸的吩咐割肉打酒好生招待，只是脸色不大对劲儿。

　　我们小孩子不懂大人们的事，有亲戚来是很高兴的，一是亲戚大多会带来糖果、饼干之类哄孩子的见面礼，二是可以借机改善伙食，尽管父亲很守旧很严厉，吃饭时必须等客人餐毕女人、孩子才能盛饭夹菜。

　　也有个别亲戚死抠，现在回想起来还觉得可笑、有趣。

　　记得爸爸的一个远房堂叔来我家，一进门就大方地送我一个又大又圆还带着绿叶的红苹果，我差点笑掉了下巴，马上用嘴去咬，却被那个亲戚慌忙阻止了，伢耶！这是玩具苹果，只能看，不能吃哩！更可气的是，他在我家好吃好喝了十来天，临走的时候竟找我要回了那个

一条在岸上奔跑的鱼

"苹果"。妈妈生气地数落爸爸，你老家的那些叔伯兄弟、七姑八姨，都是吃别人的肚疼，花自己的心疼，一个个冬瓜皮往里卷！

这回来的三叔，毕竟是爸爸一奶同胞的亲弟弟，妈妈除了脸色不好看，还算"顾全大局"，没过分给爸爸难堪。

我总觉得三叔有些鬼鬼祟祟，背着妈妈，和爸爸咬耳朵，小声嘀咕着什么。爸爸开始吭吭哧哧的，似乎很为难，但看见三叔变戏法似的流出了两行眼泪，爸爸破釜沉舟一般，一跺脚说，照！

三叔来的时候已是腊月二十边了，小雪已经飘了好几次，天气刺骨的冷，屋檐下的冰溜子有好几尺长。

爸爸突然张罗着杀年猪了。我家那时候再穷再难，每年都要喂一头猪，我们兄妹几个放学书包一撂，第一件事就是去打猪草。妈妈从生产队收工回来，忙完人食忙猪食，却从不叫一声苦。

每年杀年猪的时候是全家人最快乐的时候。爸妈慷慨地让我们放开肚皮大吃一顿，可仅仅是一顿啊！其余的肉全部卖给了公社食品站。再想沾点荤腥，只有等逢年过节或江北老家来亲戚了。

这回杀了猪，爸以不容置疑的坚定态度让妈烧了一桌好菜，还买了瓶装洋河大曲，请来了生产队队长张麻子。爸爸和三叔马屁精似的陪他喝酒吃肉，临走还送他一大块肉。麻子队长步履歪斜，说话舌头打结，不放心地再三询问，砍树真是打板车？拉全家回老家过年？爸爸点头如同鸡啄米。麻子队长倒吸一口冷气说，桐城离这有好几百里地哩！那板车可得用好料，打结实点！也是，有钱没钱，回家过年嘛。

第二天一早，爸爸就郑重其事地向妈妈和五个孩子宣布了坐板车回老家过年的重大决定。

妈妈显然也吃了一惊，坐板车回老家过年？那一路上得遭多少罪？孩子受不了，你拉车更受不了！爸爸嘿嘿一笑，神情很坚毅，还不是为了省路费么？你和孩子只管坐车，我和孩子三叔轮流拉，不信拉不到桐城！妈妈眼圈红了，兀自嘀咕道，该省的不省，不该省的倒玩起命来了。妈妈这是抱怨爸爸老家的亲戚拖累了全家。

爸爸没和妈妈顶撞，撂下一句，这事，就这么定了！麻子队长同意了，我这就和孩子三叔到队里的山上砍料，抓紧请邵木匠打板车。

爸爸和三叔扛回来的是好几棵又直又粗的黄檀树，这种木材质地坚硬，纹理细腻，色泽金黄，又好看，又耐用。

木材弄回家，邵木匠就进了门，板车很快就打好了。这是一辆特大型的板车啊，生产队的男女老少都跑过来看稀奇。

板车制作完成，早已过了小年，爸爸说，得抓紧上路，不然除夕前到不了老家哩！

爸爸到公社开了一纸证明，妈妈和我们就拥挤蜷缩在板车上（车上支了塑料棚子），在一个北风呼啸的清晨出发了。风不时把塑料棚子揪得呼啦呼啦响，尽管穿了棉袄，我们还是感到又冷又局促。车棚里的空间真小啊！刚开始的新鲜劲不久就被风刮跑了，我只觉得头发昏，腿发酸，恨不能像鸟儿一样插上翅膀，马上飞到桐城老家。

我家的长征还没走出多远，就在一个叫广阳的木竹检查站发生了麻烦。

记得站长是个大高个的歪脖子，很凶，铁面包公的样子。他对着我爸训斥道，你这不是普通的板车，你这是大型的板车！木材不得私自外运，我们要扣车罚款！

一条在岸上奔跑的鱼

爸爸苦苦哀求，好话说尽，没用。三叔好话说尽，苦苦哀求，也没用。

我们谁也没想到，妈妈从塑料车棚里钻了出来，对歪脖子笑着说，在大路上争争吵吵都不好，到屋子里去说。多大个事儿，不就是一辆板车吗？妈妈大大方方地生拉硬拽着歪脖子走进检查站。

约莫半个钟头，妈妈出来了，歪脖子也出来了。歪脖子似变了一个人，对爸爸和三叔挥挥手说，赶紧把车拉走吧。下不为例！那一刻，我觉得妈妈真有能耐。

奇怪的是，一路上妈妈很少说话，爸爸几乎是一声不吭。三叔到底年轻，倒是断断续续地给我们讲了一个又一个故事，驱赶着大家漫漫路途的疲劳和寂寞。

到青阳县东堡时，已是半夜时分，寒风怪兽般地嗥叫着，塑料棚子仿佛随时都会被刮上天去，夜空飞舞起鹅毛大雪，好大的雪啊！妈妈和我们缩紧身子蜷曲在车棚里，只听见爸爸和三叔的脚步在越积越厚的雪地里吱吱嘎嘎地响，响在现实中，又像响在梦境里……

我们是在贵池过的江。爸爸花了两块钱，请了一个船老大用划子船把一家大小连同板车送过了江。那天风急浪高，险象环生，我们几个孩子都吓哭了。

整整三天两夜，爸爸和三叔轮流拉着大板车，把我们一家人拉回了桐城老家。其时，除夕的鞭炮已经这里那里地炸响了。

爸爸劳累过度，一到老家就病倒了，从此还落下了老寒腿的顽疾。

正月初四，三叔领来了一个俊俏的姑娘，一进门，就双双"扑通"给我爸爸妈妈跪下了。

三叔流着泪说，谢谢哥哥嫂子！搞不到木材，我们就打不成家具，结不了婚啊！

爸妈泪光闪烁，都欣慰地笑了起来。

劁猪匠

劁猪原本是很体面挣钱的职业，如今农村很少有人养猪了，劁猪匠老天赐倍感失落。一天有人请他去劁猪，他为何摔了茶杯？

老天赐如今只能天天闲在家里喝闷酒，不时看一眼躺在床上呻吟的老伴叹声气，摇摇头。下酒菜也只是最普通的家常菜，嚼着没滋没味。于是他格外怀念当年的红烧猪卵子当下酒之物。

当初，疙瘩寨流传着几句顺口溜：一劁猪，二打铁，三逮黄鳝四捉鳖。说的是，这些都是来钱的行当。老天赐就是十里八乡最有名的劁猪匠。

那时，农村里家家户户养猪，养猪就得劁猪去势，老天赐每天忙得陀螺样转个不停，没个闲歇的时候，特别受乡民敬重高看。每天天一亮，他就早早起床，认真打扮一番才出门。头戴黑礼帽，身着青布长衫，足蹬宽口布鞋，斯文，利索，如一道移动的风景。最引人注目的是他腰间挂着拖下去的各种劁猪刀，刀护在猪尾巴做的皮鞘子里，只拖出花花绿绿的穗子，煞是好看。

有一次，一个相熟的人要看他的这些宝贝物件，伸手来摸，被老天赐吹胡子瞪眼地呵斥回去，不得乱碰！这物件灵性得很呢！不兴叫劁猪刀，行话叫铃子，也叫鲁智深的铲子刀！

老天赐每走近一个村庄，就会站到高坡上吆喝几声，劁猪割卵子哦！需要给猪去势的农户就会迎过来，恭恭敬敬地把他请到家里。

厨房灶上已经忙乎开了，老天赐不慌不忙，先坐下喝

一条在岸上奔跑的鱼

茶，与男主人寒暄。不一会儿，女主人笑盈盈地端上来一碗鸡蛋面条或糖水蛋。老天赐也不客气，接过来享用了，然后碗一磕，说声，架势！男主人便领着他来到猪圈里。

只见老天赐一撩长衫下部，掖到裤腰带里，而后疾如闪电般一脚踩住小猪的一只耳朵，小猪嚎叫着侧翻在地。若是公猪，用铲子刀在猪后腿间只一划，再用拇指和食指只一挤，猪卵子就血淋淋掉地上了。若是雌猪，刀破皮，指破肉，铲子刀尾部趴壁虎尾巴样的钩子只一钩，蚕豆般大的卵巢就出来了。

好身手！主家忍不住叫道，猪叫不过七声，就大功告成了！接下来，女主人又打来一盆清水，老天赐先净了手，又用抹布拭净了刀，于是刀枪入库，回坐到堂前。如果到了午饭或晚饭时间，就单等喝酒吃肉了。如果劁的是公猪，老天赐还会特意叮嘱女主人，把猪卵子用开水烫了，扯去筋膜，切碎，红烧下酒，一个字，好！女主人脸红了一下，低着头，自然照办去了。

老皇历翻不得喽！已然老了很多独自喝闷酒的老天赐搁下酒盅，叹了口气，血红着眼睛，自言自语道。他歪歪斜斜地站起身，用袖角揩去眼角的眵目糊，伺候卧床不起的老伴吃了点饭，恨恨地说，结扎结扎，硬是把好人扎成废人！他摇摇晃晃地出门去了，他想呼吸几口田野里的新鲜空气。

田野里空无一人，也见不到什么庄稼，村子都空了，年轻人、中年人都外出打工去了，家里只剩下一些老幼病残。自己的两个儿子儿媳外出打工三年没回来了。田都没人种了，还有哪家养猪！不种田不养猪还是庄户人吗？老天赐失业了，彻底地失业了！现在他出门去，就是一个普通的糟老头子，再没人敬他理他了。老天赐徒叹奈何，只能天天把满腹的惆怅和失落浸在酒里。那身青布长衫，他每年都要拿出来洗几次、晒几次，铃子被他供在香案上。

日子就这么没滋没味地过。

一天，老天赐忽然听到一个消息，说是有个退休干部模样的人在疙瘩寨后山上建了猪场养猪。老天赐压根不相信，这城里人是吃饱了撑的还是闲得慌，放着清闲逍遥的快活日子不过，跑到乡下来养猪？再说这年头养猪市场波动大，弄不好偷鸡不着反蚀一把米哩。老天赐不信，不信就懒得去看。他满以为是人家在耍弄他呢！

这天早上，老天赐坐在门口发呆，却有一个退休干部模样的人找上门来。他自我介绍说，他叫老桂，在后山养猪哩！就在老天赐将信将疑之际，老桂又满脸堆笑地说，听说您是劁猪高手，特登门拜访，请您去我的养猪场给猪去势。工钱嘛，好说。

老天赐激灵了一下，猛地跳起身，连声应着，好！好！我这就去！什么钱不钱的！稍候。

老桂就耐着性子在门外等，好一阵老天赐才从屋里出来，老桂被吓了一跳。只见老天赐头戴礼帽，齐齐整整地穿着青布长衫，足蹬圆口布鞋，腰间挂着气派十足的铃子，亮着嗓子说，带路！

气喘吁吁地爬上后山养猪场，老桂忙着要把老天赐往猪舍引，老天赐不快地哼一声，不急！闲闲地坐下来。老桂不明就里，愣在了那里。

老天赐显出看他不上的样子，悠悠地说，亏你还当过干部呢！是真不懂还是装不懂？有这样对待劁猪先生的吗？照规矩，动手前先得敬一碗糖水蛋来！

老桂顿悟，连声赔着不是，说声稍候，不大会儿就捧上一碗糖水蛋来。老天赐也不客气，连蛋汤都喝了个精光，一抹嘴，吼一声，架势！他异常敏捷地蹿进猪舍里，老桂满耳都是猪的嚎叫声。

个把小时过去，老天赐顶着满头的蜘蛛网出来，说

一条在岸上奔跑的鱼

一句，完了！老桂暗暗称奇，不愧是高手啊！几十头小猪这么快就劁完了。

老桂客气地把老天赐迎回堂前，又奉上一杯好茶，就要付钱。老天赐此时心情大好，品着茶问道，老弟气度不凡，看样子是个干部，咋想起跑到这里养猪呢？我们哥俩有缘啊！

老桂叹了口气，突然愁眉苦脸地说，老哥，实不相瞒，我不是养猪，而是养心啊！怎么讲？老天赐愣了，忘了喝茶。老桂心事很重地说，我退休前长期担任县计生委主任，那时计划生育可是一票否决，厉害着哩！我天天忙，年年忙，忙上环，忙结扎，忙逮计划外和超生的，忙得充实，忙得有成就感啊！几年前退下来了，去年国家又放开二孩了，我无所事事，变成可有可无的人啦，心里憋屈得慌啊！

老天赐还是不解，这跟养猪有什么关系？老桂突然咬牙，狠狠地说，我可以劁猪啊！想劁谁劁谁，想什么时候劁就什么时候劁！

老天赐听得心惊肉跳，他突然想到了老伴，叭地摔了茶杯，对老桂骂道，劁你娘个脚！掉屁股就走，边走边扔下一句，工钱抵茶杯钱了！

第五辑　思桐斋笔记

　　导读：皖南徽州，是一方神奇神秘
的历史文化沃土，钟灵毓秀，跌宕多姿。
本辑专记生活在这片土地上的奇人奇
事、雅人雅事、怪人怪事，读后令人荡
气回肠或掩卷长思。

海狮庙传奇

　　恩人鉴远老和尚进京为民请命，毕尚书竟让手下将
他抓了起来，然后铁链缠身押回原籍。毕尚书这是恩将
仇报吗？

　　这天，明嘉靖朝户部尚书毕锵退朝后刚回到府邸，
正欲假寐休憩片刻，府门外忽然传来笃笃笃的木鱼声。
　　毕锵生疑，忙命人出去察看，回禀说是一个自称鉴
远的老和尚，口念佛号要见毕大人。毕锵猛一惊，他脑
际电光石火般蓦地想起家乡皖南石埭县的一座山、一座
庙、一个老僧来，不禁啊呀一声。
　　毕锵生母苏氏，石埭夏村湾里苏村人，做姑娘时因
私情怀孕，父母怕家丑外泄，便匆匆将她嫁给广阳镇光

一条在岸上奔跑的鱼

棍汉毕老二，半年后生下一男孩，取名毕锵。

毕锵聪明伶俐，乖巧过人，毕老二视同己出。到了上学年纪，毕家省吃俭用，硬撑着供毕锵读书，巴望他奔一个好前程，好光宗耀祖，振兴门庭。

毕锵高高兴兴去私塾，却哭着鼻子跑回家。父母问其故，毕锵抹着眼泪说，同窗们都取笑我，说我是苏家的葫芦毕家摘。父母黯了脸色，只好哄劝他，别听别人乱说，好好读书上进。

这以后，毕锵再也不想去私塾听人家的闲话了，每天背着书包佯装上学，却偷着爬上私塾后面的雨台山。

雨台山的风景很好，还有一座千年古刹，只是已破败不堪了。庙里只有一个老和尚，青灯黄卷，安详度日。一个学童的突然出现，显然引起了老和尚的注意。老和尚慈祥地将毕锵引入大殿，给他饭吃，又端水给他喝，然后打探究竟，毕锵以实相告。老和尚长叹一声，不语，只是将木鱼笃笃敲响，诵经不辍。

第二天，毕锵又登上了雨台山。老和尚从庙里走出来，突然大惊失色道，小施主，你刚才登上山巅时，老衲突见霞光万道，百鸟朝凤，这是主大吉大利啊！小施主只要发愤读书，将来必成大富大贵主宰乾坤之人！毕锵将信将疑地说，此话当真？老和尚双手合十，正色道，出家人岂能打诳语？堕入阿鼻地狱是要割舌头的。不过，天将降大任于斯人，必先苦其心志，劳其筋骨，饿其体肤。

毕锵听老和尚说得一本正经，顿时消除了自卑，恢复了自信，他对老和尚深施一礼道，如托您吉言，日后我能成就一番事业，锵必当重修庙宇，再塑金身。

毕锵下山后，从此不再理会他人的嘲笑和轻薄，悬梁刺股，发愤苦读，学业精进，于嘉靖二十三年进士及第，直做到眼下的户部尚书，以勤政廉明著称于世。

毕锵从遥远的回忆中回过神来，赶紧亲自出门迎接鉴远老和尚。见到虽已耄耋之年依然精神矍铄的老和尚，毕锵甚觉惭愧，连声赔着不是，老方丈恕罪！毕锵经年忙于政务，竟将当年的承诺忘诸脑后了。

老和尚淡然笑道，贫僧千里赴京，不全为了小庙之事，亦是为民请命。石埭荒僻之邑，地瘠民穷，加之旱涝相叠，实在无力承担朝廷赋税，乞请毕大人具奏以达天听。

毕锵闻言，脸色陡然一沉，高叫左右，来人！将这危言耸听的妖僧速速拿下，择日解回原籍！老和尚还没反应过来，已被毕府如狼似虎的差役绑了起来。老和尚并不挣扎，只是仰天长叹，毕尚书贤名满天下，不料却是欺世盗名！老衲平生广种福田，但问耕耘，岂问福报恶报耶？！

三日后，毕锵派了两名毕府差役，用铁链将老和尚五花大绑，遣返原籍。他们晓行夜宿，千里风尘，一个月后才走到了石埭县地界。

乡民们大多认得老和尚，只知他上京为民请命，却不知他身犯何罪，被官差押解回乡，于是摇头叹息者有之，指指点点者有之。老和尚一言不发，什么表情也没有，在众目睽睽之下走向雨台山。

两差役在庙门前给鉴远和尚松了绑，一串铁链哐啷哐啷落在地上。差役转身走了，老和尚随即也走了，永远地走了，他吊死在庙前的歪脖樱桃树上。有樵夫打此经过，顺手牵羊，拿走了那串铁链，他想正好当牛轭链条用。

老和尚圆寂的次日，京城一匹快马到了。来人是毕尚书的公子。他一见老和尚悬在树丫上，急步上前，放下老人家的尸体，搂在怀里，大放悲声，我来迟了一步！父亲大人倾其家财，来兑现当年的诺言，担心路途遥远，多有凶险不测，特意将积蓄悉数兑为黄金，锻成铁链模样，连差役也不知情，恐其心生歹意，为的就是老师父

一条在岸上奔跑的鱼

和财宝的安全啊！哪知父亲聪明反被聪明误，黄金有价，人的尊严无价啊！

毕公子忍痛厚葬了老和尚，追回了那串铁相金质的链条，亲自设计和督造，历时年余，一座恢宏壮观的海狮庙呈现在世人面前。

毕公子回乡还带回了一道诏书，朝廷特准石埭县民免缴赋税三年。

毕锵历仕嘉靖隆庆万历，史称其三朝元老，四部尚书。万历三十六年卒，神宗颁诏赞其齿德并优，尽瘁半生，绰有伟绩，谥恭介。

毕锵临终遗嘱，归葬家乡雨台山下，给鉴远老和尚赔罪守陵。

据《石埭县志》载，海狮庙落成时，毕锵亲书一块黑底金字匾额：害师庙。后来以讹传讹，渐渐叫成海狮庙了。

当　命

亨泰当铺生意红火，却接连遭遇稀奇古怪的事，当铺被迫易手于人……

清朝康熙年间，皖南石埭县城出了一件离奇的怪事。

石埭县城不大，东西、南北向各一条街，挤挨着数百户居民和几十家店铺，十字街口最醒目位置是亨泰当铺，也是小城唯一的一家当铺，生意便极红火。掌柜是个中年男子，姓程，名万里，慈眉善眼，为人儒雅诚厚。当铺只他一个人，既是老板，又是伙计。他有句口头禅"和气生财"，有时说成是"和气致祥"。他深知到当铺来当东西的，都是遇到暂时的困难，或火烧眉毛的应急之需，再说，顾客是生意人的衣食父母，急人之难、解人之困既是典当业的生财之道，也是做人的本分。君子喻于义，小人喻于利，程掌柜妥善处理义利关系，所以生意做得风生水起，信誉日隆。但他生性低调、节俭，虽富甲一方，却不起宅，不纳妾，倒是每逢修桥铺路总是带头捐款，乡邻们有个大灾小难他也总是乐善好施。

但老实人也有吃亏的时候。亨泰当铺开张不久，一天店铺里来了一个年轻人，开口便说要当"金麻雀"，说是祖传的宝贝，自己赌博输得快光屁股了，只好出此下策。程掌柜接过年轻人递过来的小包袱，竟听见里面有麻雀叽叽喳喳的叫声，他颇觉诧异，小心地打开包袱察看究竟，"扑嗤"一声，只见眼前闪过一道耀眼的金光，那"金麻雀"早脱手而起，几经冲撞，夺门而出，腾空而去。

程掌柜只得认栽，让那年轻人诈去五百两银子，事后，那泼皮还到处吹嘘："那是我捉到的一只小麻雀，裹了一层金箔纸！"

程掌柜又羞又恼，气得大病一场。此后，做生意时不得不多了个心眼，小心谨慎。

新任石埭知县阮庭芳，一日慕名登门拜访，赞其为人笃厚，信誉卓著，且热心公益，堪称一县楷模。程掌柜见阮知县如此礼贤下士，自是感动，连称"惭愧！惭愧！"。

临去前，阮知县主动提出要和程万里义结金兰。程掌柜受宠若惊，不容他推辞，阮知县已起轿回衙了。

时光不咸不淡，不觉两年过去。亨泰当铺生意还是那般的火爆，程掌柜原本清癯的脸庞渐渐有了些赘肉，也多了几分红润。

这日，正值盛夏午后，店铺里一时无人，程掌柜正摇着蒲扇打盹，突然被一句高叫惊醒："老板在哪？我

一条在岸上奔跑的鱼

要当东西！"程掌柜睁开眼看去，是个穿着白衣白裤、满脸横肉的壮汉。

"客官，您要当何物件？"程掌柜连忙站起，笑脸相迎。

"我要当命！"壮汉一语既出，石破天惊！

程掌柜料到来者不善，强压心头怒火，故作镇定，慢条斯理地说："客官有什么困难，尽管明讲。不瞒你说，当今县太爷可是鄙人的拜把兄弟，对作奸犯科之事可是严刑重典！"

壮汉仰脖大笑，一脸的不屑："您开当铺，我当东西，公平交易，与官府何干？"

程掌柜有些愠怒道："国有国法，行有行规，什么都可以拿来典当，可我从来没有听说过有当命的！客官不是在开玩笑吧？"

"我没有开玩笑！"壮汉厉声道，"我岂能拿自己的性命开玩笑？"见对方惊愣在柜台里，壮汉遂缓和了语气道："人不到山穷水尽之时，岂会当命？老板您看我身强力壮，年纪轻轻，还怕我成了死当不成！"

程掌柜毕竟心性善良，见壮汉红了眼圈，似要滚下泪来，便叹了口气说："子曰，人而无信，不知其可也！我权且信你一回，就为你破一回规矩，你说，当多少？"

"一千两银子！"

写好当票，那壮汉喜笑颜开地接过程掌柜递过来的银子，突然惨叫一声，扑通栽倒在地！程掌柜大惊失色，跑出柜台一看，只见一条小蛇急速游出店铺。壮汉似已气绝身亡。

程掌柜正要喊人，门外闯进几个人来，见状立即哀号起来！干嚎了几声后，"呼啦"围住程掌柜，怒吼道："我家大哥是在你店铺里被毒蛇咬死的！你脱不了干系！走！我们见官去！说不定是你故意放出毒蛇咬人的呢！"

程掌柜百口莫辩，只得哀求说："他当了我一千两银子，钱不用还了，回去给他料理后事吧！"

那班人抬着壮汉的尸体，骂骂咧咧而去。

程掌柜受了惊吓，人又病了一场。待他养好病后，又出现在当铺的柜台里面。他以为，事情已经过去了。

那天，壮汉出殡时，在石埭县城两条街上游行了一遍，哭声震天，纸钱撒了一地。程掌柜听说石埭山里有种毒蛇，俗称"五步龙"，不想竟这般厉害！可毒蛇怎么爬进了自己的当铺里呢？

一日黄昏，程掌柜正要关门打烊，昏暗的光影里突然悄无声息地走进一个白衣白裤的人来，程掌柜定睛一看，"妈呀"一声！那人竟是死去不久的壮汉！

"你、你想干什么？"程掌柜浑身哆嗦成一团，瘫在柜台边。

壮汉在暗影里，幽幽地说："掌柜不用害怕，我没有害你之意，我是来当东西的。"

程掌柜更是惊悚："你、你人都死了，还当什么东、东西？"

壮汉递过一只白纸糊得严严实实的匣子过来："我要当我的魂魄，七日后来赎！老板一定要替我保管好，阴间的牛头马面正在到处捉拿我的魂魄，只有当在你这里我才放心！七日后赎当，我就可以借尸还魂，到达官贵人家投胎去了。"

"你、你要当多、多少？"程掌柜吓得已经尿了裤子。他只想尽快送走这鬼魅。

"三千两。"壮汉狞笑着

程掌柜战栗着把银两交给那鬼魅，自己就昏死过去了……

第七天早上，亨泰当铺里来了一班人，说是死者的家人和亲戚。说壮汉托梦给他们，他把魂当在了当铺里，

一条在岸上奔跑的鱼

今天让他们来赎当！

程掌柜还躺在病床上，一会儿发冷，一会儿发热，还时不时说胡话，人整整瘦了一圈。他心有余悸地让徒弟（他病倒后新招的）把那个纸匣子拿出来，当着众人面哆嗦着手打开——内有一张纸条，上写一个"鬼"字！

来人的号啕的号啕，怒骂的怒骂："他当的是'魂'，现在却成了'鬼'！一定是魂飞魄散，永世不得超生了！"来人一时情绪失控，砸起了当铺。

隔天，知县阮庭芳登门探视程掌柜。程掌柜一见他，即刻像个孩子似的痛哭起来，一把鼻涕一把泪，说这当铺实在开不下去了。

阮知县一番嘘寒问暖，叹着气说，老兄准是冲撞了何方鬼神。这样吧，我府上欧阳师爷有志于经商，干脆我让他托下您的当铺吧！

欧阳师爷遂以低廉的价钱，成了亨泰当铺的新主人。

一天，欧阳师爷请阮知县夜饮。欧阳师爷伸出大拇指，连赞阮知县"高人啊高人"，阮知县冷笑几声说："把本老爷的店铺打理好了，我不会亏待你的！"又像想起什么，叮嘱道："你那小舅子是不是已经远走他乡了？以后也不用耍蛇卖艺了，本老爷赏他的银两够他一辈子逍遥快活的！"

亨泰当铺的生意依然红火。

雅　盗

他是个读书人，还是个画家，尽干些"离经叛道"的事，混得越来越不堪，后来竟沦落到偷窃为生。这时，日本鬼子打了过来……

　　皖南石埭陈少先，出身破落地主之家，自幼性喜促狭，但天资颖悟，读书过目成诵，尤喜丹青。十八岁那年，以优异成绩考取上海美专，得刘海粟亲炙，国画、西洋画无不精进。

　　毕业后，少先返回故里，应聘到崇实中学任美术教员。时任石埭县长叫孙璜，乃大军阀孙传芳的远房侄儿。这孙县长自恃后台硬，在石埭县欺男霸女，鱼肉百姓，真个叫横行无忌，无怒人怨。陈少先故意放出话风，言近日将有革命党人混进县衙，企图炸毙孙璜。消息不胫而走，一传十，十传百，孙县长吓得胆战心惊，再不敢整日到民间收刮脂膏，而是龟缩在县衙里大门不出二门不迈，严令衙役们将县衙里三层外三层裹得像粽子一般。

　　这天，陈少先雇了两个粗壮脚夫，用麻绳将一个描金樟木箱五花大绑，雄赳赳气昂昂从崇实中学向县衙门抬去，脚夫一路"吭唷""吭唷"，极是张扬。少先则头戴黑呢礼帽，身着白缎衣裤，戴一副墨镜，挂一根文明棍，显得百般春风得意，悠然自得。于是惹一路诧异目光，尾随的看客渐行渐多，到了县衙门口，已然集结成黑压压的一路长蛇阵，闹哄哄的，仿佛要把小县城煮沸炸锅。

　　孙璜此时忽听衙役来报，几个壮汉抬着偌大樟木箱直奔县衙而来，那箱子看似分量不轻，一定藏着炸弹。刺客终于来了！衙役惊叫着一个个跑得比兔子还快，他们早就听说过炸弹的厉害，孙璜吓得"扑通"一声跪倒在陈少先面前："好汉饶命！"少先哈哈一阵大笑，两壮汉猛一惊，樟木箱子重重摔在县衙台阶上，只见骨碌碌滚出一大堆白光水灵的大萝卜。少先上前扶起孙璜："大人何以惊惶？我乃您的子民陈少先，久闻大人勤政廉政，在下十分敬仰。无奈在下乃一介寒儒，无以为报，特送上新鲜大萝卜以表敬忱。"人群中爆出一阵哄笑声。孙县长脸上红一阵白一阵，恨无地缝可钻。陈少先挂着

一条在岸上奔跑的鱼

文明棍在众人的注目礼中悠然而去。

陈少先是个片刻都消停不得的奇人，这事没过多久，他又捅出个更大的娄子来：他到处找年轻漂亮的女性，缠着要给人家画裸体，自然一一遭到拒绝并被骂得狗血淋头。但陈少先偏是个一不做二不休的人，女人画不成，他竟然自己在卧室里脱得精光，对着大玻璃镜画起自身的裸体来，还堂而皇之地挂在自家的客厅里。真真离经叛道，伤风败俗啊！孙县长此前遭到陈少先的羞辱，心里早憋了一股恶气，这下机会来了！当年刘海粟在上海美专画裸体，就遭到孙传芳孙大帅的通缉，你个小小的教书匠竟也敢在山沟沟里如此胡乱闹腾，简直无法无天了！孙县长一声令下，陈少先立即被逐出校门，从此丢了饭碗。

陈少先为了活命，一开始想着法子变卖几件家传的古董，奈何喉咙深似海，坐吃山空，接着又贱卖了手中珍爱如命的文明棍，最后实在没有东西可卖了，再卖自己就要光腚了，少先开始行窃了。但他行窃有个规矩和特点：只偷一日三餐的食物，还有笔墨纸砚，其他即便是价值连城，他也绝不染指。一次居然偷到县衙，被孙璜捉住打个半死，他还嘴硬："庄子曰，窃钩者诛，窃国者侯，我盗亦有道，这世道公心何在？天理何存？！"

石埭城中多富室，多附庸风雅之徒，于是便多名贵字画，悬于客厅，炫示于人。不知何时，富人字画纷纷失窃，但不久后又失而复得，物归原处。有人说是陈少先干的，更多的人驳斥：陈少先穷极无奈，若是他所为，岂能完璧归赵？怕是早换酒钱了！这定是某个外来雅盗所为，对书画艺术情有独钟，美美欣赏几日罢了！可见盗中亦有君子。有惊无险，只有个别人惴惴地将画藏入箱底，多数富室照样将名贵字画悬于客厅醒目处，风风光光。

终于，日本人的枪炮声近了。石埭县城富人家的字画居然一夜之间被人洗劫一空。他们发现后正要呼天抢地，日本人明晃晃的刺刀已经堵在了家门口。

日酋名叫小野雄二，战前一直在上海经营一家古董字画店，对中华书画艺术研究颇深，如醉如痴。他每攻陷一地，便疯狂地劫掠当地的字画古董，敢有不拱手相让者，格杀勿论。石埭古城多名画，他早有耳闻，那些附庸风雅的富室这回是在劫难逃了。不管愿不愿意，他们祖传的字画突然莫名其妙地不翼而飞了，任他们有一百张嘴也讲不清楚，他们的命就要搭在那个万恶的窃贼手里了！悲哉枉也！

小野软哄硬逼，怎么也拿不到他想要的那些字画，遂恼羞成怒，一句"死啦死啦的"正要大开杀戒。紧要关头，只见蓬头垢面的陈少先怀抱一大摞画轴屁颠屁颠地跑过来，一脸谄笑地对小野说："太君，您想要的字画都在我这里，是我偷来孝敬您的！"小野雄二满脸狐疑地一一展开画轴，仔细端详品味，阴森的脸上渐渐露出笑意："哟西，你的良心大大地好！"带着队伍满意而去。

"狗汉奸！""卖国贼！"人们见到陈少先无不怒目而视，恨不得冲上去将他掐死、撕碎。

陈少先还是靠偷窃在人们的唾沫和白眼中苟延残喘。

终于传来惊天的好消息：抗战胜利了！孙璜不知从哪里跑回来，重新坐上了县衙的大堂发号施令。他做的第一件事就是将陈少先抓起来，召开公审大会，要立即枪决这个可恶的汉奸。

会场群情激愤，不少人冲上台去，吐陈少先唾沫，狠狠地抽他的脸。

行刑的士兵慢慢抠向扳机，陈少先突然大喊一声："各位父老乡亲！你们的字画真迹在我家阁楼上，装在那个描金樟木箱子里！"

一条在岸上奔跑的鱼

这时枪响了，陈少先慢慢地倒下去，头上戴着那顶黑呢礼帽，身穿那套白缎衣裤，一双眼睛大睁着。

人们果然找到了那个樟木箱子，里面装满了字画，每幅字画都用小纸片标着主人的名字。后请专家鉴定，全是真迹。

人们猜测：难道是陈少先偷走字画临摹后归还了真品，见日本人来了，又偷走了真品秘藏起来，然后拿赝品糊弄日本人？

看来陈少先临摹的功夫了得，达到了以假乱真的地步。

那些名贵字画又风风光光重新挂回主人的客厅。

可陈少先的命收不回来了。

陈少先是我的同族太爷爷，至今石埭的乡曲坊间还传说着"雅盗"的故事，只是人们的脸上多了几分敬意与怀旧。

仓　颉

作者做了一个关于仓颉造字的怪梦，醒而为文，记梦中事……

远古。

一天，黄帝与炎帝相约轩辕丘，就两个部落边境问题进行谈判。因为当时凭借的是结绳记事，黄帝比炎帝年迈，记忆力严重衰退，模糊含混的记事信息令他在激烈的谈判中处于劣势，最终丧失了存在争议的边境大片土地。丢了面子，又丢里子，黄帝当着炎帝面不好发作，回宫后即刻召见史官仓颉，令他造字，以雪结绳之耻。仓颉不敢怠慢，废寝忘食，奇思妙想，仰观宇宙星相之变，俯察禽兽鱼虫之迹，历时一年，造出一套象形会意原始文字。

　　仓颉累倒了。黄帝大喜，让人用担架把仓颉抬到宫殿上，接受召见。仓爱卿，你的字造得太好了！对着一个个字模，黄帝简直有些兴奋过度，手之舞之，足之蹈之。比如这个"妇"字，女人嘛就是奉箕帚，做家务，母系社会一去不复返了！再如"男"字，男人嘛，当然是田里的主要劳动力。还有这个"天"字，也造得妙，上下两横分别代表天和地，天地之间是人，天子就该上管天，下管地，中间管子民！当然，寡人黄帝的"黄"字，也造得没话说，与"天"字有异曲同工之妙！上为草木山川，中为田地纵横，下为人民无数！嘿嘿，还有这个"嬲"字，造得太妙了！两个男的纠缠一个女的，可不就是调戏妇女性骚扰吗！"忍"字也造得好，心字头上一把刀，弄刀贾祸，能忍自安。如人人皆忍，则天下太平，我这帝王也就好当了！黄帝又随手拿起一个"法"字，此字何解？仓颉正襟危坐，肃然作色，说，人无骨不立，国无法不治。法律自当公平如水，不直者神兽触之，不平者去之，使归于平正。天下太平唯法可也。黄帝颔首，甚善。只见他眉飞色舞，边点评，边翻着那堆字模，突然，他脸一沉，对仓颉说，这两个字造得不好，造反了！仓颉在担架上诚惶诚恐，跪问，哪两个字？"牛"和"半"字。黄帝拿起两个字模，在仓颉眼前晃荡着。不错呀！仓颉慌忙解释道，耕地的半头上长着两只角呀！黄帝脸拉得更长了，怒道，普天之下，莫非王土！率水之滨，莫非王臣！谁敢在寡人面前"半"，寡人就掰掉他的一只角！就这么定了，两个字互换过来，"牛"耕地拉车，"半"表示一半！退朝！

　　史书说，仓颉造字，天雨粟，鬼夜哭，这都是后世文人的浪漫和煽情，影子都没有的事。仓颉倒是吓出了

一条在岸上奔跑的鱼

一身冷汗。他突然想到，黄帝要是看到仓颉的"倉"字，一定认为自己要做君上一人，自己还不得掉脑袋呀！仓颉连夜逃走，不知所终。但仓颉所造的字，流传至今。

程老鹬

程老鹬胆小怕事，偏偏有事。被迫给日本鬼子送蜂蜜，女儿反被鬼子强奸投河。乡亲们视他为汉奸，程老鹬抬不起头来……

程家是养蜂世家，到了程老鹬这一代，更是把祖业发扬光大，成了泾阳全县的养蜂状元。泾阳地处皖南山区，集山区、田区、水乡于一身，一年四季花开不断，养蜂的条件得天独厚，程老鹬因而免去了千里辗转逐花放蜂的奔波之苦，小日子过得还算滋润。槐花蜜、桂花蜜是蜜中珍品，梨花蜜、桃花蜜、枣花蜜稍逊一筹，即便是大路货油菜花蜜，只要是程老鹬的，也能卖出好价钱。程老鹬是个实诚人，绝不会干掺杂使假的勾当，买他的蜂蜜，放一百个心！

在紫石镇，程老鹬靠着自己的勤劳和俭省，也算得一个小康之家。多少人为富不仁，程老鹬却乐善好施，采蜂蜜时左邻右舍都要送一点，让乡邻们在苦日子里也尝尝甜味，遇到别人有个大灾小难，他还会直接给些救命钱。都说，程老鹬是个难得一见的大好人，好人必有好报！

民国三十年，日本人打进泾阳，在紫石镇驻扎了一个小队，烧杀淫掳，无恶不作。小队长武田正雄少尉，特别爱吃蜂蜜，维持会会长程老窝子向他献媚说，在整个泾阳县，数程老鹬的蜂蜜蝎子拉屎——独一份！

第二天开始，程老蔫就隔三岔五地到日本炮楼送蜂蜜。武田正雄把程老蔫的老娘也请进了炮楼，好吃好喝地供着。程老窝子告诉武田，程老蔫是少有的大孝子，把他老娘当作人质，就不怕程老蔫使坏，只管放心大胆地喝蜜吧！

乡邻们再看到程老蔫时，无不冷眼相向，没有一个人搭理他，在他走过去时，有人还会狠狠地吐一口唾沫。

程老蔫似乎顾不了这些，还是乖乖地隔三岔五往日本据点送上好的蜂蜜。

一天，武田正雄对程老蔫直伸大拇指："程桑，你的良心大大的好！槐花蜜、桂花蜜的太好吃了！可是，听程会长说，你的还有一种蜜，我的没吃到。"程老蔫连忙指天划地，赌咒发誓："太君，我送您的都是最好的蜂蜜啊！"程老窝子在一旁坏笑着说："武田少尉看上你家荷花了。"程老蔫像遭雷劈似的趔趄了几下，差点摔倒，他央求程老窝子："你快跟太君说，荷花娘死得早，我可就这一根独苗，她刚刚十四岁，太君可千万不能造孽啊！"程老窝子奸笑着，武田正雄淫笑着，程老蔫眼前一黑，晕了过去……

程老蔫醒来时，一切都晚了，他在秋浦河里找到了女儿的尸体。程老蔫又一次哭晕过去。

乡亲们却没有多少人同情他，有人还当他的面幸灾乐祸地说：活该！

他最受不了村里的前清秀才程老爹站在高坡上仰天长吟："壮志饥餐胡虏肉，笑谈渴饮匈奴血。待从头，收拾旧山河，朝天阙！"程老蔫知道，那是岳武穆的《满江红》。

老蔫就是老蔫，十足的软骨头，埋了女儿，擦干眼泪，他还是乖乖落落地往日军炮楼送蜂蜜。贪生怕死！认贼作父！亏他还识文断字！人们当面背后对他咬牙切齿，奈何是在敌占区，否则他早就被乡邻们乱棍打死了。

一条在岸上奔跑的鱼

　　一天，程老鸢送蜂蜜到日军炮楼，见鬼子抓来一个所谓抗日分子，武田正雄让鬼子把那人手脚捆紧使他动弹不得，在他两只脚底心抹上蜂蜜，让一条军犬在他脚心舔食蜂蜜，因奇痒无比，那人不停地歇斯底里地笑着，笑得撕心裂肺，竟然活活笑死！

　　大约半年后，新四军沿江支队对紫石镇日军炮楼发动了攻击，终因日军火力太猛，数次冲锋都未能得手，沿江支队伤亡惨重，只得暂时撤出战斗。

　　愤怒的群众将程老鸢五花大绑押到沿江支队梁明队长面前，强烈要求惩处狗汉奸！程老鸢支支吾吾地说，你们不绑我来，我也正准备自己来呢！他对梁队长说，能否借一步说话？梁队长和他走到一旁，他在梁队长耳边咕咕哝哝了一番。梁队长回来说，乡亲们，散了吧！有人愤愤不平地嚷，不知狗汉奸给梁队长灌了什么迷魂汤，就这样轻易放过他了？狗改不了吃屎，他明天还照样给鬼子送蜂蜜！

　　一点没错，第二天晚上，程老鸢又去了炮楼，磨蹭到很晚才回来。

　　清早，程老鸢又慌慌张张去了炮楼，连拉带扯地把武田正雄拽到炮楼顶上，用手一指："太君，您看，那是什么？"武田是个中国通，汉语水平不错，他抬眼望去，立时气得哇哇怪叫！原来，炮楼前方几百米处，一夜之间竟出现了八个团箕大的黑色汉字：抗战到底，日寇必败！

　　武田正雄气急败坏地命令十几个鬼子，让程老鸢搀着老娘打头，去清除那条"反标"。程老鸢的老娘被抓进炮楼后，先是绝食，后是撞墙，但都死不成，生不如死啊！程老鸢母子和鬼子们走近了"反标"，只见那些字是无数蚂蚁组合而成的，没等鬼子明白过来是怎么回事，只听"轰轰"几声巨响，在场的人都被炸得血肉模糊……

冲锋号突然响起，新四军沿江支队从树林里潮水般冲将出来，压制着敌人的火力，呼啸着冲进了鬼子炮楼，全歼了武田正雄小队。

原来，是程老莺献计，让新四军在鬼子炮楼前埋下"铁西瓜"，他在地雷阵前面用蜂蜜滴成八个大字，引来了数不清的蚂蚁。

谁说程老莺是胆小鬼狗汉奸？程老莺是大孝子、大英雄哩！

人人缟素。

大洋马

大洋马是个私生活很不检点、名声很坏的女人。日本人占领了疙瘩寨，鬼子头目看上了她……

爷爷说，疙瘩寨从前有个绰号叫大洋马的女人。

大洋马是从山东逃荒要饭来的，是个侉女人。

大洋马初来疙瘩寨的时候，还是一个十七八岁的大姑娘。不知啥原因，苦难的生活并没影响她发育得很好，她发育得太好了，爷爷说，人见人馋。高高，白白，大大，胖胖，像匹烈性子的大洋马。尤其是她胸前那一对高高大大的奶子，走一下，颤一下，走三下，颤三下，迷死个人！爷爷说，那时他已经娶了奶奶，真是坐观垂钓者，徒有羡鱼情。疙瘩寨很多男人都这么懊悔。这就便宜了王裁缝的光棍儿子王大宝。

大洋马刚好饿倒在王裁缝家的裁缝铺门前，也有人说，她是故意倒在裁缝铺门前的，她是个很有心计的女

一条在岸上奔跑的鱼

人呢。王裁缝平时吃斋念佛，是个大善人，忙把姑娘扶进屋，热水一喝，滚饭一吃，没事啦。王裁缝让儿子王大宝打来一盆温开水。姑娘洗净脸上的尘垢，父子俩就呆了。他们从来没见过这么漂亮的女人，从来没见过这么有女人味的女人。

王裁缝乱了方寸，老婆死了三年，刚开始想给自己续弦儿，儿子王大宝跟他急跟他闹，王裁缝只好忍痛割爱，他觉得王家香火的接续更要紧。

爷爷说，王裁缝跟大洋马一提这意思，大洋马二话不说就答应了，真真便宜了王大宝那个拐脚。王大宝儿时得过小儿麻痹症，一条腿就拐了，走路一撩一撩的，像划船。大洋马当然不会知道，王大宝除了拐腿，裤裆里的那玩意也不行。无奈已经吹吹打打拜过花堂，大洋马只能大哭一场，日子该怎么过还得过。

爷爷说，半年后，大洋马居然怀孕了，挺着个肚子，不是坐在裁缝铺门口嗑瓜子、吃酸杏儿，就是挺着肚子满寨子转悠，像是展览她的结婚成果似的。

寨子里渐渐有了传言，说大洋马肚子里的种不是王大宝的，是王裁缝的，儿媳妇的肥田，公公代耕哩！这生出来的崽该怎么叫王裁缝？其事真伪不好考证，但王裁缝父子从此反目却是有目共睹的，都说是因为大洋马。大洋马倒好，像什么事都没发生似的，像寨子里的人都是聋子、瞎子似的，一如既往，她在王裁缝和王大宝之间左右逢源，游刃有余，自己过得极有滋味，身体越发白胖，像个大蜜桃，奶子更大了，像又暄又软的白面馒头。

爷爷咽着口水说，十月怀胎，一朝分娩，大洋马生了个儿子，王裁缝就更加宠着她了，什么活儿都不让她插手，还净做好的给她吃。寨子里的轻薄男人说，养好了，好给自己用哩！王大宝不喜欢这个儿子，但他也宠着大洋马。宠着宠着，就坏事了。

　　大洋马这个水蜜桃，谁都想尝一口。

　　一天，寨子里来了一个外乡卖白桃的中年汉子，吆喝着，卖白桃喽！又大又嫩的白桃！其时，大洋马正坐在裁缝铺门前边观街景边奶孩子。那天，王裁缝父子都各自有事出门去了，没在家。卖白桃的汉子一路吆喝着走过来，突然觉得眼前白光耀眼，汉子呼吸急促，觉得有点把持不住自己了，不想大洋马用撩人的声音发问道，大白馒头，换大白桃，可以吗？汉子愣怔间，大洋马竟真的把他请进了裁缝铺，很多人都听见孩子哭哑了嗓子。

　　后来，人们看见，大洋马天天坐在门口边吃大白桃边奶孩子。大洋马的名声渐渐坏了。寨子里很多男人开始跃跃欲试，急于把想法付诸行动。据说，大洋马几乎来者不拒，老少通吃。爷爷当然也不甘落后，为这事奶奶和他别扭了一辈子，至死都不肯原谅他。

　　王裁缝父子起初觉得脸上挂不住，想管教、降服大洋马，哪知这个侉女人真真是一匹野马，反而把父子俩骂得灰头土脸，无言以对。俺是不要脸的女人？你们俩个是好东西！一个是癞狗扶不上墙，一个公公扒儿媳的灰！俺是贱，俺是浪，可俺愿意！俺这样快乐！俺不想憋屈自己！人一辈子，想通了有个啥！

　　爷爷说，打这以后，大洋马更加肆无忌惮了。有人爱死了她，有人恨死了她。当然，爱她的是男人，恨她的大多是女人。

　　民国二十七年，日本人打到了疙瘩寨。日酋武田正雄中尉要在疙瘩寨物色一个维持会会长，没人愿意干这差事，他们都想活命，也都不想背上汉奸的骂名。最后这顶帽子由胆小怕事逆来顺受的王裁缝不得已戴上了。

　　武田很快看上了大洋马，一天竟然当着王裁缝父子的面，要上大洋马，不料大洋马却誓死不从。

一条在岸上奔跑的鱼

武田恼羞成怒，他是个中国通，他用鄙夷的语气说，听人说，你的是个浪货，人皆可夫，装正经的，没必要。你的，伺候我，是为日中亲善，做贡献。

大洋马傲慢地回答他，大道理俺不懂！俺只知道，中国的大洋马只能中国人骑！

武田气急败坏地拔出东洋刀，在王裁缝父子脖子上比画着，吼道，我的，只给你三天时间，要不，让他俩和你的孩子，统统上西天。

爷爷唏嘘着说，我们都估摸着大洋马要情愿或不情愿地当鬼子的慰安妇呢。那三天，听说大洋马满世界找过我爷爷，没找着。其时我爷爷已投身抗日武装，就在疙瘩寨周围打游击。

爷爷说，真真难坏了大洋马！毕竟一个是他公公，一个是他名义上的丈夫，还有一个是她的亲骨血。

到了期限，大洋马到底依了武田正雄，就在自家的裁缝铺里。

裁缝铺的后院里还用绳子拴着一群大姑娘小媳妇，她们哭天抹泪，凄凄惨惨，像一群任人宰割的母羊。

爷爷说，后面的话我还真不好启齿，但却是真事。

武田在大洋马身上欲仙欲死后，生命之根却被大洋马紧紧吸住，鬼子兵只得找了一副担架用被子蒙上，将二人往县城医院抬。大洋马一路大骂鬼子，武田觉得晦气透顶，丢尽了颜面。

突然，枪声和手榴弹的爆炸声响起，包括武田正雄在内的几个鬼子都被爷爷的抗日游击队消灭了。大洋马也被炸死了，但奇怪的是她脸上竟然带着笑意。

爷爷感慨地说，有人说，大洋马死都做了风流鬼，有人说，大洋马算得半个抗日英雄呢，是匹烈马、好马！

不管怎么评说，大洋马自己是听不到了。

也许，大洋马就是大洋马。

腹内乾坤

穷塾师通匪又协助官府剿匪，机心妙用，终于咸鱼翻身，成为大大的赢家……

清朝末年，石埭县陵阳山区啸聚了一股悍匪，劫道绑票，杀人越货，无恶不作。

县令阮梁深以为患，寝食难安，屡次率官兵进剿，怎奈匪徒人多势众，加之陵阳山地势险要，易守难攻，每次均损兵折将，铩羽而归。朝廷震怒，责令阮县令半年之内必须清除匪患，否则将他革职严办。阮县令急得如热锅上的蚂蚁，肠子都愁断了，却又苦无良策，只能整天长吁短叹。

这天早起，陈少先照例洒扫草庐内外，然后准备去县衙。他是阮县令慕名延聘的家庭塾师，县令的一对儿女皆由他发蒙，如今女儿梅雪已就读安庆女子师范学堂，儿子还在衙内读书。陈少先家距县衙不远，因此每日早出晚归。因他学识渊博，且尽职尽责，阮县令对他十分信任，凡事并无避讳，甚至遇到难以决断的问题，还会向他请教，讨主意。这天，陈少先出门扫地时发现了异常情况，他甚至还惊叫出声。何故？他发现自家门前多了一只挣扎蹦跳的艳丽公鸡，一只腿被麻绳牢牢拴住，绳子的另一端紧紧系在门环上。

是哪个亲朋故旧或好心人送鸡上门，让他一饱口福？不是！石埭的百姓都知道，这是陵阳山悍匪勒索钱财粮食的通牒，因匪徒中无一人识文断字，便使出了这个别出心裁的招数，送公鸡是要钱要粮，送母鸡一定是相中了这家的某个年轻女子，三日之内必须主动送钱物

一条在岸上奔跑的鱼

或送人上山，如此可将送上门的鸡宰杀而食。如到期而鸡依然任其拴在门外，则表示这家的主人予以拒绝，匪徒便会凶相毕露，血洗满门而从不手软。

再说陈少先，看到门前从天而降的那只公鸡，他只惊叫了一声，随后很快淡定下来。他解开绳索，将公鸡宰了，傍晚从私塾回家后就炖起了那只公鸡，左邻右舍都闻到了扑鼻的香气。

三天后，匪首带领众匪直扑陈少先家，见那只公鸡不见了踪影，马魁得意地笑了，算他还识时务！不是舍命不舍财的主！陈少先听到声音迎出来了。马魁一拱手说，陈先生，鸡既然被你吃了，你打算孝敬弟兄们什么呢？陈少先还礼道，在下只是一个穷教书匠，一无浮财，二无余粮，三无美妾，我自己还是庙前的旗杆光棍一条！大王认为我能孝敬你们什么呢？马魁勃然大怒，既如此，你还敢吃老子的鸡？你蓄意坏我的规矩，只怕你连把鸡骨头吐出来的机会都没有啦！兄弟们，把这小子砍了！匪徒们呼啦啦一拥而上，一片刀光剑影。且慢！陈少先哈哈一阵大笑，喝退众匪，我无钱无粮无娇娃，并不代表我什么都没有啊！马魁把鬼头大刀架在陈少先脖子上，你有什么？说！我有人啊！陈少先朗声答，想我陈少先乃石埭县名儒，满腹诗书，足智多谋！我可以给你们当军师啊！你能当什么狗屁军师？老子不稀罕！大王，可否借一步说话？只见陈少先把马魁拽到一旁，附耳低语了一阵，马魁阴森的脸上渐渐洒满了阳光。弟兄们！撤！土匪们呼啸而去。

翌日，陈少先向阮县令告了三个月病假，然后径自去了陵阳山。陈少先和马魁除每天好吃好喝外，就是关在屋里咕咕哝哝，土匪们说，陈先生在教大当家的识文断字哩！说起来那马魁还真聪明，三个月下来，陈少先教会了他不少汉字，居然能写简单的文牒，以后再也不用以鸡传信了。陈少先特别教会了他危险和平安二词。原来，陈少先是要利用自己在县衙当塾师的特殊身份，给土匪们当卧底，秘密传送情报，见平安二字则可下山任意劫掠，见危险二字则说明官府已有防备或要采取剿匪行动，万不可下山自投罗网。

三月后，陈少先与马魁依依惜别，下山而去。

后来的事实证明，陈少先果不食言，频繁把山下的情报秘密送至事先约定的城外的一处树洞里，然后由山匪取回。这一来，马魁如同有了千里眼顺风耳，每次下山无不顺汤顺水，满载而归。马魁对陈少先渐渐少了戒备，多了信任。

石埭县的匪患更猖獗了。阮县令却是干着急，没办法。

一日，土匪从山下取回情报，马魁一看大喜，陈少先告诉他，阮县令的千金梅雪从安庆女子师范学堂放假回来了，明天要路过陵阳山下，正好劫之上山，以之为交换条件，不愁放不出阮县令的血来。

第二天，马魁设伏兵，果然将阮大小姐掳上山来，并派小匪给县衙传话，逼阮县令破财消灾。陈少先又送来情报，说阮县令愿出三千块大洋赎回爱女，次日午后，由陈先生携挑夫将大洋悉数运至永济桥上，马魁只身带梅雪前往，一手交钱一人交人。陈少先在信中强调，阮县令救女心切，不敢使诈，绝对平安无事！

马魁素来骄横自大，见信后，背插一把鬼头大刀，孤身押着阮小姐去往约定地点。远远地只见桥上只有陈少先一人还在，面前放着一担箩筐。马魁走近，见箩筐里盛满大洋，他推过阮小姐，挑起箩筐就走。突然，桥洞里窜出几个人来，一拥而上，将马魁擒了个正着。马魁恼怒地惊呼，陈少先！你使诈！你到底是谁的人？兵不厌诈嘛！我到底是什么人，你恐怕只有下辈子知道了！

一条在岸上奔跑的鱼

陈少先和梅雪小姐押着马魁走上县衙大堂，陈少先大声说，阮大人！我和梅雪相互爱慕已久，我托媒求婚，你说自古婚姻讲究门当户对，决不应允！说除非我能成为朝廷命官，或生擒巨匪马魁方可！子曰，人而无信，不知其可。梅雪小姐也跪地相求。只是，只是，半年限期将至，匪首虽擒，匪患未清，本官还是无法向朝廷交代啊！阮县令支吾其词。陈少先道，我自有妙策，匪患指日尽除！阮县令无奈地答应，即刻张灯结彩，拜堂成亲！

次日，陈少先让阮县令将马魁斩首，他和新婚的娇妻梅雪带着马魁的首级上了陵阳山。见到众匪，陈少先大叫道，弟兄们！阮县令言而无信，竟设下陷阱，将大当家的加害了！梅雪小姐虽身为官家小姐，因受过新式教育，早对腐朽的清廷深恶痛绝！真是官不如匪！因此我俩冒着生命危险将大王头颅偷上山来，与众弟兄为其报仇雪恨！众匪面面相觑之时，陈少先猛地亮出一物，高叫，这是大王的令牌！得令牌者得宝座，这是祖传的规矩！还不快快跪下拜谒新大王和压寨夫人！众匪呼啦啦跪地，山呼大王。

不久，武昌首义，举国响应，清廷迅速崩溃。陈少先和梅雪小姐率众攻占石埭县衙，阮县令自缢而亡。

陈少先很快被民国政府任命为石埭县县长。

一日，陈少先携梅雪来到阮梁的坟前，梅雪哭了一阵，陈少先说，岳父大人，谁都没想到我和梅雪是革命党吧？世上的事，总是有太多的意外和玄机。你当初要求我的事，我都做到了，既肃清了匪患，山匪们弃暗投明，悉数编入新军，我又在废除科举后当上了县长。世事难料吧！

陈少先胜利者的笑声滚过山冈。

狐 异

半夜一个红衣少女闯进蒲生住处，自称狐女，寻求庇护……生活中的怪事、奇事，有时比聊斋更精彩！

石埭蒲生，书痴也，负才名，有胆略。原居大都中，然厌其喧嚣，文思为之竭，乃赁老宅于僻村，恒以居之，不治生业，日临案秉笔，效先祖柳泉居士，专写花妖狐魅，或弘善弘美，或刺贪刺虐，名之新聊斋，时有薄酬，差强度日。

一夕，蒲端坐书斋，秉烛夜作。弦月昏蒙，秋风敲窗。忽一阵冷风破户，顿觉身寒，蒲起欲扃之，则见一红衣少女，立于案前，愁容惨目，姿韵动人。蒲骇曰："汝谁人？何夤夜至此？"女涕泣曰："深更添扰，实非所愿，情弗堪耳！我，狐女也。"蒲愈惊，审谛之，与人无稍异也。因问之："世间果有狐仙鬼魅耶？"女破涕曰："果有之。闻君才高思捷，笔追留仙，故来相扰耳！"蒲遂让座，奉以茶，女揖谢如仪。蒲略信之，问曰："人狐非类，仙凡殊途，何劳屈趾？而况汝辈神通颇广，何需见助于凡夫？"女复泪堕曰："人神皆有难矣！容我述之。妾本仙寓山狐仙，数年前家慈为猎人所伤，蹑迹追逐之，几危死，适遇恩公程某樵归，匿母于薪柴下，始脱险。抱归家，饵其食，疗其伤，凡月余，纵归山林。母为报公恩，乃遣我幻作女形，嫁与程某愚痴儿。初亦大好，然好景何促促，渐至翁姑诟詈，愚夫挞楚，初冀其犹能改，讵料反以复加！窃思为其家已诞育一儿，香火得续，恩已尽报矣，故不堪其凌虐，星夜脱逸，奈何为其家人所共逐，慌不择路，暂匿君家矣！"言已，悲

一条在岸上奔跑的鱼

从中来，大号啕。蒲亦恻然，顿生怜悯，奉以纸巾拭泪，温言慰之："人狐相见，定有夙缘。我亦急公好义者，当助汝！程某居何里？俟我面斥之。狐辈亦有情义，真禽兽不如哉！"女掣其袖，急止之："对牛弹琴事，智者不为也。君欲救我，适以害我！但乞暂匿君舍，俟逐者懈怠，即远遁，不复烦扰矣！"并告以程某即蒲之邻人也。蒲秉烛导女入内室，曰："此绝无人至，差可容膝，暂屈玉体可也。"女忽持抱之，肤香阵阵，娇喘咻咻："大恩无以报，但求身报之。"蒲言不可，推拒之："我岂乘人之危者？蒲氏世与鬼狐有缘，若言报，当助我奇思泉涌，妙笔生花，则大好矣！"女泣谢，敬诺之，自安歇。蒲复踞书案，欲续前篇，则闻门外人声纷拿，顷闻急骤款关声，蒲启视，芸芸村人也，叩以有无女子投止。蒲从容对之：未见也。村人始去。

女晨起治馔，浑如人妻。蒲略食，忽念及女友，百味丛生，思之弥切。女友鄙其遁世，未相从也，忽忽一年将及。狐女忽言："君何悒悒不乐？狐妾不足以娱耳目乎？"复指斋壁一画幅："此何物也？"蒲答曰："此乃我之传家珍宝，宋代名画，价值连城矣！"又戏曰："《聊斋》有《狐嫁女》篇，狐之盗物，不发箧箧，千里之外，须臾可致矣！我不致蹈人覆辙耶？"女欲答，忽有人叩扉，蒲示以眼色，女急匿内室，蒲启视，女友也！大惊喜，牵其手，搂其腰，携入内。女友忽曰："屋内有生人气！"蒲大骇，矢言无之。女友挣脱蒲，蹑迹敛声，四处逡巡，无所见，忽直奔内室，惊怒曰："此是何人？得无书中颜如玉者？"狐女亦窘极，以目视蒲，莫辩所以。蒲因细述原委，女友但嗤嗤笑，突叱之："捉奸拿双，更复何言！我非痴儿，拿聊斋故事诓我！"蒲无以对，狐女挺身趋前曰："未敢诓姊姊，我实狐也！今夜当去，狐母来相接。相救之恩，未及报也。"女友冷眼曰："果如是，汝是狐女报恩遭虐，何不报以警？以人论，涉嫌家暴矣；以狐论，有野生动物保护法！"女对曰："受母命报恩尚辱命，何敢贻恩人羞，陷其不仁不义？"女友莞尔曰："姑留汝至晚，俟狐母至矣！"

夜，果有一华美妇人来，女称其正狐母也。妇揖谢曰："大恩不言报。今别去，携女返仙寓山，人世既变，不复相往还矣！"蒲与女友目瞪神痴，伫望狐母女飘然去。

明日，忽有警车至。径问蒲：昨夜有母女去乎？蒲然之。警察告之曰，彼系以婚姻诈骗为业之犯罪团伙，俗称"放鸽子"也，已擒之。不知者，故不为罪。此乃汝之古名画，女殊可恨，窃之奔。蒲惊视壁上，画果无。女友拊掌大笑曰："好一个新聊斋！奇哉妙也！"

蒲窘极，痛极，仰天呼号曰："我人狐莫辨，善恶不分，为虎作伥，反被其害，有何面目再写新聊斋？徒为世人笑耳！"尽毁其稿，即别老宅，不知所往。

杀　手

杀手认钱不认人，杀人无数。他受雇刺死知府之后，又受人之雇欲除掉怀有身孕的知府夫人……

他是一个杀手。

一个威震江湖令人胆寒的冷酷杀手。

凡他接到的死帖上的人，从无一人幸免。二十年来，他杀人无数，眼睛从来都不眨一下。

一次，他接到一份死帖，见雇家要杀的人竟是知府大人。他诧异地问了一句，听说这位知府可是清官廉吏啊！做过不少好事，人称青天大老爷。雇家啐了一口，

一条在岸上奔跑的鱼

不屑地说，狗屁青天！恕在下直言，你堪称本府最大的祸害，他尚不能剪除，还不该死！杀手狞笑一声，自嘲道，也是！老子既然干了这一行，自当谨遵行规，眼里只有钱财，管他好人坏人！这是我们杀手的天职！几天后，知府大人便遭人行刺，命丧黄泉。

不多久，杀手又接到一单生意。杀手大惊，死帖上竟赫然写着他养父的名字。杀手拿剑的手不禁微颤，喃喃道，为何要杀我养父？我是遗腹子，母亲血崩而死，他对我有养育之恩啊！只是我违他所愿，不去求取功名，反入了铁血门。雇家哈哈大笑，养父于你有恩，但却是为富不仁的恶人，百姓们恨不能食其肉寝其皮！此人当杀不当杀？杀手不复言语。是夜这个员外便横死家中。

杀手声誉日隆，死帖接踵而至。他获财无数，整天喝酒吃肉，狎妓豪赌，好不快活。

一天，他又收到一张死帖。雇家付他一大笔钱，阴森地说，还记得那个知府大人吧？我要你杀了他身怀六甲的夫人，好斩草除根，永绝后患！杀手爽快应允。只见他手里的宝剑闪着寒光。

杀手追踪而至。知府夫人年轻貌美，楚楚可人，独自艰难地行至郊外的一处新冢前，焚香烧纸，跪拜哀哭。杀手如从天降，大喝一声，取尔命来！知府夫人并不惊慌，淡定地说，我知道仇家不会放过我们。说话间，忽觉腹痛难忍，汗如雨下。杀手不耐烦，急欲动手，知府夫人哀求道，这位大哥！我死不足惧，只求你待我产下官人的遗腹子，送与路人收养，再杀我不迟。杀手犹豫着。此时知府夫人腹痛阵阵，哀号声声，突然一声啼哭，腿间落下一个婴儿。杀手见血无数，甚至嗜血如命，但见了知府夫人身上和婴儿身上的血，他头一回战栗了！杀手想到了母亲，他被生命诞生的那一刻的悲壮震惊了！在他愣神间，知府夫人说，你可以杀我了，好去复命！

但你一定要答应我，把我孩子送与良善人家抚养成人。杀手点了点头，又问，夫人还有何遗愿？知府夫人抱紧怀里啼哭不止的婴儿，流着泪说，等我孩儿长大，叫他千万别忘了给父母报仇！一道寒光闪过，知府夫人香消玉殒。杀手把婴儿送给一路人，并赠与丰厚钱财，然后拔剑自刎，血花飞溅……

行有行规。杀手至死都不能说，第一个雇凶杀知府的正是知府本人，他因得罪当朝奸相，故出此策，以免灭门。第二次雇凶杀知府母子的正是奸相，他要保全他仁爱厚德的形象。

武松打猫

武松打虎的故事尽人皆知，千古传颂。武松缘何打猫？是不是做都头无所事事，吃饱了撑的？

却说行者武松灌下十八碗透瓶香，提着哨棒大踏步走上景阳冈。一阵阴风刮来，密林中蹿出一只吊睛白额猛虎，向武松扑将过来。武松真个是酒壮英雄胆，奋起哨棒搏击大虫，无数个回合，终将猛虎打死，成就了打虎英雄的赫赫威名。

阳谷县令为他向北宋朝廷申报了荣誉称号，亲自为武松披红挂彩，让他骑着高头大马招摇过市，接受万民的注目礼和赞叹，一时风光无限，显宗耀祖。

待热浪渐趋平静后，阳谷县令知人善任，特聘武松为都头，成为人人钦羡的体制内公务员，好歹端上了铁饭碗。都头嘛，虽说不算啥官，但也是个小吏，手里掌管着十几号捕快，逮逮小偷、抓抓流氓什么的。慑于武

一条在岸上奔跑的鱼

松打虎英雄的威名，县境的小偷巨盗泼皮无赖很快销声匿迹，仿佛政通人和，一派大治景象。

武松想打虎，老虎没有了，想擒贼，强盗绝迹了，日子久了，甚觉无趣。朝九晚五到县衙上门，无非是点个卯，充个人头，拿些俸禄，看看邸报喝喝茶而已。武都头的身体，渐渐像充气的皮球横向发展了，浑身上下的赘肉让他走路都带喘，上班总爱打瞌睡。

武都头觉得这样下去非毁了自己不可，于是喝了一坛透瓶香后迤里歪斜地去找县令，要求换换工种，找点活干。县令也在明镜高悬的堂匾下鸡啄米，嘴里哈喇子前赴后继。县令闻听武松来意，伸了个懒腰，打了个哈欠，老大不高兴地说，这就是常态，不是挺好的吗！适应了就好，适者生存啊！

武松忽然听得喵喵的叫声，大堂上呼啦啦涌上一群姿态各异的猫咪来。县令像见了自己的亲生儿女，和乱七八糟的猫们亲热得不行，还不忘对武都头逐一介绍道，这是埃及猫，这是巴厘猫，这是布偶猫，这是波斯猫，是几房姨太太养的，娇贵得很哩！猫虎同科，虎是害人虫，猫却成了宠物，有意思！有意思！武松讨嫌地望着这群猫，不知如何是好。县令笑容可掬，武都头啊，本官看你闲得慌，怕你憋出病来，或无事生非弄出什么事端来，不如给我养猫吧，做个弼猫温，喂喂猫食、遛遛猫而已，又轻松又解闷，而且显得高雅有品位，别整天只晓得舞刀弄棒的，一点文化都没有！

武松想想也是，闲着也是闲着，不如找点乐子吧，当个弼猫温又何妨？武松给那群猫喂精饲料，喂鲜鱼儿，还带着它们上街遛弯儿。猫咪们养尊处优，一只只长得膘肥体壮，不仅不抓老鼠，还和鼠辈们打成一片，亲密无间。

这些猫一准以为自己有官方背景，在市井百姓面前挺张狂，一点也不省事，遛弯时不是抢吃小贩子的鱼儿，就是抓破大姑娘的手脚，或者爬高蹿低故意把猫尿撒在行人头上，有时竟然在大庭广众之下叫春耍流氓。

武松发现老百姓对自己的态度渐渐不如以往了，见了他能躲则躲，实在躲不及的就皮笑肉不笑地唤他一声武猫头。一字之差，差之千里啊！

武松心里不是滋味，回去探望兄嫂，潘金莲走着猫步，媚眼勾魂，冷不防揽住他说，叔叔，听说你见天伺候着一群宠物猫，何不将妾身也收为你的猫咪呢？！武松又羞又恼地推开她，嫂嫂自重！潘金莲气急败坏，媚眼顿时变成了白眼，反唇相讥，该自重的是你吧？当初的打虎英雄，如今却成了弼猫温！武松面红耳赤，一时语塞。

这当儿，哥哥武大郎卖完炊饼回家了，他一见武二郎就来了气，你知道外面怎么戳你的脊梁骨吗？县令的那些名贵宠猫物都是从国外进口的，那些猫粮比人吃的还高级，无不是搜刮民脂民膏而为之啊！你却恁般糊涂，助纣为虐！岂不知，虎乃稀见之物，因其远，虽凶险而人不觉其凶险。猫则处处见之，时时伴之，不除今日之恶猫，必成明日之恶虎，故曰猫患甚于虎患！

武松顿有所悟，辞别兄嫂，提了哨棒，呼呼生风地疾步奔到县衙，不待县令问话，将一根哨棒舞得如电光石火，在县令的惊呼声中，宠物猫被拍成了肉泥！武松对吓得瑟瑟发抖的阳谷县县令喝道，若再为恶不悛，当同此猫！

武松还用竹篮将猫尸盛了，挂树示众，后世竟沿袭成俗。武松再次享誉打猫英雄，他倒觉得这称号含金量一点也不比打虎英雄逊色。

孰料，潘金莲在王婆引诱下，与西门庆勾搭成奸，竟毒杀武大郎。武松查明真相后，一怒之下，手刃潘金莲，斗杀西门庆，将王婆绑至县衙并自首，王婆被判剐刑，武松则被刺配孟州牢城，后头又演绎出一番英雄故事来，最后成了梁山好汉。

再说猫辈经此劫难，决心痛改前非，性情逐渐变得极其温驯起来，成为人类的良朋益友。喵呜喵呜的叫声，其实是妙武妙武，猫的子孙后代心有余悸，还在对千年以前的武松大唱赞歌呢！

猴　怒

动物也有爱恨情仇吗？日酋嗜食猴脑，黄山金丝猴会听任宰割吗？……

黄山短尾猴，世居深山密林之中，以新枝嫩叶、野果、竹笋、蕨根等为食。喜群居，每群十只至数十只不等，皆听从猴王指令。其情形酷似人类的一个几世同堂和睦相处的大家庭。

短尾猴四肢粗壮，体态高大，肌肉丰满，两眼炯炯有神。长有山羊胡、长眉毛，面大腮红，身披金丝长毛，故称金丝猴。因其尾短不足六公分，好似被人用刀砍断似的，又名短尾猴、断尾猴。

成年猴体重轻者十五公斤左右，壮硕者可达三四十公斤。机敏，迅捷，颇有膂力。

短尾猴与山民世代友好相处，黄山观猴是黄山最具吸引力的体验项目。黄山短尾猴的机灵可爱，当地流传着两个有趣的故事呢。

说是古时候有一个剃头匠，一次在山道间行走，突然看见树丛里一群猴子在上蹿下跳，吱吱欢叫，玩得不亦乐乎。剃头匠知道短尾猴喜模仿人的动作，故意歇足下来，拿出剃头刀，用刀背在自己手腕上来来回回地拉锯。猴子在树上瞅见了，以为那人在做一个好玩的游戏。一只调皮的猴子飞蹿过来，夺过剃头匠手里的刀子，坐在剃头匠的对面，也学着用剃刀（不过它用的不是刀背）在自己毛茸茸的手腕上来来回回地割将起来，结果弄得鲜血淋淋，哀痛不止。剃头匠开心地哈哈大笑，正欲捡起被那猴子丢弃在地的剃刀扬长而去，不想猴群恼怒了！几十只猴子龇牙裂嘴，吱吱怪叫着，将剃头匠团团围住，还抢走了他的剃头家伙。剃头匠这才又惊又怕，拿出随身携带的药粉给受伤的猴子敷好创口，然后一个劲地打拱作揖，猴群才将东西还他，放他屁滚尿流地逃走了。

一个黄山脚下的村庄过年唱大戏，演的是《孙悟空三打白骨精》，急急风的锣鼓声中，美猴王和白骨精打得难解难分。突然，人群尖叫起来，只见台下猛地蹿上来十几只真猴子，吱吱乱叫着一拥而上，又抓又挠又咬，帮着美猴王打白骨精，把个女演员吓得哭爹叫娘。好在男演员反应快，慌忙卸下猴妆。猴子们立刻明白了这是一场误会，猴脸更红了，向演员和观众们打拱作揖后，呼啸而去。大家无不开心大笑，认为这是一场最精彩的演出。

民国二十七年秋，日本人打到了黄山北边的陵阳镇。

驻守陵阳镇的日酋武田正雄找来当地的维持会会长谢老歪说，陵阳山是黄山的余脉，金丝猴必定大大的有！我的指挥作战，要补脑，每周给我捉一只猴子来，重重地有赏！谢老歪是个见钱眼开的主，当下拍着胸脯打了包票。

第二天，谢老歪就带人上了陵阳山。事先他准备了不少苞谷粒，上山后撒在金丝猴经常出没的地方，然后在周围埋伏下来。不久，树丛一阵晃悠，从树上叽叽喳喳地蹿下来几十只猴子，手舞足蹈地争相享用地上金灿灿的苞谷粒。谢老歪打一声呼哨，埋伏在草丛里的人飞蹿而出，猴群见势不妙，四哄而散。还是谢老歪眼疾腿快，追撵上一只怀里搂着幼猴的母猴，母猴奋力将幼猴扔上头顶浓密的树枝，自己不幸成了这伙恶人的囊中之物。

日军指挥所里，八仙桌上，炭火正旺，陶罐里掺着各种作料的汤水已沸。但见那只可怜的母猴被绳捆索绑在桌腿上，头顶的浓毛早被剃光，双目垂泪，无限凄惨。

武田正雄狰狞地逼近母猴，只听一声惨叫，母猴的头盖骨已被锐器撬开，谢老歪赶紧舀了一勺陶罐里的滚烫的汤汁，一古脑浇进母猴的脑袋，嗞嗞冒烟，惨不忍睹……

好吃！大大的好！武田正雄一勺勺地舀食着猴脑，对谢老歪直竖大拇指。这一切，据说被悄然尾随而来的猴王贴着窗隙看了个一清二楚。猴王目眦欲裂，眼里喷着仇恨的火焰。

隔了几日，谢老歪故伎重演，撒好苞谷粒后带人埋伏起来。他知道猴子贼精，吩咐捉不到就开枪打伤它们，确保太君吃上新鲜的猴脑。

久等不至，天色渐暗，谢老歪命令下山。在他们垂头丧气下山的途中，突然天降神猴，几十只猴子扑向谢老歪，又抓又咬，怒叫声声！谢老歪的手下自顾保命，只恨爹娘少生了几条腿。

次日早上，武田正雄在指挥所门外发现了谢老歪的尸体，竟被撬开了头盖骨，武田正雄不禁毛骨悚然。

有人说是猴子在报复，有人说是新四军干的。武田正雄大怒，率部点火焚烧陵阳山，叫嚣，不管是人是猴，只要和大日本帝国皇军过不去，就要死啦死啦的！

武田正雄自以为大捷而归，晚上酒足饭饱后，淫笑着进到卧房里，里面关着一个他白天抢来的美貌村姑。

朦胧的灯光下，那穿着花衣裳的姑娘掩面侧卧在锦被里，无声无息。武田正雄猛扑上去，那姑娘突然吱吱怪叫起来，定睛一看，竟是只母猴！顿时上演起人猴大战，几乎在枪声响起的同时，母猴锐利的瓜子深深陷进了武田正雄的咽喉……

这天夜里，猴群似乎有预谋地袭击了陵阳镇鬼子据点。在猴王的统一指挥下，猴子们神不知鬼不觉地摸进鬼子据点，趁鬼子睡熟，夺走他们的衣物和枪支。待小鬼子发现后，猴子们与鬼子展开了殊死搏斗，或抓、挠、咬，或胡乱扣动扳机，双方各有死伤。

天亮之后，侥幸保命的鬼子，失魂落魄地抬着几具尸体吓得撤走了。活猴死猴也都不见了。

一个美丽的村姑说，是陵阳山上的猴子袭击了鬼子，俺就是被一只猴子救出来的！见人们如听天方夜谭，姑娘急得想哭，突然惊喜地指着地上叫道，看。还有一地的猴毛呢！

这些故事是听我姥姥说的。我姥姥就是上面提到的那个村姑。后来，我姥姥拉起了一支名为金丝猴的抗日游击队，威震敌胆。金丝猴从此成了黄山民众心目中的图腾。

水月庵

一座清净的庵堂，一个貌美的尼姑，每每痴痴地凝神放生池中的游鱼，为的哪般？

水月庵是个小庵，坐落在黄山余脉穰岭的半山腰上，被蓊蓊郁郁的紫竹环抱着。还有一条澄净的小溪从庵前流过，一年四季不知疲倦地弹奏着古筝似的天籁。鸟儿

一条在岸上奔跑的鱼

晨昏啁啾，倩影不时掠过小庵的檐前，显出天使般的快乐。

水月庵来了一个新尼姑。新尼姑很年轻，很美，很忧郁，只是一头乌云般的秀发被剃刀带起的冷风吹散了，新嫩的头皮上泛着寒凉的青光。她叫紫竹，就在山脚下住，是一个大户人家的娇小姐。不过，如今她有了一个新名字，法号，慧朗。

她在一次来人提亲遭父母坚拒后，突然病倒了，病得很重，很久，直至病入膏肓。父母亲急坏了，愁死了，看完中医看西医，不见好转，接着请来巫医作法驱邪，病体愈沉。父母亲悲痛欲绝，认定女儿得了绝症，暗地里为她操办起后事，还联系了水月庵的老尼瑞霞，到时候给女儿做个超度的小道场呢。老尼双手合十，道一声阿弥陀佛，说，二位施主，我看小姐面有佛缘，不妨让她皈依佛门，或许柳暗花明，有得一救呢！

紫竹就这样入了水月庵，变成了慧朗。老尼果然神通，紫竹进到庵里，在尼众的精心伺候呵护下，病体竟渐渐康复起来，面色也有了生气，只是总摆不脱病西施的郁郁寡欢。

老尼说，其实，我一眼就看出姑娘得的是心病。心病还需心药医。就日日带慧朗礼佛、诵经，念的是《心经》《大悲咒》，等等。慧朗起初念得懒懒散散，有气无力，心不在焉。老尼暗自叹一口气，面呈悲悯之色，开导她说，佛门中人讲究戒定慧。戒，然后无欲无求，六根清净，始有定心定力，心无挂碍。入定则心空，心空则能洞察世事万物，原为一空，进而了绝尘缘，生出大智慧，得以大解脱，成就大功德。慧朗听得似懂非懂，然已正襟危坐，面色肃敬，弱弱地问，师太，敢问大功德是什么？老尼沉下脸道，这要靠各人参悟。只可意会，不可言传也。自此，慧朗似脱胎换骨似的，精勤于佛门诸事，老尼如释重负。

花开花谢，不知几春。做功课，做道场，解签，弘法，佛门诸事，慧朗渐能独当一面。老尼喜极，对尼众道，究竟是大家闺秀、千金小姐，且有夙慧，尔等要好生学着。他日修成正果的，必慧朗矣！

水月庵小，本无甚香火，尼众修佛之余开荒种地，始得勉强维持生计。

忽一天，来了一个陌生香客，是个青年男子，虽破衣烂衫，但却眉目俊朗，英气袭人，貌若潘安。他将一只小木桶里的一对活蹦乱跳的锦鲤先自倾入庵前的放生池中，然后径入庵堂，扑通跪倒在观音菩萨佛像前，双手合十，口中念念有词。

慧朗乍见之下，浑身觳觫，险些惊叫出声，旋即隐身佛像后面。

老尼敲着木鱼，款款问道，施主何求？只管道来。观世音菩萨救苦救难，慈航普度。青年男子垂头不语，眼角似有泪光闪烁。是求高官厚禄？静默。求家人平安？静默。还是求美满姻缘，儿孙满堂？依然静默得令人窒息。老尼微笑道，施主看样子似有难言之隐，不说也罢。你心中所思所求，菩萨想已知晓了。你只需勤供三宝，广种福田，自有福报，心想而事成。良久，青年男子颤颤立起，怅然四顾，长叹一声，落寞而去。

当晚，慧朗莫名其妙地病倒，高烧不退，说着胡话。老尼亲侍汤药，三天而愈。就像什么事儿也没发生过，慧朗还是那么精明能干，事事周全，尼众都宽下心来。

水月庵的日月实在枯寂单调，但尼众们仿佛早已习惯了，自得其乐，日子就一天一天一年一年在嗥经声中飘升，在香烟袅袅中飘散而去。

山不老，水不老，水月庵残破了，老尼往生西天，慧朗也老态龙钟了，早接任了住持。慧朗礼佛诵经之余，

一条在岸上奔跑的鱼

总是默然久坐在放生池前，出神地看着水中自由自在快乐无比的游鱼。日头西斜了，她还坐着。山雨忽来，她还坐着。尼众背后担心地说，师傅怕是痴了，呆了。

终于有一天，是雪天，慧朗师太又坐到放生池前看游鱼。直到大雪把她妆扮成一个雪人，一尊塑像，她还是一动不动。尼众这才发现不对劲，又一次去喊师父回屋，不想师傅已溘然圆寂了。从她贴身的衣袋里只找出一本心经，扉页上却有一首禅诗，分明是慧朗师太的字。写的是：咫尺似天涯，锦鳞犹比目。三生石上等，正果为何物。

同一天，与水月庵遥相对应的德成寺的无嗔方丈也无疾而终。据说他就是当年到过水月庵的那个青年男子。

那天，尼众恍惚听到半空中仙乐飘飘，闻到阵阵花香，仿佛在举行一场庄严的婚礼。

跳楼者说

冥府某天一连来了三个跳楼而死的新鬼，看他们怎么说。

一天，阎罗殿上一连来了三个跛着脚的新鬼，两个白白胖胖，一个又黑又瘦。他们是来向阎王爷报到的。

阎王爷心生好奇，你们仨咋都跛脚呢？想把咱阴曹地府变成残联啊？

胖子张三答，在阳间我可是健全人，花团锦簇，风光无限。

胖子李四答，我也是健全人，风度翩翩，呼风唤雨。

瘦子王五答，俺小时候得过小儿麻痹症，父母把房子卖了替俺治好了腿疾，没等俺让父母过上幸福晚年呢，到这来报到时又搞成这样。

阎王爷悲悯地说，你们一定都有故事。你们都是怎么死的？

张三叹了口气，我是跳楼摔死的。

李四叹了两口气，我也是坠楼身亡。

王五哭了起来，俺也是跳楼死的。

阎王爷也叹起气来，他眼里甚至滴出几点眼泪来，看来，你们仨在人世间准是遇到了极大的困境，哀莫大于心死，生不如死，才选择跳楼的，这种死法太需要勇气，也太惨烈了啊！

顿了顿，阎王爷接着说，分别说说你们的故事。说不定我慈心大发，会给你们分配轻松快乐的工作，也算是一种补偿吧！

张三抢着说，我先说！在阳间我是一个大名鼎鼎的房地产老板，我到处拿地，到处种房子，当然也得给当官的送银子。后来房子造得太多了，有钱的不敢买，想买的没有钱，资金链断了，农民工天天围追堵截讨工资，我心一横，眼一闭，只得跳楼了。我不怪农民工，我只恨那些贪官！我从房奴的河里捕鱼，他们直接从我的鱼篓里倒鱼！

李四听不下去了，反唇相讥道，一个巴掌拍不响，你也不是什么好鸟！我还要说我就是被你们这班人害得没命的呢！没有我，你能拿到土地开发指标？没有我，你的规划设计能通过评审？没有我，你的建筑质量能通过验收？没有我，你连银行的贷款也贷不来呀！不是你们这些奸商混蛋用糖衣肉弹腐蚀我，我会被人举报，以至于患上忧郁症坠楼身亡吗？

王五气愤地叫道，你俩不用狗咬狗一嘴毛了！俺才是真正被你们害死的无辜者。俺们辛辛苦苦在建筑工地一年干到头，过年了却拿不到一分血汗钱！工友们当中就俺兄弟多，又没娶妻生子，俺就自告奋勇爬上俺们亲手盖的楼顶，不惜一死也要讨回属于自己和工友们的工钱！俺不去死，父母和工友们妻儿老小就没法活呀！

阎王爷久久无语，口鼻唏嘘有声。终于，阎王爷开口道，张老板，李冒号，你们弄那么多钱干什么？就为了最后跳楼，然后到我这里报到吗？

张三说，世上没有后悔药可买呀！

李四说，死了才顿悟到生命的宝贵和真正价值啊！

王五说，俺心里痛，但不后悔自己的选择。因为俺死，是为了亲人和别人活下去！

阎王爷突然大喝一声，牛头马面！速将张三、李四带下，上刀山！下油锅！

又颁下冥旨，念王五忠勇友善、刚直无私，即日起接替陆判官主管生死簿，以杜绝阴阳两界的命钱交易等腐败行为。

后来，沦为苦役的张三、李四打起了王五的主意，想早日投胎转世。

结果如何，就不得而知了。

削足适履新考

楚国突发奇想，创设了一个新机构，由令尹宋义负责公开选拔该机构首长。宋义放话举行登山大赛，令尹夫人恰好开着鞋城，于是鞋子卖火了。一个叫楚生的读书人来晚了，鞋不合脚……

战国末期，七雄争霸，或合纵或连横，相互攻伐，死伤无数。

楚王负刍突发悲悯之心，诏令令尹宋义创设一个专司残疾人事务的机构，姑以今名称之残联吧，全权委托令尹物色理事长人选，食邑三千户。

宋令尹放出话风来，天下士人跃跃欲试，憋足劲展开了激烈角逐。有人想请令尹到新开张的海鲜大酒楼吃顿黄金宴，有人想往令尹府里送一笔钱，有人想把自己妖媚性感的小姨子送给令尹做贴身侍女，有人想托皇亲国戚出面打招呼，真是八仙过海，各显神通。

不等大家将千奇百怪的计划付诸实施，令尹就召开士子大会，强调用人纪律，杜绝跑官要官、买官卖官，一经发现违纪者，立即打入另册，永不叙用。大家弄不清令尹是来真的还是作秀，一时都不敢轻举妄动了。

令尹又发话，为创造团结紧张严肃活泼的竞争氛围，本官决定择日举行登山大赛，天下士子务必参加，且必须统一着登山鞋，麻屦木屐登山最宜，但太老土，有辱斯文，就都穿丝履吧！

令尹这是唱的哪一出？选官与登山半铢钱关系也没有哇！转而一想，说不定老令尹欲通过集体活动考察识别人才呢，也未可知。疑惑归疑惑，猜测归猜测，但是谁也没有傻到拧着来。有人想起令尹的夫人在都城南大街开了一爿丝履专卖店，在哪都是一个买，何不做个顺水人情，正好讨相爷一个欢心啊！

大家不约而同地争相来到南大街，不到半天工夫把令尹夫人专卖店里积压多时的圆口的、方口的丝履抢购一空。令尹夫人是个生意精，借机把鞋价翻了几番，赚了个盆满钵满，老脸上枯木逢春，乐开了花。稍感美中不足的是，只剩下一双四十码的丝履，别人试穿，不是大了，就是小了，像个弃妇被晾在了一边。

一条在岸上奔跑的鱼

令尹夫人正准备打烊，一个读书人背着剑连滚带爬地挤进门来。来人气喘吁吁地自报家门，说他叫楚生，因仰慕纵横家苏秦，故效之负剑游说于列国，然处处碰壁，至今落魄。幸令尹大人慧眼识珠，着其起草登山大赛实施方案，因而姗姗来迟。令尹夫人说，只剩下最后一双了。她瞅了瞅楚生的一双大脚，皱起了眉头，说，只怕你穿不下啊！楚生满脸堆笑地说，我这脚生得怪，认鞋不认码，鞋合不合脚，只有脚知道。他捞起地上的鞋就往脚上套，可龇牙裂嘴憋红了脸，脚就是塞不进去。令尹夫人见送上门来的钱却挣不到，不免懊恼，但这人的脚实在太大，她叹着气说，你还是去别的鞋店选双合适的，我家老头子说，明天就要登山啦！楚生急赤白脸地叫道，别的地方能买到令尹夫人店里这样价廉物美的鞋吗？说时迟，那时快，楚生突然抽出锋利的宝剑，对准自己的脚趾狠狠地砍去，一声惨叫，楚生痛得昏死过去。令尹夫人吓得惊叫起来，叫声把令尹从里间拽了出去，他望着这血腥的场面，什么话也没说，吩咐手下用马车把楚生送去看郎中。

第二天的登山大赛因故取消了。

几天后，令尹又召集士子大会，宣布楚生为残联理事长。令尹动情地说，楚生面对困境，不是知难而退，而是克难而进，肯动脑筋，善于变通，足以证明他有应对复杂局面、创造性开展工作的勇气胆识和能力。再者，楚王有旨，残联理事长必须从身体有残疾的士子中选拔，惺惺才能惜惺惺嘛！正好楚生也符合这个硬性条件。

半个月后，楚生一瘸一拐地走马上任了。随后，楚王派人来督查用人纪律落实情况，得出的结论是，风清气正，任人唯贤，过得硬。

后来，楚国被秦国灭掉了。

楚生假借抚恤残疾军人贪墨了大量钱财，导致国库更加空虚，无力再战。秦军轻易破了楚都寿春，楚生是个跛子，带着财宝跑不快，结果做了秦军的刀下之鬼。楚王当了俘虏。令尹宋义在亡国之乱中却安然无恙，据说他是秦国的卧底，刻意任用贪佞小人为楚之重臣，以削弱其国力，败坏其风纪，腾怨其朝野。

西汉淮南王刘安在《淮南子·说林训》中，有感于春秋时楚平王兄弟相残和晋献公父子反目的史事，曰：骨肉相爱，谗贼间之，而父子相危。夫所以养而害所养，譬犹削足而适履，杀头而便冠。

这里所说的是关于这个成语故事的一个最新研究成果。

断尾猴

黄山金丝猴尾巴很短，故又称短尾猴、断尾猴。且看所由何来。

黄山西北，青弋江之源，突兀一山，名为盖山。山中有一汉代古迹"化鲤溪"，旧列石埭县"八景佳境"之首，因陶渊明《搜神后记》载其故事，名闻遐迩。

记云，前汉有舒女，性至孝。母病笃思桃，女入盖山，缘崖以摘樱桃，坠崖化鲤。汉皇降旨旌表。邑人感其诚，慷慨捐输，建舒姑祠致祭，云云。这个美丽的故事千古流传，至今当地人犹津津乐道。

笔者偶得一古籍，名《思桐斋笔记》，不知何代何人所作，竟记舒女摘桃化鲤奇事，却大非传说那么简单，特录此备考。

一条在岸上奔跑的鱼

此书载曰：前汉盖山之下，有一舒姓里正，家有一女，唤舒姑。其母病，昏迷中屡呼食桃。时已夏尽，唯盖山危崖之巅有一樱桃树，尚有余果，然高不可攀，飞鸟难度。

舒女救母心切，兀自在崖下嘤嘤哀哭。适有一猴过此，女跪求相助，猴似通人语，乃援崖摘取数桃以授。女喜极，携猴持桃奔归，母食之，病果愈。父问何以得桃，女泣曰，皆灵猴之功矣！里正乃留此猴居家中，日以苞谷美食饲之，奉之若恩公。

县令闻之，具折奏朝廷，以期旌表孝女，感化四方。

一日，舒女浣衣青弋江畔。里正携猴复入盖山危崖下。里正授猴一袋，且边划且言道，崖壁有一悬棺，传为古诸侯王之墓，宝物甚多。替余尽取之，功劳大胜于摘桃矣！猴遵其言，满载而归。

女浣归，不见恩猴，急欲寻找，适父与猴归。里正大喜曰，自此吾家大富矣！出示囊中宝物，女惊问何来？父俱以实告。女泣下，未及报猴，反以害猴矣！劝父送还不义之财，父大恚，不听。女乃奔告有司。

适朝廷旨下，圣上对舒氏壮举孝行旌表有加。县令急召里正，里正携猴同往。女亦在。令曰，此事不宜深究，致天颜蒙羞，罪莫大焉！盖泼猴冥顽不化，盗掘悬棺宝物，与人无涉矣！不待舒女争辩，喝令将泼猴拿下！念其本属异类，故从轻发落，令斩断其猴尾，以示惩戒。至于那笔宝物，县令与里正均分之，并无人知晓。

那猴负痛归山，日夜哀啼，舒女终日寻觅，只闻其声，不见其影。女愧悔殃及恩猴，投水而死，魂化锦鲤。——她至死都要问一个"理"字！投水处被后人溢美为"化鲤溪"。

从这以后，黄山金丝猴世世代代只剩下半截尾巴了，故又称短尾猴、断尾猴。

事情的真相也永远被盖山"盖"住了。

丁三头

南宋名臣丁黼，为抗击元军南侵，血战成都府，以身殉国。元皇子阔端割下其头颅邀功。其子扶柩归里，下葬时有了好几个头颅……

南宋端平三年（1236 年）十月十八日，数万元军黑云压城般合围成都孤城。

四川制置副使兼成都知府丁黼麾下只剩下四百牌手和三百衙役，他傲立城头，大义凛然，毫无惧色。幕客扑通给他跪下，痛哭流涕道，丁大人已守城数日，击退鞑子铁骑的数次攻城，官军死伤无数！今元皇子阔端亲率主力大军围城，我们再硬拼下去，必是以卵击石，死无葬身之地！乘夜突围吧，给自己和兄弟们一条活路，这样没什么丢人的，可谓上对得起朝廷，下对得起百姓。岂不闻元军自汉中南下入川时，四川边防守军和内地官员兵将皆闻风溃逃，鞑虏如入无人之境！

丁黼面色冷峻，眼里却淌下两行泪水，闷声道，这些我都知道！想逃命的逃命去吧，愿意留下来的和本知府在一起，誓与成都共存亡！战至流尽最后一滴血！

将士闻言，无不泣下，振臂高呼，誓与成都共存亡！

十月十九日，元军三百精锐骑兵率先从北门突入成都，丁黼亲率仅剩的七百残兵奋勇迎战，后鞑兵四合，宋军兵败，丁黼被元军射杀。阔端令斩其头，快马向元主报功。

其子丁镕趁夜找到父亲尸体，装棺一路车载舟行，扶柩远归皖南石埭故里。

行数百里，忽有众人缟素跪于路侧拦棺。镕惶然不

一条在岸上奔跑的鱼

知所以。一老叟大恸曰，丁大人以身殉国，首身异处，令人痛断肝肠！老朽乃一乡野木匠，用上好楠木赶制一头，以全丁大人之尸！丁镕泣谢，纳木头于棺，继续赶路。

数日抵武昌，又有一人号哭拦棺。称慕丁大人高义，精制一铁头，寓意丁大人铁骨铮铮，铁肩担大义！丁镕跪谢，纳棺而行。

月余方行至铜陵，石埭不远矣，丁镕悲欣交集，无可名状。忽有数豪阔之人白衣胜雪，跪路山呼丁大人！恭献一物，金光耀眼，竟是一个金头！

终于抵达石埭故里，丁镕欲择吉葬父。忽有八百里加急快马来报，圣旨下！朝廷嘉丁蕭忠勇，赐光禄大夫，显谟阁学士，赐谥号"恭愍"，敕建褒忠祠。

来人复呈上一锦匣，丁镕启视，乃其父之首也！来人告之，元主亦念其忠勇，特交还其首。丁镕喜极而泣，开棺取出木头铁头金头，不料金头脱手而出，骨碌碌越滚越远，再也寻它不着。丁镕顿悟，父常言，文官不爱财，武将不惜死，国之大幸也！

遂以三头并纳棺中，厚葬之。

此山便被里人呼为"丁三头"，后来渐渐讹成"丁山头"了。

后　记

后　记

　　我的祖籍和出生地是安庆桐城，成长地和工作地是皖南徽州，我的人生轨迹恰好串连起安徽省名的由来。

　　许是借光桐城派的文化胎气，后又浸淫着徽文化的滋养，即便在那物质极度贫乏的年代我也意外地饕餮着精神的大餐：一本破角残边的《聊斋志异》所描绘的神魅瑰丽世界，使我对文学萌生了最初的敬畏和憧憬；黄山脚下，太平湖畔，不独风光独绝，亦是历史文化的厚土，孩提时夏夜纳凉、冬夜烤火，父母时常给我讲述三仙姑化鲤成仙、李白回驴和丁阁老抗元的故事，我感觉这些故事比过节吃肉、过生日吃煮鸡蛋还要诱人、解馋。或许就从那时起，我已决意长大后做一个讲故事的人，给劳碌寂寞如父母一样的人

　　送去一些轻松与欢愉。

　　工作了三十年收获了一些成果与喜悦，当然也经历了不少蹭蹬和忧伤。业余小说创作亦如此。我的创作原则是，为良心写作，为正义呐喊，为社会疗伤，为生活圆梦。粗略算来，迄今已发表小说作品五百余篇，编排了数百个光怪陆离的故事，这些人和故事尽管都是虚构的，但他（它）们其实就生活、发生在我的身边。我有一个梦想或说野心，奢望通过笔下一系列人物和故事，构建一个文化意义上的皖南徽州，我清楚目标还远未达到，但我会不懈努力。

　　在此特别感谢编辑老师，是他们给我机会，让这本

一条在岸上奔跑的鱼

文集得以出版。

　　希望借助文学的力量，让人类变得更可爱，社会变得更美好，家乡变得更温暖。

　　作品如同母鸡下的蛋，蛋好吃不好吃，读者朋友心中自会有数，何须作者像下完蛋的老母鸡那样喋喋不休呢？

　　还是老老实实养精蓄锐，下好今后的"蛋"。

袁良才
2016 年秋于思桐斋